Surfista miliardario

MISHA BELL

♠ MOZAIKA PUBLICATIONS ♠

Copyright © 2025 Misha Bell
www.mishabell.com/it

Tutti i diritti riservati.

Pubblicato da Mozaika Publications, stampato da Mozaika LLC.
www.mozaikallc.com

Traduzione italiana: Martina Pompeo

Copertina di Najla Qamber Designs
www.qamberdesignsmedia.com

ISBN: 979-8-89796-030-9
Print ISBN: 979-8-89796-039-2

Capitolo Uno

BROOKLYN

"Mi avete regalato una vacanza?" Fisso le mie amiche a bocca aperta.

Sapevo che avrebbero pagato questo brunch ed è per questo che ho scelto un ristorante con prezzi modesti, ma un viaggio in Florida? Sul serio?

"Hai visto?" chiede Jolene con il suo sorriso caratteristico, che la fa sembrare la figlia illegittima del Joker e del clown demoniaco di *It*... ma bellissima. Se fosse un cane, sarebbe un Pastore australiano: una creatura maestosa che, con mia grande delusione, raramente ha bisogno di farsi tagliare il pelo. "Ha quasi sputato il boccone!" continua.

Come sempre, Dorothy scuote la testa con disapprovazione per le buffonate di Jolene. Il suo cane spirituale sarebbe un Basset Hound dagli occhi tristi (un'altra razza che, sfortunatamente, non necessita di taglio del pelo).

Queste due non si considerano amiche tra loro, ma

solo amiche mie, il che rende ancora più sbalorditivo il fatto che si siano unite per fare qualcosa, soprattutto qualcosa di logisticamente avanzato come organizzarmi una vacanza dell'ultimo minuto.

Dorothy rivolge l'attenzione a me. "Ne hai bisogno" afferma con fermezza.

"Brooklyn ne ha un *gran* bisogno" conferma Jolene. "Così tanto che, finalmente, ho trovato qualcosa su cui sono d'accordo con la vecchietta qui presente."

Già. Dorothy è un'amante dei gatti, mentre Jolene adora i cani, quindi vanno d'accordo come i loro animali domestici. Ripensandoci, alcuni gatti vanno d'accordo con i cani, quindi l'analogia è sbagliata.

Dorothy stringe gli occhi. "Sono la più giovane a questo tavolo."

Tecnicamente, è vero. Ci siamo conosciute quando eravamo matricole al Brooklyn College (inserite pure qui eventuali battute sul mio nome). Essendosi diplomata un anno prima, Dorothy aveva sedici anni, mentre io ne avevo diciassette e Jolene diciotto. Naturalmente, a differenza di me, le mie amiche si sono laureate e hanno ottenuto lavori ben pagati, che permettono loro di fare gesti eclatanti come regalarmi questo viaggio.

"Sei più giovane solo biologicamente" afferma Jolene.

"In quale altro modo si può essere più giovani?" le chiede Dorothy.

"Nello spirito" risponde Jolene. "Il tuo è quello di una settantenne vergine a cui si è rinsecchita la…"

"Sst" le zittisco con il tono che uso solitamente per calmare mio figlio (che fa la prima elementare) e i suoi amichetti. "Non posso accettare."

"Te l'avevo detto" Jolene dice a Dorothy, prima di bere un leggero sorso di Mimosa dal proprio bicchiere. A me, dice: "È completamente non rimborsabile e nessuna di noi due può usarlo."

Mi si contrae la mascella. "Non posso partire. Ho un lavoro e…"

"Ho parlato con una delle altre toelettatrici" interviene Dorothy. "Neveah, credo si chiamasse. Ha detto che ti avrebbe coperta lei."

"Neveah?" Sospiro. "I miei clienti si incazzeranno. Quella donna fa assomigliare ogni cane a un barboncino."

"Posso chiedere a qualcun'altra." La voce di Dorothy diventa inflessibile. "Ma tu partirai e questo è deciso."

"E Reagan?" chiedo. "Chi di voi due gli farà da babysitter?"

Questo non significa che *permetterei* alle mie amiche di fargli da babysitter. Se starà con Jolene, finirà per avere una ragazza e la metterà incinta in breve tempo. Non sto dicendo che lo stesso Reagan sia stato il risultato dell'influenza di Jolene su di *me*… ma fu lei a trascinarmi nel bar dove incontrai il donatore di sperma che mi mise incinta. Non che le cose andrebbero meglio se Reagan rimanesse con Dorothy. Rischierebbe di finire con il destino opposto… anche se non sono sicura di quale sia. Entrare nel clero? Indossare sandali con i calzini?

Jolene rabbrividisce. "Non siamo mica delle sante. Beh, io non lo sono. Però, abbiamo pensato anche a lui. C'è un campo estivo vicino al tuo alloggio Airbnb; anche quello è già interamente pagato e non rimborsabile."

"Un campo estivo?" Guardo Dorothy.

"Rispettabile" precisa lei. "Zero vittime fino ad ora."

"Zero vittime. Grandioso."

"Sai quanto è socievole" interviene Jolene. "Si divertirà un mondo."

La verità della sua affermazione mi fa sentire in colpa per non potermi permettere un campo estivo per lui.

Le mie spalle si abbassano. "Perché lo fate?"

"Perché hai appena compiuto venticinque anni" risponde Jolene. "È un numero tondo."

"I numeri tondi hanno uno zero alla fine" ribatte Dorothy.

"Venticinque è un numero più tondo di ventiquattro o ventisei" le risponde Jolene con tono saccente.

"Non è questo il 'perché' che intendevo" preciso. "Perché pagarmi una vacanza e non, ad esempio, un mese di affitto?" Quest'ultima cosa, probabilmente, mi aiuterebbe di più nel grande schema delle cose (non che accetterei i loro soldi).

"Hai un disperato bisogno di *vitamina D*" afferma Jolene, agitando le sopracciglia bionde perfettamente curate.

Quasi mi strozzo con il mio Mimosa. Nel gergo di

Jolene, "vitamina D" sta per "cazzo", motivo per cui mi aspetto che Dorothy rabbrividisca; invece, lei annuisce.

"È per questo che hai insistito per la Florida?" chiede a Jolene. Voltandosi verso di me, aggiunge: "Sei *davvero* pallida. Il tuo medico ti ha detto che hai una carenza di vitamina D?" Il tacito "Se è così, perché non me l'hai detto subito?" è forte e chiaro.

Il sorriso malizioso sul volto di Jolene è fuori controllo. "Sono sicura che il medico di Brooklyn direbbe che ha moolto bisogno di quella *vitamina*."

L'espressione già preoccupata di Dorothy diventa ancora più preoccupata. "La vitamina D è fondamentale per le ossa."

"Sì" conferma Jolene con aria significativa. "Quand'è stata l'ultima volta che hai pensato a… un osso?"

Dorothy stringe gli occhi guardando la pelle del mio viso, bianca come la tazza di un WC. "Se la carenza è grave, forse dovresti prendere qualche integratore?"

Che Jolene stia per fare una battuta sui dildo?

"Sì, prendi quella *vitamina* per via *orale*" afferma. "Ottima idea."

Dorothy aggrotta le sopracciglia. "Per via orale? Invece di cosa, dei cerotti sulla pelle? Non credo che quelli funzionino."

Il ghigno di Jolene si allarga. "Io, personalmente, preferisco prendere la *vitamina D* come supposta vaginale, ma, certe volte, prenderla per via rettale può…"

"Come fai a indirizzare sempre ogni conversazione verso i genitali?" le chiede Dorothy. Voltandosi verso di me, aggiunge: "I funghi contengono vitamina D, il salmone anche e…"

"È troppo." Spingo via i biglietti. "Io vi ho regalato delle statuette di cartapesta per i vostri compleanni."

"Io adoro la mia Wonder Woman" afferma Dorothy.

Sospiro. "In realtà, sarebbe la Statua della Libertà."

"E io adoro il signor Cazzo Grosso" dichiara Jolene.

Stringo le labbra. "Te l'ho ripetuto tante volte… è la Torre di Pisa."

"Il punto è che ti meriti una pausa" dice Dorothy. "E dimentichi quanto mi hai aiutato con mia nonna quando era malata."

"E quanto hai aiutato me quando Mr. Goobers aveva quel problemino con il pene."

"L'ho solo aiutato a far rientrare il pisellino" rispondo, roteando gli occhi. "I peli che si incastrano lì sono un problema comune per i cani pelosi. E tua nonna, Dorothy, è la signora più dolce che io abbia mai conosciuto. È stato un piacere aiutarla."

Jolene agita di nuovo le sopracciglia. "È stato un piacere aiutare anche Mr. Goobers?"

"Bleah, smettila!" esclama Dorothy, storcendo il naso. "Pensavo che, con gli animali, persino tu avresti stabilito un limite, ma deduco di essermi sbagliata."

"Sul serio, comunque" affermo. "Non posso accettare."

"Allora, suppongo che sia il campo estivo sia l'alloggio Airbnb andranno sprecati" dichiara Jolene, sospirando drammaticamente. "E, la prossima volta che ti offrirai di tagliare il pelo gratis a Mr. Goobers, non avrò altra scelta che rifiutare. Inoltre, chiamerò un veterinario per aiutarlo con il pene."

Grrr. Mi ha fregata. Non con il taglio del pelo e la faccenda del pene di Mr. Goobers, ovviamente. È la non-rimborsabilità del loro costosissimo regalo che lo rende praticamente impossibile da rifiutare.

"Devo parlarne con mio figlio" dico, arrampicandomi sugli specchi. "Se si rifiuterà di partire…"

"Reagan? Stai scherzando, vero? Salterà più in alto di quanto fa Mr. Goobers per i dolcetti" afferma Jolene. "Comunque, fa' pure tutto quello che ti serve per sentirti a tuo agio. Perché partirai per questa vacanza e risolverai quel problemino di carenza di *vitamina D*."

"Campo estivo!?" Reagan grida prima che io possa fornirgli qualsiasi dettaglio (come, ad esempio, che non ci saranno cannibali lì). "Grazie, grazie, grazie!" Comincia a correre per la casa come uno dei miei clienti a quattro zampe quando si scatenano.

Jolene aveva ragione. Reagan è chiaramente al settimo cielo, tanto che provo una sgradevole stretta al petto. Dovrò escogitare un modo per fargli vivere altre esperienze come questa.

Ma, anche… nuocerebbe a mio figlio fingere almeno che gli mancherà la persona che è stata in travaglio per trentacinque ore strazianti pur di farlo nascere?

Sull'aereo per Jacksonville, Reagan gioca con il suo videogame, mentre io faccio del mio meglio per non inveire contro di lui o contro altri astanti innocenti. Grazie alla mia sfortuna, mi è venuto il ciclo poche ore fa, provocandomi quel tipo di crampi che, se fossero procurati a un prigioniero di guerra, andrebbero contro le Convenzioni di Ginevra.

Grazie, corpo! Un volo rilassante era troppo da chiedere?

Mi guardo il polso, dove risiede il mio regalo di compleanno dell'anno scorso. È un Octothorpe Glorp: un fitness tracker che dovrebbe avvisarmi quando le mestruazioni sono in arrivo. Spesso, immagino che l'aggeggio mi parli con una voce che è un misto tra Richard Simmons e Gollum:

Mio Tesssoro, se potessi, terrei ogni assorbente che hai usato in un reliquiario e vi incollerei sopra i sorrisi che ho ritagliato dalle mie foto preferite di te. Purtroppo, per quanto riguarda la funzione a cui ti riferisci, mi limito a monitorare i tuoi cicli mestruali, non a prevederli.

Sopporto il resto del volo nel modo più stoico possibile. Una volta atterrati, noleggio un'auto e porto Reagan direttamente al campo estivo: una struttura balneare rilassata, dove risuona Jimmy Buffett a ripetizione.

"Ok, ciao" mio figlio mi saluta senza un secondo di esitazione prima di correre a dare un'occhiata al posto.

Aspetto per assicurarmi che non torni indietro a

dirmi che non gli piace quello che ha visto. No. Probabilmente, pensa che me ne sia già andata, oppure si è completamente dimenticato della mia esistenza.

"Avrà accesso a un telefono" mi dice in tono rassicurante il consulente più vicino, con l'aria da boy scout. "E abbiamo il suo numero in archivio. Quando si sarà sistemato, le telefonerà. Vada pure."

Con un sospiro, torno alla macchina e mi metto alla guida.

Il mio umore era già uno schifo, ma, adesso, è peggiore di quello di un ippopotamo stressato, assonnato e infestato dalle zecche. La natura verde e idilliaca che mi circonda mi fa solo sentire di merda per il luogo in cui vivo, così come le strade molto più belle e pulite. Poi, però, rischio di investire un alligatore in carne e ossa e questo mi fa sentire un po' meglio nel paragonare il mio omonimo quartiere di New York con Palm Islet, in Florida, l'illustre cittadina in cui si svolgerà la mia vacanza. Lo stesso vale quando un cervo tenta di suicidarsi contro la mia auto, pochi minuti dopo, e quando la donna nella vettura davanti a me si ferma per salvare una tartaruga (facendosi pisciare addosso).

Bisogna amare la Florida.

Il mio alloggio Airbnb si trova all'interno di una comunità recintata e la guardia all'ingresso è scrupolosa come un'agente della Sicurezza Trasporti. Quando le sembra che tutti i miei documenti siano a posto, storce il naso e borbotta qualcosa sul fatto che l'Associazione dei Proprietari Immobiliari generalmente proibisce l'affitto di appartamenti Airbnb all'interno della comunità e che il mio caso è una rara eccezione alla regola. Mi informa, inoltre, che l'API applica solitamente una tassa di soggiorno, ma che il proprietario del *mio* alloggio Airbnb è esente da "tutte le regole."

Ah, l'umanità! Come fanno a dormire la notte i poveri membri dell'Associazione? Mentre mi allontano in auto, mi sforzo di non chiedermi se, in questo caso, API stia per Autorità dei Prepotenti Insopportabili.

Attraversando la comunità, noto che le case sono affascinanti miscugli di stili spagnoli, mediterranei e caraibici, e che hanno tutte un prato impeccabile: deve essere la stessa Associazione a governare con il pugno di ferro. Tuttavia, quando entro nella strada senza uscita dove si trova il mio alloggio Airbnb, lo schema monotono si interrompe. Le case numero quattro e cinque di Gatorview Drive sono gemelle: entrambe hanno spigoli vivi, sono ricoperte di superfici a specchio e di tonnellate di cromature e mi ricordano qualcosa che si potrebbe vedere in un museo d'arte moderna.

Poiché una di queste è la mia, presumo che entrambe appartengano allo stesso proprietario esente dalle regole dell'API.

Il mio umore si risolleva leggermente quando vedo il lago adiacente a entrambe le case, con la natura incontaminata sulla sponda opposta. La vista dal mio alloggio Airbnb dev'essere spettacolare, anche se leggermente inferiore a quella della casa vicina.

Controllo l'ora sul mio fitness tracker.

Il mio Tesssoro dovrebbe valutare l'idea di fare più passi, per rassodare quelle cosce succulente per il mio piacere di pedinamento... cioè, di visione.

Accidenti! Sono troppo in anticipo per il check-in e fa piuttosto caldo. Secondo Evan, che mi manda SMS silenziosi a nome di questo alloggio Airbnb, il codice per la serratura del garage può essere usato solo dopo le undici e mezza, ma io, a quel punto, potrei essere già morta per insolazione.

Inoltre, vorrei che la vacanza iniziasse e, con essa, il relativo relax.

Perché non provare il codice adesso?

Avvicinandomi al garage, digito il codice e la porta si apre. Bingo! Tra questo e l'assenza di un'auto nel vialetto e nel garage, sono abbastanza sicura di poter entrare in casa.

Dopo aver parcheggiato nel garage, apro la porta della casa vera e propria che, secondo Evan, è l'ingresso che userò per andare e venire.

La porta conduce direttamente in una cucina ultramoderna, grande quanto il mio intero appartamento, e lì, sopra il tavolo di granito, si trova una serie di tapas deliziose.

Questo sì che è un benvenuto di lusso! Vedo un pezzetto di salmone alla griglia, un fagiolo gigante, un contorno di riso, un assortimento di sottaceti, una tonnellata di minuscoli piatti di verdure e qualcosa che ha le sembianze e il profumino della zuppa di miso.

Tapas giapponesi?

Stringendomi nelle spalle, assaggio il salmone mentre ammiro la vista del lago attraverso una finestra a tutta altezza.

Mi sento nuovamente invidiosa degli abitanti della Florida. A New York, bisognerebbe essere miliardari per avere qualcosa di simile a questa casa con questa vista.

Il pesce è divino, quindi assaggio tutte le verdure, che sono ugualmente straordinarie. Persino i fagioli sono gustosi e la zuppa di miso è la migliore del suo genere, dolce e saporita in egual misura.

All'improvviso, sento dei fruscii dall'altra parte dell'isola della cucina.

Ma che diavolo?

Il tavolo mi blocca la visuale, quindi mi avvicino con cautela al punto da cui proviene il suono: un lavandino che prima non riuscivo a vedere.

Sussulto.

Un uomo si sta alzando in piedi. In base agli attrezzi sparsi sul pavimento, deduco che si tratti di un idraulico venuto a riparare il suddetto lavandino.

Ammetto che, fino a oggi, se avessi dovuto immaginare un idraulico nella mia testa, assomiglierebbe a Super Mario, con baffi da cartone animato, la tuta da lavoro e un sex appeal pari a quello di uno scorfano.

Questo idraulico, invece, è l'uomo più attraente che io abbia mai visto.

I suoi occhi sono dell'azzurro limpido di quelli di un Siberian Husky, i capelli sono della tonalità schiarita dal sole del manto di un Golden Retriever e i lineamenti spigolosi del viso sono simili a quelli di un dio senza analogie canine. Purtroppo, ha le orecchie coperte da cuffie, ma scommetto che sono sexy anche quelle. Ah, e il suo petto nudo vanta un esercito di muscoli scintillanti, che includono addominali scolpiti. Inoltre, ha i capezzoli turgidi.

Mi correggo, sono i *miei* capezzoli ad essere turgidi.

Quando l'uomo mi vede, aggrotta la fronte, ma fa sembrare bella persino l'espressione burbera. Poi, il suo sguardo cade su ciò che resta delle tapas e i suoi occhi mi lanciano stilettate.

"Chi sei?" mi chiede con un ringhio basso che, in qualche modo, riesce a essere sexy. "E perché diavolo hai mangiato la mia colazione?"

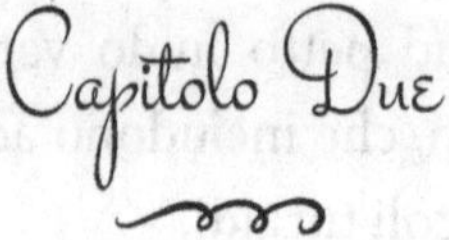

EVAN

Venti minuti prima

S to morendo di fame. Se non mangio subito, penso che potrei svenire.

L'attività cardio a digiuno è l'idea più stupida dopo la lotta contro gli alligatori e la caccia alle aquile con i droni.

Dopo la mia corsa mattutina sulla spiaggia, mi sento come un orso che si è risvegliato dopo un lungo inverno (e sto parlando di orsi comuni, non di quei piantagrane che abbiamo da queste parti, che rovistano tra la spazzatura e non hanno nemmeno bisogno di andare in letargo a causa del clima caldo). Ho mal di testa, zero energie e mi sento estremamente irritato (come il suddetto orso), soprattutto per le stupidaggini del mondo, che sono molte. Per esempio: stavo per fare colazione dopo aver esaminato la casa per la prossima inquilina, ma ho appena scoperto che il lavandino è intasato quando sono andato a lavarmi le mani.

Qualcuno può ricordarmi perché lo faccio? Pensavo che fosse perché mi piace socializzare con persone provenienti da luoghi diversi, ma, ora, inizio a sospettare di avere una vena masochista.

Quello che non avevo previsto è che, oltre a socializzare, si impara anche quale genere di cose la gente infila nel tritarifiuti. Finora, ho visto una parrucca bionda, un corno di cervo, un copertone di bicicletta e abbastanza dildo e plug anali da riempire un negozio di sex toy.

Dannazione! Devo controllare di cosa si tratta. Non riuscirò a godermi il pasto finché non avrò risolto questo problema. Forse, inizierò il mio trend personale: idraulica a digiuno.

Mi tolgo la maglietta, mi infilo sotto il lavandino e aggiungo un nuovo intasatore alla mia collezione: un Pokémon di peluche; nello specifico, Pikachu.

Il mio primo istinto è quello di scrivere una recensione negativa su Airbnb alla famiglia e di far pagare loro una penale, ma cambio subito idea. Detesto fortemente le recensioni negative; quindi, la mia regola d'oro stabilisce che non dovrei scriverle a meno che non lo pensi davvero e, in questo momento, potrebbe essere la rabbia indotta dalla fame a tentarmi.

Ho bisogno di un pasto, seguito da qualche coccola con Harry e Sally. Se domani sarò ancora incazzato per Pikachu, allora scriverò la recensione. Tuttavia, so già che non lo farò, perché non ho mai scritto recensioni negative sugli altri ospiti i cui oggetti vari avevano intasato il medesimo tritarifiuti.

Uscendo da sotto il lavandino, sento un rumore che fa sobbalzare il mio cuore affamato di cibo.

Un intruso?

È improbabile in una comunità recintata, ma non impossibile.

Mi alzo in piedi con cautela.

È una donna.

Una donna alta e snella, con capelli lucenti color cioccolato, occhi della più deliziosa tonalità di caramello, pelle color gelato alla vaniglia e una bocca carnosa come…

Dannazione! Ho bisogno di mangiare per smettere di vedere il mondo intero in termini di cibo.

Poi, mi cade lo sguardo sulla mia colazione, la cosa su cui stavo fantasticando.

È sparita.

Questa *ladra* l'ha mangiata.

No.

Cazzo, no!

"Chi sei?" Mi tolgo le cuffie dalle orecchie. "E perché diavolo hai mangiato la mia colazione?"

La sconosciuta si porta le mani ai fianchi. "Io ho preso in affitto questa casa. Chi sei *tu*?"

Quindi, questa è Brooklyn… da Brooklyn. "Non hai preso in affitto un bel niente, *ancora*" dico a denti stretti. "A quanto mi risulta, New York e Palm Islet hanno lo stesso fuso orario e non sono ancora le undici e mezza in nessuno dei due posti."

Lei fa un passo indietro, ma poi stringe gli occhi come due fessure. "Quindi... *questo* sarebbe il servizio clienti da queste parti?"

Mi si contrae la mascella. "Permettimi di ripetermi. Non sei una cliente. Non ancora. Più che altro, sei un'intrusa e, da queste parti, gli intrusi spesso si beccano un proiettile."

"Ah, quindi sei uno psicopatico a tutti gli effetti?" Mi scruta senza la paura che dovrebbe accompagnare la sua affermazione. Quando posa lo sguardo sulla mia mano, sgrana gli occhi. "Quello è un peluche squarciato?"

Merda! Sto stringendo il defunto Pikachu come una palla antistress. Forse, sembro davvero uno psicopatico... o, peggio, lo stereotipo di un nativo della Florida.

Apro il cestino della spazzatura e vi seppellisco i resti di Pikachu senza un elogio funebre. "Il moccioso che se n'è andato stamattina aveva infilato quel giocattolo nel tritarifiuti."

Brooklyn solleva il piccolo mento appuntito. "Quindi, non solo sei scortese, ma odi anche i bambini."

Odiare i bambini? Mi vengono i nervi. Ho già sentito quest'accusa in passato, anche se in circostanze diverse, ed è tanto falsa quanto esasperante.

"Che altro?" continua lei. "Nel tempo libero, prendi a pugni le vecchiette?"

Queste ipotetiche vecchiette fanno forse parte dell'Associazione dei Proprietari Immobiliari? In ogni caso, non ne prenderei mai a pugni una... per quanto quelle signore, in particolare, rendano allettante l'idea.

"Io sarei scortese?" Indico il mio pasto mancato. "*Io* non mi sono intrufolato per mangiare il *tuo* cibo."

"Non puoi lasciar correre?" Pianta i piedi più distanti tra loro, come un pugile pronto a combattere un altro round. "Pensavo che le tapas fossero qui per dare un caloroso benvenuto. Evidentemente, non conosci il significato del termine."

"Tapas?" Mi asciugo una goccia di sudore dalla fronte. "Quella era una colazione tradizionale giapponese."

Lei storce il naso. "Salmone per colazione?"

Esalo un sospiro frustrato. "Ora, stai insultando un'intera cultura?"

"No" ribatte lei. "Soltanto te."

"I newyorkesi non mettono forse il salmone affumicato sui bagel?" ribatto. "È la stessa cosa."

Lei mi schernisce. "Non mettono tutti il salmone affumicato sui bagel?"

Touché. Inoltre, pensare a un bagel con salmone affumicato mi fa brontolare lo stomaco così forte che lei sgrana di nuovo di occhi. Poi, per la prima volta, sul suo volto appare qualcosa che assomiglia al senso di colpa.

"Senti" mi dice. "Ovviamente, se avessi saputo che era il tuo cibo, non l'avrei mangiato."

Faccio un bel respiro e costringo le mie spalle contratte ad abbassarsi. "È il tuo modo di scusarti?"

Lei si irrita visibilmente. "Tu hai intenzione di scusarti per aver fatto lo stronzo?"

"No, ma puoi considerare di aver fatto il check-in in anticipo."

Ecco.

Mi sembra di essere un santo mentre esco a grandi passi dalla cucina, almeno finché non sento il suo profumo (o qualunque cosa sia). Arancio yuzu, salvia e chiodi di garofano. Delizioso.

Accidenti a me! Il mio stomaco è di nuovo all'opera.

Sbattendomi la porta alle spalle, mi precipito a casa mia, dove mi aspetta una colazione molto meno prelibata.

Capitolo Tre

BROOKLYN

Mentre lo stronzo mi passa accanto, il mio naso percepisce carambola, salsedine dell'oceano e cera. Mmm. Combinati con il suo aspetto, gli ultimi due profumi mi fanno pensare che possa fare il surfista nel tempo libero.

Ma i surfisti non sono più rilassati? La sua personalità è quella che la maggior parte delle persone attribuisce ai pitbull e ai chihuahua, anche se questi ingiusti stereotipi sui cani sono razzisti.

"Aspetta, hai dimenticato gli attrezzi!" grido, ma lui non mi sente.

Grandioso. Questo significa che, probabilmente, sarò costretta a rivederlo.

Traggo un respiro calmante e finisco l'ultima parte della sua colazione, perché tanto vale farlo. Quando il cibo è finito, ingoio la mia ultima compressa di ibuprofene ed esco sul portico riparato per esaminare la piscina gigante che si affaccia sul lago.

Wow!

Anche se non fossi a pochi minuti dalla spiaggia, questa vacanza sarebbe comunque fantastica.

Forse, posso davvero rilassarmi per la prima volta in sette anni?

Piombo a sedere su una vicina sedia a sdraio, ma, invece di rilassarmi, la mia mente inizia a rivivere l'interazione con l'idraulico sexy e mi chiedo se ho reagito in modo eccessivo. Forse, una leggera irritabilità indotta dalle mestruazioni?

Oh, pazienza. Almeno, io ho gli ormoni come giustificazione. Qual è la sua?

All'improvviso, un rumore fastidioso giunge alle mie orecchie. È un forte ronzio, che mi ricorda un gigantesco aspirapolvere infernale.

A proposito di inferno, perché sento odore di zolfo?

Scruto l'ambiente circostante. C'è un irrigatore in funzione sul lato destro del prato, ma quegli aggeggi non sono *così* rumorosi.

Poi, vedo da dove proviene il rumore. L'idraulico sta manovrando una macchina infernale sul prato, ancora a torso nudo.

O sta tagliando l'erba o sta girando una pubblicità per il macchinario in questione (e, improvvisamente, mi viene voglia di comprarne uno).

Deduco che sia più di un semplice idraulico.

"Ehi!" gli grido.

Nessuna reazione.

"Ehi, tu!"

No. Ha le cuffie; quindi, tra quelle e il rumore,

dubito che riesca a sentire i suoi stessi pensieri... ammesso che ne abbia.

Apro la porta della veranda e agito le braccia.

Finalmente, lui smette di fare baccano e si toglie le cuffie.

"Potresti *non* farlo?" grido.

Restringe lo sguardo. "Non fare cosa? Esistere?"

Roteo gli occhi. "Puoi esistere quanto vuoi, ma magari senza fare così tanto rumore?"

"Oh." Abbassa lo sguardo sul suo macchinario. "Ti dà fastidio che stia tagliando l'erba?"

Era sarcasmo? "Sì! Darebbe fastidio a chiunque abbia le orecchie. C'è qualche possibilità che tu possa farlo in un altro momento?"

Sospira. "Il piano originale era di farlo *prima* del tuo arrivo, ma sappiamo com'è andata a finire."

Imito il suo sospiro. "Quindi... è un 'no'?"

Sbuffa con aria infastidita. "Quando sarebbe un momento più opportuno per Voi, Vostra Maestà?"

"Fa sempre quel rumore?" gli chiedo.

Lui mi rivolge un irritato cenno d'assenso.

Guardo l'altezza perfettamente ragionevole dell'erba. "Puoi farlo *dopo* che me ne sarò andata?" Un momento che, probabilmente, lui attende con grande impazienza.

L'uomo scruta l'erba come se non l'avesse mai vista prima. "Se non lo farò presto, qualcuno dell'Associazione dei Proprietari Immobiliari si lamenterà e loro sono molto più fastidiosi di te."

È un velato complimento o un'accusa

all'Associazione?

"Magari, potresti farlo mentre io sono fuori" gli suggerisco.

Lui si asciuga alcune goccioline di sudore dal busto in modo estremamente distraente. "E cioè quando?"

Scaccio dalla mia mente le fantasie di leccargli il sudore. "Tra poco, dovrò andare a fare la spesa." Questo comprende altro ibuprofene, perché il mio mal di testa sta peggiorando sempre di più, anche se i crampi si sono un po' attenuati. Il mio utero sembra essere più felice al momento. Non so perché.

"Cosa significa 'tra poco'?"

"Tra un'ora?" Imposto un timer sul mio telefono.

"Benissimo" replica.

"Ottimo. Adesso… sai cos'è questo odore terribile?"

Lui annusa l'aria prima che un accenno di sorriso gli sfiori gli occhi. "Quello che ricorda le uova marce?"

Annuisco.

"Gli irrigatori, qui, usano l'acqua del pozzo" afferma. "Questo è l'odore che emana."

A conferma delle sue parole, il vento soffia nella mia direzione dall'irrigatore e mi provoca un conato di vomito.

"C'è qualche possibilità che tu metta in funzione gli irrigatori in un altro momento?" gli chiedo.

Sembro forse pretenziosa? Se è così, do la colpa a lui anche per questo: tira fuori il peggio di me.

Arriccia il labbro superiore. "Se va bene per Vostra Maestà, farò funzionare gli irrigatori prima dell'alba."

"Ottimo. Grazie."

"È tutto?" mi chiede, quasi sfidandomi ad aggiungere qualcos'altro.

"Hai dimenticato gli attrezzi sul pavimento della cucina" dichiaro.

"Andrò a prenderli tra un'ora" replica; poi, riavvia l'abominevole macchinario e se ne va, lasciandosi dietro i fumi della benzina.

Torno dentro e mi siedo su un comodo divano con vista sugli irrigatori puzzolenti. Non tornerò fuori finché non vedrò l'acqua scomparire.

Mentre me ne sto seduta, provo un osceno senso di delusione alla vista degli attrezzi che l'uomo ha lasciato. Una parte di me *vorrebbe* che passasse a prenderli quando *sono* a casa? Se è così, cosa c'è di sbagliato in quella parte di me? Jolene è entrata in qualche modo nella mia testa?

No, non è corretto nei confronti di Jolene. Quando mi ha detto che avevo bisogno di un po' di *vitamina D*, non è questo che intendeva. Persino lei conosce la differenza tra prendere un po' di cazzo e ritrovarsi insieme a un cazzone.

Non che sceglierei la prima opzione durante questa vacanza, a prescindere da quanto possa essere bello l'uomo in questione. Quell'unica scopata occasionale che ha cambiato per sempre la mia vita è stata l'ultima. Se farò sesso, dovrà essere nell'ambito di una vera relazione, cosa che non accadrà in vacanza. Il massimo che posso sperare in un luogo così lontano è un'avventura, che in pratica è una scopata prolungata.

In ogni caso, anche se l'idraulico/tagliaerba fosse un newyorkese, non sarebbe ideale per una relazione.

Il mio telefono squilla.

È Reagan. Mi parla con entusiasmo di quanto gli piaccia il campo estivo per qualche minuto, prima di chiedermi come mi vanno le cose.

"Alla grande" rispondo. "Il posto è molto bello. Sto andando a fare la spesa e dopo, magari, darò un'occhiata alla spiaggia."

"Anche noi andremo in spiaggia tra poco" esclama lui con entusiasmo e mi racconta tutto l'itinerario che precede la gita al mare, prima di lanciarsi in una storia sugli amici che si è già fatto.

A proposito di amicizie, non appena riattacco con Reagan, avvio una videochiamata con le mie amiche per ringraziarle ancora una volta dell'incredibile regalo.

"Mandaci foto di tutto" pretende Dorothy.

"Ma, magari, non della *vitamina D*" interviene Jolene. "Almeno, non mandarle alla signorina Pudica."

Gli irrigatori all'esterno si spengono.

Quindi, Evan mi ha accontentata su questo. Bene. È il minimo che potesse fare.

Saluto le mie amiche ed esco a rilassarmi in piscina.

Quando mi siedo, avverto una piacevole brezza tiepida sulla pelle e l'aria è priva di odore di zolfo. Sento solo il profumo dell'erba appena tagliata.

Inoltre, la pastiglia che ho preso prima deve aver fatto effetto, perché mi sento quasi normale e sull'orlo della calma.

Probabilmente, è per questo che la sveglia che avevo impostato prima suona proprio in questo preciso momento.

Giusto. Avevo promesso di non essere qui quando lui verrà a riprendere i suoi attrezzi e finirà di tagliare l'erba.

Grrr. Mi alzo e controllo la temperatura della piscina.

Tiepida e perfetta, naturalmente. Un altro motivo per cui non ho voglia di andarmene.

Forse, non sono costretta a farlo? Forse, potrei mettermi i tappi nelle orecchie e nuotare mentre lui farà rumore?

No. Credo che si tratti di quella folle parte di me che sta tramando affinché l'idraulico mi veda in bikini, per vendicarmi della sua tendenza ad andarsene in giro a torso nudo. Pur essendo pallida, sono piuttosto in forma e non ho l'occasione di sfoggiare il fisico da anni.

Pazienza! Userò la piscina più tardi. L'oceano potrebbe comunque essere più piacevole.

Torno dentro, indosso il bikini, ci infilo sopra un vestito estivo e poi guido fino al supermercato locale, dove, per ora, compro solo l'ibuprofene (i prodotti alimentari potrebbero andare a male se li lasciassi nel bagagliaio con questo caldo).

Quando metto piede in spiaggia, mi sento quasi elettrizzata. C'è qualcosa di speciale nella sensazione della sabbia calda tra le dita dei piedi, nel rumore delle onde e nella vista dell'infinita distesa blu. Mi fa passare il mal di testa meglio di qualsiasi farmaco.

A sollevare il mio umore, c'è anche uno spettacolo molto strano: una coppia di persone sedute sulla spiaggia sopra un vero e proprio divano. Lui assomiglia a un Bedlington Terrier e lei a un Chinese Crested Dog.

Perché il divano? Come? Chi se ne frega? Spero che sia andata così: qualcuno ha buttato via il divano e questa coppia intraprendente lo ha prelevato e ha deciso che sarebbe stato un'ottima seduta da spiaggia. Oppure, hanno smaltito il loro stesso divano in questo modo. Per quanto ne so, questa potrebbe essere una tradizione della Florida, come quella dei newyorkesi che legano insieme i lacci delle vecchie scarpe da ginnastica e le lanciano per appenderle ai cavi elettrici.

Con il sorriso sulle labbra, vado verso l'oceano per sentire la temperatura dell'acqua.

È tiepida, ma c'è un grosso problema se voglio nuotare: le onde sono troppo alte. Inoltre, ora che presto attenzione, vedo una bandiera rossa nelle vicinanze e, sotto di essa, un cartello che recita: "Oggi non è consigliato nuotare. Non ci sono bagnini in servizio."

Oh, pazienza! Crogiolarmi al sole potrebbe essere il relax di cui ho bisogno.

Stendo l'asciugamano, mi ci sdraio sopra, chiudo gli occhi e faccio finta di essere seduta su un divano anch'io… e così mi addormento.

Perché la mia bocca è così croccante, perché ho così caldo e cos'è questa puzza?

Apro gli occhi e mi ritrovo a faccia in giù sulla sabbia, con l'asciugamano che mi copre come una coperta anziché stare sotto di me, come dovrebbe fare un fedele telo da mare.

Merda! Ho abbastanza sabbia in bocca per costruire un piccolo castello.

Sentendomi molto femminile, passo i minuti successivi a sputare vigorosamente. Poi, cerco una fonte d'acqua per sciacquarmi la bocca e capire la fonte del cattivo odore. Se si tratta di nuovo dell'acqua del pozzo, potrei persino usarla per sciacquarmi la bocca, fetore o meno.

No. Non si tratta di irrigatori, ma di qualcosa di più strano. Nelle vicinanze, c'è una mucca e la puzza proviene da una polpetta che ha fatto. E sì, intendo una comune mucca, di quelle che fanno "muuu", e non una mucca di mare, ossia un lamantino, animale per cui questa zona è effettivamente famosa. Grazie alla colorazione del manto e agli occhi tristi, assomiglia proprio a un Basset Hound gigante, solo senza le orecchie cadenti e con le corna.

Mi strofino gli occhi, il che è un errore perché, ora, anch'essi sono pieni di sabbia. La mucca potrebbe essere un'allucinazione causata da un colpo di sole?

Ma, allora, perché anche la coppia sul divano la sta guardando? Quei due, li avevo visti *prima* di addormentarmi.

Ma, soprattutto, la mucca potrebbe darmi un po' di latte per sciacquarmi la bocca?

Rabbrividisco mentre la scena si svolge davanti ai miei occhi: io che mi avvicino alla mucca, le afferro la mammella (che, in pratica, è una tetta) e me la ficco in bocca.

Già. No, grazie. Forse, se avessi continuato a studiare e fossi diventata veterinaria come avevo sempre desiderato, avrei avuto esperienza con le mucche e, ora, sarei in grado di fare una cosa del genere, ma non con il mio curriculum di toelettatrice. La mucca mi darebbe un calcio in testa (e avrebbe ragione a farlo) e, poi, morirei e diventerei una di quelle storie nei notiziari che accadono "solo in Florida."

In ritardo, mi ricordo di aver visto un bagno vicino a dove ho parcheggiato, perciò vado lì a sciacquarmi la bocca.

Peccato che un cartello sopra il lavandino reciti: "Pericolo. Acqua non potabile. Non bere."

Mmm. Chiaramente, con quest'acqua ci si può lavare le mani; quindi, la domanda è: sciacquarsi la bocca si avvicina di più al bere o al lavarsi le mani?

Al diavolo! Prendo un po' d'acqua con le mani e mi sciacquo la bocca, poi gli occhi.

Ah. Molto meglio. Spero solo di non aver preso la congiuntivite e il colera.

Torno al mio asciugamano appena in tempo per vedere un tizio baffuto, che assomiglia a un Bull

Terrier, depositare la cacca di mucca in un grosso sacco, come fanno i padroni dei cani con i loro animali.

Strano. Poi, il Bull Terrier porta via la mucca, prima che qualcuno abbia la possibilità di fare domande ovvie.

La mia teoria è che si trattasse di una di quelle mucche da carne di Kobe (senza alcuna relazione con il famoso giocatore di basket). Si dice che tali mucche ricevano trattamenti reali: ottengono birra, massaggi e, probabilmente, anche pedicure. Se è vero, perché non aggiungerci anche una passeggiata sulla spiaggia?

Rimuginando ancora un po' su questo quesito, mi siedo sul mio asciugamano e ammiro le onde dell'oceano.

Mmm. Nonostante il cartello di divieto di balneazione, si vedono dei surfisti in lontananza.

Anzi, uno di loro ha persino un Golden Retriever sulla tavola da surf insieme a lui. Non è adorabile?

Sospiro malinconicamente. Reagan si divertirebbe un mondo se lo vedesse. Adora i video di cani che fanno ogni sorta di cose spassose, dal cantare al battere a macchina. Troverebbe anche dei validi argomenti per andare a fare una nuotata... e non essere fifoni.

Magari, entrerò in mare solo finché l'acqua mi arriverà alle ginocchia. Così, potrò bagnarmi il viso e rinfrescarmi un po'. Di sicuro, questo dovrebbe essere prudente.

Mi avvicino con cautela all'acqua e mi immergo fino a bagnarmi le caviglie, quando un'onda enorme spunta dal nulla.

Whoosh!

Il mio mondo gira mentre vengo capovolta.

Agito le braccia mentre l'acqua mi circonda da tutte le parti, ma non serve a nulla. Le onde mi trascinano nell'oceano e la mia vita mi scorre davanti agli occhi mentre mi preparo ad annegare.

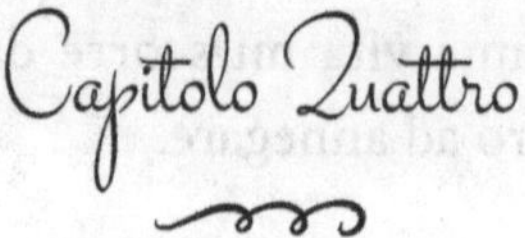

EVAN

Qualche ora prima

Non appena mi sento sazio della mia noiosa ciotola di cereali, mi rendo conto di non aver reagito nel migliore dei modi quando ho incontrato la nuova inquilina. Aveva pensato che il mio cibo fosse un piatto di benvenuto per lei: un'ipotesi che non è poi *così* assurda. In effetti, avevo accarezzato l'idea di lasciare degli spuntini, ma non l'ho mai messa in pratica.

Sospiro. In mia difesa, non c'era bisogno che lei fosse così aggressiva. Tuttavia, prenderò in considerazione l'idea di scusarmi se ne avrò l'occasione.

Solo che, quando inizio a tagliare l'erba, eccola lì, ancora più ostile di prima.

Dannazione! Perché succede sempre con quelle attraenti? Lasciamo perdere le scuse. Mi limiterò a evitarla per tutta la durata del suo soggiorno, il che è un po' deprimente, visto che siamo vicini di casa e lei è l'unica persona sotto i sessantacinque anni nel raggio di dieci miglia.

Pazienza. Dato che ho le energie e il tosaerba, taglio il prato a uno dei miei vicini anziani e gentili, uno dei pochi dell'Associazione dei Proprietari Terrieri che non mi dà il tormento.

Quando l'ora è quasi terminata, mi assicuro che l'auto di Brooklyn non sia in garage, poi taglio il prato del suo appartamento in affitto. A seguire, entro in casa per recuperare gli attrezzi dalla cucina e... eccola lì.

Sally, la mia gatta.

"Cosa ci fai tu qui?" le chiedo.

Lei sbatte lentamente le palpebre e non è difficile indovinare cosa stia comunicando con quello sguardo pigro:

Beh, è ovvio. Usando le nostre astuzie, siamo fuggite dal palazzo malvagio dove il nostro carceriere ci tiene nascoste al gattone dalla scintillante armatura.

Con un sospiro, prendo Sally e gli attrezzi e torno a casa, dove trovo una delle porte scorrevoli leggermente socchiusa: probabilmente, è così che la gatta è uscita.

"Come hai fatto ad aprirla?" le chiedo.

Sally agita la coda.

Astuzie, ricordi?

Harry, il mio cane, mi corre incontro e scodinzola con tanto entusiasmo da far pensare che io sia stato via per un anno.

Amico umano e amica gattina, finalmente siete tornati entrambi a casa. Fantastico!

Riempio le ciotole di entrambi e, mentre loro mangiano, preparo tutto per la gita in spiaggia.

Non appena Harry ha finito il suo cibo, si precipita ad annusare la tavola da surf.

Non dimenticarti di me, fratello. Sai quanto mi piace cavalcare le onde.

Sorrido. "Ci vado più per te che per me, quindi verrai, non preoccuparti."

Carico Harry e la tavola in macchina. Mentre prendo le chiavi, Sally mi lancia un'occhiata nefasta.

Se il nostro malvagio carceriere anche solo accenna a portarci vicino a quell'oscena distesa d'acqua, gli caveremo gli occhi.

———

Sulla spiaggia, tutto è come al solito: Boone e Bonnie sono seduti sul divano che hanno trovato in una discarica una settimana fa e, in lontananza, Calvin sta portando a spasso una delle sue mucche da compagnia.

No. Un momento. C'è qualcosa di diverso. C'è una donna sdraiata sulla sabbia.

Visto il pallore della sua schiena, o è una turista o è una vampira.

La mia solita fortuna! La gente del posto non ha niente in contrario se Harry è senza guinzaglio, ma lei potrebbe lamentarsi.

Quando mi avvicino, la riconosco. È Brooklyn e

non sta prendendo il sole. Almeno, non di proposito. Sembra che si sia addormentata a faccia in giù sulla sabbia e che, in qualche modo, sia anche rotolata via dal suo asciugamano.

È un bene che la casa che ha preso in affitto abbia un letto matrimoniale king-size, altrimenti lei probabilmente cadrebbe.

Trasalisco guardando il sole battere senza pietà sulla sua bella pelle liscia. Anche se si è messa la crema solare, avrà ustioni di secondo grado nel giro di un'ora.

La cosa più umana da fare sarebbe svegliarla, ma poi mi staccherebbe la testa a morsi.

No, mi serve un'altra idea. Se avessi un ombrellone in macchina, lo pianterei qui, ma non ce l'ho. Quindi, rischiando le palle e la sanità mentale, raccolgo il suo asciugamano e lo uso per coprirla, per evitarle un'ulteriore esposizione al sole.

Ecco. Dubito che lei farebbe una cosa del genere per me.

Harry guarda l'oceano e guaisce.

"Sì, sì" gli dico. "Adesso andiamo."

Una volta che Harry ha indossato il suo dispositivo di galleggiamento canino, prendo la mia tavola e ci immergiamo nelle onde.

Aah! Solo il surf mi regala questa intensa sensazione di relax misto a euforia, pace mista a terrore e, soprattutto, un senso quasi spirituale di libertà. Anche Harry lo adora e si diverte così tanto che mi fa apprezzare quest'attività ancora di più. Sono grato che lui faccia parte della mia vita anche perché, spesso, mi trascina a fare surf quando ne ho più bisogno.

Proprio mentre sto cavalcando un'onda alta, vedo Brooklyn avvicinarsi all'acqua e tutta la mia gioia evapora.

Quella donna non sa leggere? Il cartello dice chiaramente che l'oceano non è sicuro. Persino io e Harry dobbiamo stare attenti, oggi, e veniamo in questa spiaggia da una vita, per non parlare del fatto che lui è addestrato al salvataggio in acqua e io sono un bagnino certificato.

"Non farlo!" grido, ma dubito che lei riesca a sentirmi sopra il rumore delle onde.

Dannazione! Sta entrando in acqua. Non vede che...?

Cazzo!

L'onda che era chiaramente diretta verso di lei la fa cadere.

"Aiutala!" ordino a Harry, indicandola, prima di entrare in azione, con una scarica di adrenalina che mi spinge verso la riva.

Arrivo prima del cane, ma non vedo Brooklyn in superficie e, quando mi immergo, tutto è sabbia fangosa.

Un attimo dopo, Harry abbaia, indicando con il naso verso un punto a un paio di metri di distanza.

Col cuore che mi martella nel petto, mi tuffo in quella direzione e... eccola lì.

Più in fretta che posso, posiziono la tavola da surf sotto il suo petto per tenerle la testa fuori dall'acqua.

Muovendomi più velocemente di quanto ritenessi possibile, la porto sulla sabbia asciutta, poi la distendo sopra la tavola da surf, a distanza di sicurezza da eventuali onde.

"Chiamo il 911!" Bonnie grida dal divano.

Non lo ringrazio adesso, ma lo farò più tardi: a questo punto, ogni millisecondo è importante.

Controllo se Brooklyn respira.

No.

Mi si gela il sangue nelle vene, ma il mio addestramento subentra e inizio la rianimazione.

All'inizio, non c'è alcun effetto.

Mentre prendo fiato per prepararmi a farle un'altra respirazione bocca a bocca, lei ansima, poi si gira e vomita acqua di mare, con gli occhi selvaggi e spaventati.

Le tengo i capelli e le accarezzo dolcemente la schiena. Quando i suoi spasmi si attenuano, la aiuto a sdraiarsi di nuovo sulla tavola. Lei chiude gli occhi, respirando ancora in modo affannoso. Mentre guardo il suo petto muoversi, mi sembra di re-imparare a respirare a mia volta. Non so perché sono diventato così teso, probabilmente perché questo è il mio primo vero tentativo di salvataggio.

Pochi secondi dopo, Brooklyn riapre gli occhi e sembra un po' più calma. Forse sta bene, ma non mi concedo di rilassarmi. L'apparenza può ingannare.

"È arrivata l'onda" dice con un filo di voce.

"Lo so". Sono orgoglioso di quanto la mia voce sembri rassicurante, data la mia irrefrenabile tentazione di rimproverare Brooklyn per essere entrata in acqua con un oceano così tumultuoso.

"Ho rischiato di annegare?" mi chiede.

Annuisco e mi sento raggelare nuovamente alla consapevolezza di quanto sia stata vicina alla morte. "Ma, adesso, hai ripreso a respirare e i paramedici stanno arrivando" le dico per rassicurare tanto me stesso quanto lei. "Starai bene."

Si tira su a sedere. "I paramedici? No, non ne ho bisogno. Sto già bene."

"Sei quasi annegata." Mantenere un tono rassicurante sta diventando sempre più difficile. "Devi andare in ospedale."

Lei storce il naso. "Non mi piacciono gli ospedali."

Mi si stringe la mascella. "Solo agli ipocondriaci *piacciono* gli ospedali. E, forse, nemmeno a loro."

"Ma sto respirando bene" insiste ostinatamente.

"Andrai in ospedale" dichiaro a denti stretti.

Lei stringe gli occhi. "Non puoi dirmi cosa devo fare."

Sospiro, esasperato. "Ovviamente, non ti trascinerò in quel dannato ospedale. E nemmeno i paramedici lo faranno. Ma potresti aver subito dei danni agli organi per la mancanza di ossigeno, quindi *dovresti* andarci."

Sbatte le palpebre. "Volevo soltanto rilassarmi, per la prima volta dopo una vita" dice con la voce incrinata, come se fosse sull'orlo delle lacrime. "È chiedere troppo?"

Preferivo decisamente quando era arrabbiata e irritabile. Questo suo lato vulnerabile mi fa contorcere le budella. "Senti, Brooklyn" le dico gentilmente. "Se i medici ti dimettono, avrai ancora sei giorni per rilassarti. E il resto di oggi."

"Credo di aver dimenticato come si fa a rilassarsi" afferma.

"In questo caso, ti aiuterò io" dico, scandalizzando me stesso. "Ti porterò in una spiaggia senza onde. E poi al Sealand, un acquario qui vicino, gestito da un mio ex compagno delle superiori. E, se ti piacerà quello, potremo andare anche a Octoworld, un posto dove…"

La sirena dell'ambulanza attutisce le mie parole successive.

Quando la cacofonia si attenua, Brooklyn sospira. "D'accordo. Andrò in quello stupido ospedale."

"*Andremo*" la correggo. "Verrò con te."

"Davvero?" mi chiede, guardando i paramedici con timore.

"Se per te va bene" aggiungo.

Lei cattura il mio sguardo. "Grazie. Per tutto."

Mi gratto la nuca. "Non c'è di che."

"Sto per farti una domanda stupida" aggiunge, arrossendo. "Come ti chiami?"

<h1 style="text-align:center">Capitolo Cinque</h1>

BROOKLYN

Mi sento una completa idiota (e non solo per la mia ultima domanda). Dopo tutti i fastidi che gli ho causato, quest'uomo mi ha salvato la vita; eppure, riesco ancora a lamentarmi con lui.

"Sono Evan." Mi porge la mano callosa e, non appena la stringo, mi sento come se stessi annegando di nuovo: stavolta negli ormoni, che vanno in tilt al suo tocco.

Forse, c'è qualcosa di vero nell'idea che, quando si sfiora la morte, si ha voglia di fare sesso per dimostrare che si è vivi. O, forse, Jolene è più saggia di quanto si creda. Forse, questa forte reazione è dovuta a una grave carenza di cazzo. In alternativa, può darsi che io abbia *davvero* subito un danno cerebrale dovuto alla mancanza di ossigeno.

"E tu sei Brooklyn" afferma Evan, trascinandomi fuori dal mio torpore.

"Colpevole. Ne deduco che tu sia l'Evan con cui ho scambiato dei messaggi" dico.

Ciò significa che non solo è l'idraulico e il tagliaerba, ma gestisce anche la proprietà.

Alle spalle di Evan, vedo i paramedici con una barella. Lui segue il mio sguardo, poi si volta di nuovo verso di me e mi dice: "Andrà tutto bene."

Il cane con cui stava facendo surf guaisce. Deve aver capito che il suo padrone ha intenzione di venire con me in ambulanza e che i cani non sono ammessi.

O forse sì?

Evan si rivolge alla coppia sul divano. "Boone, Bonnie, Harry può stare con voi?"

Quando sente pronunciare il proprio nome, Harry scodinzola.

Nonostante le circostanze, sorrido. Amo gli animali in generale e, in particolare, i cani e i gatti. Inoltre, questo specifico cane è bellissimo e il suo muso mi ricorda il volto del suo padrone umano.

"Certo" risponde Bonnie con un pesante accento strascicato del Sud.

"Grazie" le dice Evan. "E grazie per aver chiamato il 911."

Manca un dente al sorriso altrimenti molto dentato di Bonnie. "Di niente, zuccherino. Quando vuoi."

Flirtare così spudoratamente davanti a suo marito? Ripensandoci, forse Boone è suo fratello? Oppure (e questo non è un bel pensiero), potrebbe essere entrambe le cose?

Harry scodinzola ai paramedici in arrivo, ma loro lo ignorano e si concentrano su di me.

Con la coda dell'occhio, vedo Evan rivestirsi.

Che peccato! Il suo torso nudo sarebbe stato una distrazione gradita in questo viaggio altrimenti sgradevole.

Dopo un trasporto pieno di sobbalzi sulla barella, mi ritrovo all'interno dell'ambulanza, con Evan al mio fianco (purtroppo, completamente vestito).

"I paramedici ti hanno dato del filo da torcere?" gli chiedo. "Pensavo che solo i familiari potessero salire sull'ambulanza."

Per la prima volta da quando ci siamo incontrati, Evan sorride ed è come un'alba su un oceano calmo. "Palm Islet è una città relativamente piccola. Conosco i paramedici e chi può salire sull'ambulanza è a loro discrezione."

Se è vero, i paramedici in questione devono ritenere Evan affidabile.

Mmm. La cosa strana è che anch'io sto cominciando a trovarlo degno di fiducia e questo è inaudito per me. Dopo che il padre di Reagan è sparito dalle nostre vite, ho smesso di fidarmi dei maschi della mia specie. D'altra parte, Evan mi ha salvato la vita e l'unico altro uomo ad averlo fatto è stato il medico del Coney Island Hospital sette anni fa. Mi fido anche di lui, ma, fortunatamente, non ho più avuto bisogno di vederlo da allora.

Mi schiarisco la gola. "Mi dispiace per prima. Detesto gli ospedali e me la sono presa con te."

Evan liquida la questione con un gesto della mano. "Anch'io detesto gli ospedali. Se i nostri ruoli fossero stati invertiti, forse mi sarei comportato nello stesso modo."

Il profondo dolore che si cela dietro queste parole è evidente nella tempesta dei suoi occhi. Mi viene voglia di alzarmi dalla barella e abbracciarlo; invece, protendo le mani e stringo la sua tra le mie. "Che cos'è successo?"

Lui fissa le nostre mani unite con aria confusa, poi incontra il mio sguardo. "Come fai a sapere che è successo qualcosa?"

Mi mordo il labbro. "Perché io odio gli ospedali per lo stesso motivo. Mi è successo qualcosa di brutto lì."

Aggrotta le sopracciglia. "Che cosa? Stai bene?"

"Adesso, sì." Prendo fiato e dico di botto: "Ho rischiato di morire in ospedale. Se non fosse stato per un certo chirurgo, oggi non sarei qui."

La storia completa è che ho rischiato di morire dopo il parto, ma non voglio condividere quest'informazione, in parte perché i dettagli sono macabri per gli uomini, ma anche perché, per qualche insondabile ragione, non voglio che Evan sappia che sono una madre.

Aspettate! Che cosa? L'ultima parte è così stupida che vorrei prendermi a schiaffi. Mi sto immaginando in una relazione con lui o cosa? In ogni caso, qual è il senso del volergli nascondere l'esistenza di Reagan? Perché è evidente che Evan detesti i bambini? Ma come ho…?

"Mi dispiace" mi dice Evan con dolcezza. "È una

cosa terribile da affrontare." Prende fiato anche lui. "Mia madre è stata malata per molto tempo prima di morire e abbiamo praticamente vissuto in ospedale. Ora, ogni volta che ci passo davanti, i ricordi sono..." Si interrompe.

"Oh, no." Pur essendomi allontanata dai miei genitori, non riesco a immaginare di perderli in un modo così doloroso. Gli stringo la mano. "Non sei costretto a venire con me. Starò bene."

"No." Ritrae la mano. "Non ti libererai di me così facilmente."

Sorrido debolmente. "Ok. Se ne sei sicuro."

"Sicurissimo" risponde e, in quel momento, l'ambulanza si ferma e io vengo portata al pronto soccorso, con Evan al mio fianco.

"Indossi questo" mi dice un'infermiera, porgendomi un camice.

Vado nello spogliatoio e mi cambio, togliendo il costume da bagno e il copricostume per indossare il camice, che mi fa sentire come una prigioniera di Azkaban.

Quando esco, l'infermiera si offre di asciugare i miei vestiti bagnati (un servizio che non sarebbe mai offerto a New York).

Dopo che mi è stata assegnata una piccola stanza privata, varie persone in camice controllano i miei parametri vitali e mi chiedono cos'è successo.

"Grazie per essere qui" dico a Evan quando c'è un attimo di pace. "Penso che sarebbe molto peggio se fossi da sola."

Lui mi stringe la spalla. "Non c'è di che."

Il suo tocco fa accelerare le mie pulsazioni così tanto che uno dei monitor a cui sono attaccata emette un segnale acustico. Mi sporgo per controllare il monitor, ma non so come decifrarlo, perciò lancio un'occhiata al mio fidato Octothorpe Glorp.

Già. Persino adesso che Evan ha ritirato la mano, sto registrando circa centoventi battiti al minuto.

Mio Tesssoro, sto diventando molto geloso a causa di tutti questi altri gadget che monitorano la maestosità del tuo corpo e di tutti i suoi fluidi. Sappi che gli altri non sono ossessionati da te come lo sono io. Credo che nessuno di loro ti guardi dormire ogni secondo di ogni notte e sono sicuro che nessuno di loro fantastichi di mangiarti le unghie dei piedi.

Una giovane infermiera attraente entra nel mio spazio, presumibilmente per controllare se sto andando in arresto cardiaco.

"Stai bene" afferma e giurerei di sentire delusione nella sua voce.

Mmm. Che sia la mia faccia?

No. La vedo fissare Evan con desiderio, il che spiega tutto.

"Il dottore sta arrivando" dice a nessuno in particolare e se ne va.

Fiù! Spero di non dover restare qui più del necessario, altrimenti potrebbe trasformarsi nell'infermiera Ratched nei miei confronti.

"Il dottore, probabilmente, è Vic" afferma Evan con un lieve sorriso. "È un mio amico."

Già. Quando il dottore entra, sul suo cartellino c'è scritto Victor Hugo.

Un momento! Non è il nome dell'autore francese che ha scritto *I miserabili* e *Il gobbo di Notre Dame*?

Inoltre, il dottore mi ricorda la razza canina Beauceron ed è bello quasi quanto Evan. Che ci sia qualcosa nell'acqua di Palm Islet?

"Ciao, Vic" Evan lo saluta. "Come sta tua nonna?"

"Meglio" risponde Vic (senza alcuna traccia di accento francese). "Sta facendo giardinaggio. Riesci a crederci?"

"Giardinaggio dopo aver avuto un infarto." Evan scuote la testa. "Sembra proprio tipico di tua nonna."

Vic (o il dottor Hugo, come preferisco chiamarlo) si rivolge a me. "Devo auscultarti i polmoni."

Mi alzo a sedere e lui fa il suo dovere, cosa che, per qualche motivo, rende Evan teso.

"Ok." Il dottor Hugo ripone lo stetoscopio. "Vuoi prima la buona notizia o quella cattiva?"

Mi vengono i sudori freddi. "Di cosa si tratta?"

Il dottor Hugo scuote la testa. "Scusa, stavo per fare una battutaccia. C'è *solo* la buona notizia. Sei sanissima e libera di andare."

"Ma che diavolo?" esclama Evan. "Perché hai detto una stronzata del genere?"

"Ripeto: mi dispiace" mi dice il dottor Hugo. "Stavo per fare una battuta sul fatto che la cattiva notizia è che esci con uno zuccone."

"Non usciamo insieme." Evan sembra sul punto di

dare un pugno all'amico, ma poi si limita a roteare gli occhi.

Ehi, doveva proprio negare con tanta veemenza l'idea che ci frequentassimo? Ovviamente, è assurda, ma non è che il dottor Hugo fosse fuori luogo per aver fatto quella supposizione, a meno che Evan non mi ritenga così brutta e stronza da rendere l'idea *davvero* inaccettabile...

"Chiedo scusa, di nuovo" mi dice il dottor Hugo. Un sorriso gli sfiora gli occhi mentre aggiunge: "Sei in salute e non esci con uno zuccone: due ottime notizie."

La mascella di Evan si contrae. "Se mai vorrai diventare un comico, non lasciare il tuo lavoro attuale."

A questo punto, balzo in piedi. "Grazie, dottor Hugo."

"Ti prego" mi dice. "Chiamami Vic."

Era uno sguardo letale quello che Evan gli ha appena lanciato?

Uomini! Con gli amici che hanno, chi ha bisogno di nemici?

"Pronta ad andare?" mi chiede Evan.

Individuo l'infermiera che si era offerta di asciugare i miei indumenti.

Nello spogliatoio, mi cambio e mi sento quasi normale. Quando esco, gli occhi di Evan vagano sul mio corpo. Quasi come se...

"Ti sei scottata" afferma. "Di brutto."

Quindi, è così. Non apprezza ciò che vede; è inorridito.

Giro il collo per guardarmi la schiena. Riesco a vedermi solo la spalla, ma conferma l'affermazione di Evan.

È rossa. E, ora che lo so, lo sento anche.

Dannazione! Con tutta l'adrenalina, suppongo di non aver notato il bruciore, o di aver pensato che fosse solo dovuto alla pelle secca per gentile concessione dell'aria dell'ospedale. Ora, però, non c'è dubbio. Mi sono scottata e di brutto. L'ultima volta che mi è successo, sembravo un'aragosta bollita che si era vestita da barbabietola per Halloween.

"È meglio che andiamo" mi dice Evan e mi conduce fuori, dove riceviamo un passaggio in ambulanza fino alla spiaggia, grazie ai simpatici paramedici.

Non appena usciamo dall'ambulanza, sento una sensazione di bruciore quando il sole tocca la mia pelle esposta, soprattutto sulla schiena.

La scottatura sta peggiorando.

"Tieni." Evan mi copre con la sua maglietta.

Mi sento subito meglio, ma credo che questo abbia a che fare più con il suo profumo sull'indumento che con la protezione dai raggi solari.

Un forte abbaiare in lontananza ci induce a guardare Harry, che si sta divertendo un mondo a inseguire un gabbiano sulla riva.

"La mucca è tornata" dico, scorgendola.

In realtà, questa dev'essere una mucca leggermente diversa. Il colore del suo manto mi ricorda più che altro quello di un dalmata. Con occhi più maligni che tristi, la mucca lancia a Harry uno sguardo torvo, che mi fa pensare a un'interessante statistica che avevo letto poco prima di questo viaggio: è cinque volte più probabile essere uccisi da una mucca che da uno squalo.

"Sì" conferma Evan con una certa noncuranza, considerando che c'è una mucca su una spiaggia. "È una di quelle di Calvin. Ne ha parecchie."

"Come mai?" Mi accoccolo nella sua maglietta e la annuso il più furtivamente possibile.

"Non si può avere un'unica mucca. Sono animali da mandria" risponde Evan. "Una si sentirebbe sola, annoiata e ansiosa."

Sorrido. "Quello che intendevo è: 'Come mai ha delle mucche?'"

"Oh." Evan fa spallucce. "Suppongo che Calvin le abbia prese per lo stesso motivo per cui la gente prende i gatti o i cani da un rifugio."

Ah. Giusto. Comunque... Mucche. Al plurale. O Calvin aspira alla santità o sta pianificando di fare parecchi barbecue quando arriverà un'apocalisse zombie.

Sulla spiaggia, Harry nota la mucca e le si avvicina, scodinzolando.

La mucca non ne sembra contenta, anche se è possibile che abbia semplicemente il ciclo, come me, o che sia solo scontrosa in generale.

"Harry, no!" gli grida Evan.

Udendo la voce del suo padrone, Harry drizza le

orecchie e corre da lui, scodinzolando in modo molto più eccitato di quanto avesse fatto per la mucca.

"Pronta a tornare a casa?" mi chiede Evan.

Annuisco e il gesto mi tende la pelle del collo, procurandomi dolore.

Evan si acciglia. Deve aver notato la mia piccola smorfia.

"Ti do un passaggio?" mi propone.

Scuoto la testa. "Ho una macchina qui." Indico verso il parcheggio.

"Dammi le chiavi" mi dice. "Dirò a Boone di portarla al tuo alloggio."

Gli consegno le chiavi e resto con Harry mentre Evan si occupa dei preparativi.

"Il tuo umano è molto più gentile di quanto pensassi" dico al cane.

Harry scodinzola e io lo prendo per un assenso.

"Andiamo" dice Evan quando torna. Mi conduce alla sua vettura, un pick-up dall'aspetto robusto che mi fa venire in mente il campeggio e le battaglie con i monster truck.

Harry punta il naso verso il pianale del pick-up e piagnucola.

"No, amico." Evan mette la tavola da surf dove il cane sta chiedendo di stare. "Quello non è un posto sicuro per viaggiare."

Rivolgendosi a me, spiega: "Le persone che lo hanno consegnato al rifugio, evidentemente, gli permettevano di viaggiare lì e, ora, lui lo preferisce." Si rivolge a Harry. "Continuo a ripetertelo: potresti cadere, saltare fuori, e non pensiamo nemmeno a cosa succederebbe in caso di tamponamento."

Sbuffando stoicamente, il cane si avvicina alla portiera e, quando Evan gliela apre, salta dentro l'auto.

"Uno di questi giorni, smetterà di chiedere" mi dice Evan con un sorriso. "Questo e la birra sono i suoi peggiori vizi."

Al sentir menzionare la birra, Harry drizza le orecchie.

"No. La birra non fa bene ai cani." Evan mi guarda. "Sono dovuto passare al vino perché, a volte, lui mi rubava le birre."

Harry sbatte le palpebre con aria innocente dall'interno dell'auto.

Sorridendo, salgo e trovo l'abitacolo molto più spazioso di quanto sembrasse dall'esterno. Né il cane né il suo padrone mi intralciano e non sono costretta a sedermi sulle ginocchia di Evan.

Sigh!

Ci allontaniamo dalla spiaggia e, ben presto, ci fermiamo accanto a un negozio con la statua di un pesce gigante davanti.

"Che ne pensi del sashimi?" mi chiede Evan.

Faccio spallucce. "È buono, ma non è che mi venga voglia di mangiarlo tutti i giorni." Né potrei *permettermi* di mangiarlo tutti i giorni. "Perché?" Senza rispondermi, lui corre dentro il negozio e torna fuori con un sacchetto.

"Sul serio" gli dico quando riprende a guidare. "Perché mi hai chiesto del sashimi?"

Voglio dire, ho un presentimento, ma…

"Come avrai capito dalla colazione di stamattina, sono un appassionato di cucina giapponese" afferma Evan. "Quindi, il motivo per cui ti ho chiesto se ti piace il sashimi è che voglio preparartelo. Stasera. Per cena."

Capitolo Sei

EVAN

Merda! Come ho fatto a far sembrare quell'invito così simile a un appuntamento?

"Oh. Wow" commenta Brooklyn, senza dubbio in procinto di rifiutare. "Grazie. Mi piacerebbe molto."

Ah.

Mmm.

Verrà a cena?

Ok. Evidentemente, non ha colto le vibrazioni da appuntamento.

Bene.

Non sono incline alle frequentazioni, specialmente con le turiste. A differenza di molti miei amici, detesto le scappatelle. Mi ricordano le seghe davanti a un porno, ma con una maggiore probabilità di contrarre una malattia venerea. Se volessi una qualche forma di relazione (e non la voglio), sarebbe più una cosa simile

53

al matrimonio, ma c'è un grosso problema. Le donne non vogliono sposarmi perché non darò loro dei figli. Prima che rinunciassi alle frequentazioni, le mie storie duravano fino a quando rivelavo la mia vasectomia. A quel punto, la donna in questione mi accusava di odiare i bambini (il che non è vero) e si affrettava a mollarmi.

"Non ci vuole una grande abilità per tagliare il sashimi?" mi chiede Brooklyn. "Ho visto *Jiro e l'arte del Sushi*."

Mi siedo più dritto. "Ho frequentato un corso a Los Angeles. Ho studiato con un sensei del sushi e tutto il resto."

"Ma va?" Mi guarda con curiosità. "Hai intenzione di aprire un ristorante, un giorno?"

Scuoto la testa. "Volevo solo essere capace di prepararmelo esattamente come piace a me. E controllarne anche la freschezza."

"È un grosso sforzo" afferma. "Deve piacerti *davvero* molto il cibo giapponese."

Entro nell'ingresso privato della mia comunità e Brooklyn sbatte le palpebre con aria confusa.

"Ceneremo a casa mia?" mi chiede.

"No. Cioè, potremmo, ma io ho la tavola di bambù, lo yanagiba e tutto il resto" affermo. "Inolte, la mia gatta adora il sashimi, quindi…"

"Hai anche una gatta?" Sembra stranamente invidiosa.

"Sì" rispondo mentre mi immetto nel mio vialetto.

"In realtà, è scappata nel tuo appartamento, prima, e non ho idea del perché."

"Aspetta." Brooklyn guarda la mia casa, poi me. "Ti lasciano vivere qui?"

"Chi?"

"I proprietari di questa casa e di quella in cui alloggio io. A meno che… non ti lascino abitare qui come ricompensa per la gestione del…"

"Sono io il proprietario" dichiaro, pensando che il suo sproloquio semi-offensivo potrebbe andare avanti per un mese se la lasciassi fare. "Perché hai dato per scontato che non lo fossi? C'è forse qualcosa nel mio abbigliamento o nel mio comportamento che grida 'non sono un proprietario immobiliare'?"

Brooklyn arrossisce e io capisco perché le donne abbiano inventato il fard. Sul viso giusto, è sexy.

"Scusa" borbotta. "Stavi riparando il lavandino, perciò ho pensato che fossi un idraulico. Poi, stavi tagliando l'erba e…"

"Mi piace fare queste cose da me." Parcheggio l'auto nel mio garage e apro la portiera per Brooklyn. "Di solito, quando si possiede un immobile, si guadagna un cosiddetto reddito 'passivo'" le spiego mentre entriamo. "Mi sembrava noioso; quindi, nel mio caso, ho introdotto una componente attiva. Finché non avrò costruito troppe case per poterle gestire da solo, non ho intenzione di assumere qualcuno che mi aiuti."

"Cosa intendi per 'troppe'?" Brooklyn fissa a bocca aperta la mia cucina, una copia di quella che ha visto prima nell'altra casa. "Stai costruendo molte case in questo momento o cosa?"

"Per adesso, ho costruito solo queste due, ma possiedo la maggior parte dei terreni di questa comunità; quindi, prima o poi, ne costruirò altre."

Di solito, non mi vanto del mio patrimonio, ma credo che lei abbia ferito il mio orgoglio con la sua supposizione.

Ora, mi sta fissando con aria stupita. "Possiedi la maggior parte dei terreni qui?" Poi, sembra che le si accenda una lampadina nel cervello. "È per questo che la guardia di sicurezza mi ha detto che le regole dell'Associazione dei Proprietari non si applicano a te?"

Annuisco. "Ho la maggioranza dei voti nell'Associazione, quindi tratto le loro stupide regole come meri suggerimenti. Per dirla in altri termini, li lascio avere le loro regole." Apro il cassetto con tutta la mia attrezzatura da sashimi. "Se mi fanno arrabbiare, mi presento alle fastidiose riunioni e voto affinché l'intera comunità sia gestita come voglio io. È per questo che mi lasciano in pace, per lo più… almeno, per quanto la loro natura litigiosa lo consente."

Mentre apro il sacchetto di pesce fresco, Sally si materializza come dal nulla e sbatte lentamente gli occhioni nella mia direzione.

Ah, le nostre astuzie colpiscono ancora. Grazie a una manipolazione mentale di altissimo livello, siamo riuscite a raggirare il nostro carceriere affinché ci procurasse il nutrimento che giustamente meritiamo. Quando avremo la pancia piena, la nostra fuga sarà imminente.

"Oh, mio Dio!" esclama Brooklyn. "Di che razza è quel gatto?"

"È un Ragamuffin." Comincio a sfilettare il salmone, mentre Sally mi guarda così intensamente da far pensare che sia ipnotizzata (o che stia cercando di ipnotizzare me).

Perdoneremo il nostro carceriere per l'insulto (in inglese, "ragamuffin" significa monello)... *per questa volta. Ma, un giorno, quando il gattone dalla scintillante armatura verrà a salvarci, tutti i conti saranno regolati. Con il sangue.*

"Sei così carina!" Brooklyn dice a Sally. "Come ti chiami?"

"Sally" rispondo io, nel caso in cui la gatta non si senta molto loquace al momento.

"Aspetta!" Brooklyn distoglie lo sguardo dalla gatta e mi esamina con un sorriso. "Harry e Sally?"

Mantenendo una faccia da poker, taglio il pesce come mi è stato insegnato. "Cosa?"

"Oh, per favore!" esclama lei. "*Harry, ti presento Sally*?"

"Lui abbaiava" replico con espressione impassibile. "E lei sibilava. Ma, ora, sono grandi amici. Di solito."

Brooklyn geme con irritazione. "Sai benissimo che *Harry, ti presento Sally* è una commedia romantica. Con Billy Crystal e Meg Ryan."

Affetto ancora un po' il pesce. "D'accordo. Sì. Era il film preferito di mia madre." Questa ammissione mi scalda il cuore e mi fa male nello stesso tempo. Ricordo che mamma e papà litigavano scherzosamente per gli ultimi popcorn quando guardavamo quel film durante la mia infanzia... e ricordo il mio imbarazzo l'ultima volta che lo abbiamo visto insieme alla mamma in ospedale, perché finalmente ero abbastanza grande da capire la scena del finto orgasmo di Meg Ryan al ristorante. Ricordo anche che papà guardò il film il giorno dopo il funerale della mamma e che non riuscì a smettere di piangere per tutto il tempo.

"Mi dispiace" dice Brooklyn, probabilmente notando la mia espressione. "Non intendevo farti parlare di tua madre. Di nuovo."

"Non fa niente" rispondo, ma non sono sicuro di sembrare abbastanza persuasivo.

Lei si schiarisce la gola. "Ti dispiace se gioco con Sally?"

Le porgo una minuscola fetta di sashimi. "Se vuoi iniziare bene, dalle questo."

Brooklyn si avvicina lentamente alla gatta e le offre il bocconcino.

Sally divora il pesce, ma il suo sguardo non si scalda nei confronti della nuova umana.

Brooklyn la guarda sbattendo le palpebre molto lentamente e molto intensamente.

Strano. Eppure, Sally sembra apprezzare il gesto. Fa le fusa e si strofina persino sulla sua manica.

Vedendo tutto ciò, Harry si avvicina a Brooklyn scodinzolando. *Amica! Anche a me piace giocare. E, se potessi darmi una grattatina dietro l'orecchio, sarebbe fantastico.*

Dimostrando di saper comprendere Harry quanto me, Brooklyn lo gratta dietro le orecchie, rendendolo piuttosto felice. Poi, gli massaggia la pancia, il che porta la felicità all'estasi, ma induce Sally a stringere gli occhi.

"Attenzione" dico a Brooklyn. "La gatta ha una seria vena di gelosia." E, se devo essere sincero, anch'io sono un po' geloso per tutte le coccole che il mio cane sta ricevendo.

Dannazione! Cosa mi salta in mente?

Invece di schiaffeggiarmi, mi concentro sulla preparazione della cena. Quando è pronta, la metto in tavola su un vassoio di legno a forma di barca.

"Wow!" esclama Brooklyn, esaminando il mio operato. "Sei sicuro che non hai intenzione di aprire un ristorante?"

Sorrido. "Mi stai adulando solo perché ti ho salvata?"

Lei si siede sulla sedia e trasale.

Mi acciglio. "La scottatura?"

Fingendo di non avermi sentito, prende un paio di bacchette, afferra un pezzo di salmone dalla barca e lo intinge nella piccola quantità di salsa di soia che le ho versato.

"Mettici sopra un po' di wasabi" le suggerisco appena in tempo.

Lei lo fa e, poi, si infila sensualmente il bocconcino tra le labbra deliziose.

Grandioso! Ora, ce l'ho duro. E la situazione peggiora, perché potrei giurare che Brooklyn gema di piacere quando inizia a masticare.

Forse, il mio cazzo mi sta facendo avere le

allucinazioni? Poi, però, lei rovescia gli occhi all'indietro come se stesse per avere un org...

"Molto divertente" brontolo. "Parliamo di *Harry, ti presento Sally* e tu riproponi quella scena famosa."

Brooklyn deglutisce e le sue guance diventano del colore del salmone. "Quale scena?"

Capitolo Sette

BROOKLYN

È stato un debole tentativo di fare la finta tonta. So perfettamente a quale scena si riferisce Evan: quella in cui Meg Ryan finge di venire. È possibile che io l'abbia recitata inavvertitamente, ma, in mia difesa, il sashimi è *così* buono. Il perfetto mix di dolce, salato e morbido da sciogliersi in bocca. Inoltre, non ho mangiato per tutto il giorno. E lui…

"Lasciamo perdere." Evan si schiarisce la gola, chiaramente desideroso di cambiare l'argomento imbarazzante. Come se venisse in suo soccorso, la gatta salta sul tavolo e lui le porge un pezzo di tonno mentre mi chiede: "Anche tu hai dei cuccioli pelosi?"

Reagan conta? "No" rispondo ad alta voce. Nonostante i lunghi capelli che mio figlio ha deciso di farsi crescere, non è comunque abbastanza peloso. "Ne voglio uno, però" continuo. "Moltissimo."

"Ah sì?" Evan indica il suo cane. "Perché non vai in un rifugio e ne salvi uno?"

Sospiro. "A New York, i padroni di casa amano i cani e i gatti quanto il Grinch ama il Natale. Gli animali non sono quasi mai ammessi negli appartamenti in affitto."

"Sembrano peggiori della nostra Associazione dei Proprietari Immobiliari."

"È un'accusa pesante, detta da te." Prendo dell'altro sashimi e lo ricopro di wasabi.

Un naso umido mi pungola sullo stinco. Abbasso lo sguardo su Harry, che mi rivolge un sorriso con la lingua penzoloni.

"Posso dargli del pesce?" chiedo a Evan.

"Certo, ma senza salsa di soia né wasabi" risponde. "E tieni presente che, d'ora in poi, ti tormenterà per sempre."

Con gioia, porgo a Harry un pezzo di calamaro.

Il cane lo mangia con lo stesso entusiasmo con cui l'avevo mangiato io e questo è il mio segnale per assaggiare un altro boccone (sforzandomi di non emettere versi orgasmici un'altra volta).

"Sembra che ti piacciano gli animali" afferma Evan. Lo fa sembrare un grande complimento.

"È così" rispondo. "Tanto che, da bambina, volevo diventare veterinara. Quando quell'opzione non è andata a buon fine, sono diventata toelettatrice di animali."

"Come mai non è andata a buon fine?" mi chiede.

Merda! Sono andata a parare dritta lì. Se voglio dichiarare di essere una madre, questa è la mia occasione. "La vita si è messa in mezzo" rispondo vagamente, prendendo la strada della codardia. "E tu? Gestire un alloggio Airbnb è il sogno della tua vita?"

Lui ci riflette su davanti a un paio di pezzi di pesce. "No. Voglio una fattoria. Vicino all'oceano. Voglio coltivare il mio orto quando non faccio surf. Voglio che Harry possa correre liberamente. E anche Sally. Mi sto rendendo conto sempre di più di volere una vita semplice."

Sorrido. "A parte la terribile incombenza di dover andare a comprare il cibo, sembra che tu abbia già una vita semplice. Fai surf. Gestisci l'alloggio Airbnb. Giochi con i tuoi cuccioli pelosi. Dimentico forse qualcosa?"

"Cibo giapponese." Sorride ancora una volta, facendomi passare tutti i dolori meglio dell'ibuprofene.

"*Quello* non mi sembra così semplice" affermo.

Il suo sorriso scompare e così anche i relativi effetti analgesici. Parallelamente, l'effetto dell'ibuprofene sta passando. Mi stanno tornando i crampi e la pelle comincia a bruciarmi seriamente. Presto, dovrò correre in macchina a prendere dell'altro antidolorifico.

"Cosa c'è di più semplice?" Evan solleva un pezzo di ricciola con le bacchette e i suoi forti avambracci mi distraggono per un attimo. "Posso andare a pescare e poi mangiare senza dover cucinare nulla."

Perché, oh, perché ho pensato a quella stupida scottatura? È come se avesse aspettato che lo facessi prima di peggiorare. "E internet?" chiedo a Evan, facendo del mio meglio per distrarmi. "Lo avresti nella tua ipotetica fattoria?"

Lui riflette attentamente sulla mia domanda. "Credo di sì, soprattutto per ascoltare musica e guardare film."

Inarco un sopracciglio, il che mi fa capire che mi sono scottata anche sulla fronte. "Che genere di film e di musica?"

"Musica dei Doors." Sembra sorridere tra sé e sé. "E qualsiasi film con Faye Dunaway."

"Faye Dunaway?" esclamo. "Era nel mio film preferito di tutti i tempi."

Conosco anche i Doors, soprattutto perché la mia defunta nonna disse questo sul loro cantante (e cito testuali parole): "Jim Morrison era il maschio umano più perfetto che abbia mai camminato su questa terra."

"Quale film?" Le striature verde-blu dei suoi occhi brillano.

"*Don Juan DeMarco*" rispondo, arrossendo. C'è stato un tempo in cui pensavo del giovane Johnny Depp quello che mia nonna pensava del cantante dei Doors.

"L'ho visto una volta" dice Evan. "Con mia madre."

Ecco: gli ho ricordato di nuovo la tragedia della sua vita. Per fortuna, sembra che lui stia bene, quindi continuo. Afferrando un pezzo di sgombro con le bacchette, chiedo: "Allora, da ragazzino avevi una cotta per Faye Dunaway o cosa?"

Sfoggia un sorriso. "Colpevole. A quindici anni, ho visto il suo volto sulla copertina di una vecchia videocassetta e, per un po', ne sono stato ossessionato."

"Quale film?"

"*Il caso Thomas Crown*" risponde.

"Oh." Resisto all'impulso di grattarmi la scottatura sulla schiena. "Non l'ho mai visto. Solo il remake con Pierce Brosnan."

Evan fa un sorriso sdegnato: un bel trucco, che dovrò praticare davanti allo specchio. "Non capisco perché Hollywood sia così ossessionata dal rifare film che vanno benissimo così come sono."

Mi stringo nelle spalle. "A volte, i remake finiscono per essere migliori dell'originale. Per esempio, *Scarface* con Al Pacino era un remake."

Lui mi schernisce. "Probabilmente, quello è l'unico esempio esistente."

Inclino la testa. "Ci sono state molte versioni di *Dracula*, ma quella di Francis Ford Coppola dei primi anni Novanta è la mia preferita."

"Non è un remake" ribatte lui. "È un adattamento per lo schermo e, se fossi io a governare il mondo, non ci sarebbero film basati su libri, punto. Fanno sempre schifo."

Sgrano gli occhi. "Se fossi tu a governare il mondo, non esisterebbe *Il Padrino*. O *Il silenzio degli innocenti*. O *Fight Club*."

Lui liquida la mia affermazione con un gesto. "Eccezioni fortunate."

"Allora, che mi dici del recente film *Dune*?" gli chiedo con tono trionfante. "Era fantastico, pur essendo sia un adattamento del libro *sia* un remake."

Sospira. "Sei sicura di non essere segretamente un avvocato?"

"*Tu* sei sicuro di non essere segretamente un membro di un'Associazione dei Proprietari Immobiliari di Hollywood?"

"Questo è un insulto" dichiara.

"Ed essere definita un avvocato è un complimento?"

Scuote la testa. "Mi arrendo."

"Bene." Prendo dell'altro sashimi. "Accetto la tua sconfitta."

Sbuffa. "C'è differenza tra uscire sconfitti in una discussione e non voler perdere altro tempo a discutere."

Roteo gli occhi. "'Non voglio perdere altro tempo in questa discussione' è ciò che dice, generalmente, chi ha perso la suddetta discussione."

"Comunque" dice con tono significativo. "Ti porto ancora in spiaggia domani? Quella senza onde. O sei troppo traumatizzata dopo oggi? Se è così, possiamo iniziare con Sealand. Oppure…"

"No, non posso." Perché mi fa così male pronunciare queste parole? Potrebbe essere a causa dei dolori fisici che provo, che si stanno moltiplicano rapidamente?

Lui si acciglia. "Perché no?"

"Tu sei un proprietario di case indaffarato. Non puoi perdere così tanto tempo prezioso per un'affittuaria."

Certo, se devo essere sincera, il problema più grande è che fare una gita rilassante con Evan mi sembrerebbe troppo simile a un appuntamento. In effetti, questa cena sembra già un appuntamento (oppure, se vista da un'altra prospettiva, un'imposizione sulla sua ospitalità del sud).

Già. Non avrei dovuto accettare questa cena. Jolene e Dorothy sono le mie migliori amiche e mi sono concessa a stento di accettare questa vacanza da loro. Nel caso di Evan, era l'opposto di un amico quando ci siamo conosciuti.

"Ho già fatto tutto quello che dovevo fare per la casa in affitto" dice con un sorriso. "Per quanto riguarda gli altri impegni, non ho intenzione di saltare il mio lavoro di volontariato domani mattina, ma, dato che tu sei in vacanza, probabilmente mi sarò liberato per quando ti sveglierai."

"Fai volontariato?" gli chiedo.

"Bagnino e lezioni di surf" risponde. "Ma non cambiare argomento."

Stringo le labbra. "Non devo cambiare alcun argomento perché l'argomento era già chiuso. Tu hai salvato la vita a me, non il contrario. Se c'è qualcuno che dovrebbe fare dei favori all'altro, dovrei essere io a fare qualcosa per te."

Abbasso lo sguardo sul mio piatto, arrossendo di nuovo quando mi rendo conto di aver pronunciato l'ultima frase come se gli stessi offrendo favori sessuali. E… forse dovrei?

No. Almeno, non per un altro paio di giorni. Il ciclo mi sta ancora torturando.

Aspettate! Ciclo o non ciclo, la risposta è no, punto.

Rendendomi conto che sto ancora fissando un piatto vuoto, lancio un'occhiata furtiva al mio gentile ospite.

Sembra più perplesso che incuriosito; quindi, probabilmente, non ha preso le mie parole come una proposta indecente. Oppure, potrebbe essere perplesso sul perché io pensi che lui vorrebbe i suddetti favori sessuali.

"E se io fossi comunque diretto in quella spiaggia?" mi chiede. "Che problema ci sarebbe se ti unissi a me?"

Prima che io possa rispondergli, mi squilla il telefono.

Lo tiro subito fuori dalla tasca, nel caso in cui sia il campo estivo a chiamarmi per via di Reagan.

Accidenti! Il prefisso è locale, quindi potrebbe essere proprio quello.

"Pronto?" chiedo, con il battito cardiaco alle stelle.

"Signorina Marquez" dice una voce familiare. "Sono il dottor Hugo."

Tutto il mio corpo si rilassa e mi appoggio allo schienale della sedia (il che provoca un fitta di dolore alla pelle della mia schiena). "Salve, dottore" dico, trasalendo.

Sembra che le mie parole irritino Evan per qualche motivo (questo, oppure ha messo troppo wasabi sul suo tonno).

"Per favore" mi dice il dottore. "Chiamami Vic."

Sorrido. "Tu mi chiami signorina Marquez, ma io dovrei chiamarti Vic?"

"Scusa" dice. "D'ora in poi, ti chiamerò Brooklyn."

"Affare fatto, Vic" replico. "Ora, cosa sta succedendo?"

"Oh, niente" risponde con una leggera pausa. "Volevo solo controllare come ti senti."

"Wow" esclamo. "A New York, c'è troppa gente perché i medici si prendano la briga di controllare come stai una volta che sei uscito dal loro radar."

Vic ridacchia. "Le piccole cittadine hanno i loro vantaggi."

"Sembra proprio di sì. Comunque, tornando alla tua domanda iniziale, per quanto riguarda i postumi del quasi annegamento, sto completamente bene."

"Come mai sembra che ci sia un 'ma' da qualche parte?" mi chiede Vic.

Guardo Evan con aria colpevole. "Mi sono scottata al sole."

Proprio come temevo, l'espressione già torva di Evan diventa ancora più torva.

"Mi dispiace" mi dice Vic. "Ma, dal lato positivo, succede spesso ai turisti e tutti sembrano sopravvivere. Il mio consiglio medico è di stare al riparo dal sole per qualche giorno e di prendere dell'ibuprofene al bisogno."

Sospiro. "Per qualche giorno?"

Il sole è una delle principali attrattive della Florida. Questo e le storie assurde sui suoi abitanti.

"Mi rincresce. Sono sicuro che ti rimetterai presto" mi dice Vic.

"Grazie. Devo scappare."

Altrimenti, Evan potrebbe iniziare a sputare fuoco.

Dev'essere una di quelle persone che detestano i cellulari a tavola.

"Ah, ok" dice Vic. "A presto."

Riattacco e incontro lo sguardo scontroso di Evan. "Era il tuo amico."

"Io e Vic non siamo *così* amici" afferma a denti stretti. "Non più."

Cavoli! Non lo aveva definito un suo amico all'ospedale? "C'è qualche problema?"

"Vic si sta comportando male" afferma.

"In che modo?"

"Ci ha visti insieme, ma ci sta provando con te ugualmente."

Ah. Quindi, si tratta di territorialità maschile? "Voleva solo essere gentile. Stava controllando la mia salute."

"No" ribatte Evan. "Voleva chiederti un appuntamento."

Davvero? "Non credo. Ai medici non è permesso uscire con le pazienti."

Evan mi schernisce. "Se Vic non uscisse con le sue pazienti, non avrebbe mai un appuntamento in vita sua."

Roteo gli occhi. "Sei stato tu a dirgli: 'Non usciamo insieme'." Ed è stato irremovibile in modo quasi offensivo su questo punto.

"Oh." Evan aggrotta la fronte. "L'avevo dimenticato."

"Tanto, è tutto inutile. Se me lo chiederà, gli dirò di no. Non mi piacciono le scappatelle, che sono l'unica cosa possibile quando si è in vacanza."

"Ha senso" commenta Evan e si infila in bocca un grosso pezzo di sashimi. Mentre mastica, la sua espressione si fa più calma. Dopo aver deglutito, mi chiede: "Hai rifiutato la mia offerta di portarti in giro perché pensavi che anche *io* ti stessi chiedendo di uscire insieme? Perché non è così. A differenza di Vic, io non frequento mai le turiste."

Che lusinghiero! "Ho rifiutato per l'esatto motivo che ti ho spiegato. Non voglio portarti via tempo. Tutto qui." Non mi curo nemmeno di spiegargli che, se si fosse degnato di infrangere la sua regola "niente turiste", gli avrei detto di no comunque.

"Bene." I suoi lineamenti si addolciscono. "Quanto è grave la tua scottatura?"

Mi stringo nelle spalle, il che, ironicamente, mi provoca dolore. "Non è piacevole."

"Ti preparo il cataplasma per le scottature di mio nonno" afferma. "Fa miracoli."

Scuoto la testa. "No, grazie. Ho dell'ibuprofene in macchina. Sarà sufficiente."

"È di nuovo per la questione del non darmi disturbo?"

Mi infilo il pesce in bocca per evitare di rispondere.

Evan salta in piedi. "Mi sento un po' scottato anch'io" dice a nessuno in particolare. "Scusami, preparo un cataplasma *per me stesso*."

Prima che io possa obiettare, prende un frullatore e rovista nel frigorifero e nella credenza.

È miele quello che sta mettendo nella tazza? Bicarbonato di sodio? Aceto di mele?

"Sei sicuro che sia un cataplasma quello che stai preparando? E non, per esempio, una torta?"

Ignorando la mia domanda, si avvicina a una pianta di aloe che si trova sul davanzale e ne taglia un pezzo.

"Ok" dico. "L'aloe ha senso."

Continua ad aggiungere ingredienti: yogurt dal frigorifero, alcune foglie secche da un sacchetto con su scritto "Camomilla" e qualcosa di verde che (dato il suo amore per tutto ciò che è giapponese), probabilmente, è matcha.

"Avrò un sapore delizioso" dico senza pensare. Non appena le parole mi escono di bocca, trasalisco e prego che Evan non mi abbia sentita o che non abbia una mente sconcia come la mia.

Dannazione!

Interrompe il suo operato e mi lancia uno sguardo di valutazione.

O è uno sguardo affamato?

Suppongo che mi abbia sentita.

Prima che io possa stabilirlo con certezza, lui riprende a preparare il cataplasma.

Mentre il suo padrone umano è distratto, Sally salta sul tavolo e miagola intensamente nella mia direzione.

"Tieni." Le do un pezzo di sashimi.

Lei lo lecca e dà un piccolo morso.

Sento un naso umido pungolarmi il polpaccio. Guardo Harry e do un pezzo anche a lui, che lo divora come se fosse il suo ultimo pasto.

Mi unisco ai cuccioli pelosi e, ben presto, mi

accorgo di essere sazia. Con un sorriso soddisfatto, poso le bacchette.

Accidenti! Sorridere mi fa male al viso e muovere le braccia mi fa male alla pelle nell'incavo del gomito.

Forse ho *davvero* bisogno di questo cataplasma oltre all'ibuprofene. Il dolore sta peggiorando.

Il lato positivo è che i crampi si sono attenuati, o almeno così sembra in confronto al dolore della mia pelle.

Scoppia un rombo assordante. È il frullatore. Il rumore mi rende difficile concentrarmi su qualsiasi cosa per i secondi successivi. Quando è passato, Evan versa il prodotto finito in un barattolo e me lo porta. "Vuoi che ti aiuti ad applicarlo?"

Questo comporterebbe che lui mi toccasse?

Un'enorme parte di me vorrebbe rispondergli di sì, ma la parte più razionale apre la bocca per rifiutare... solo che, ormai, è troppo tardi.

Evan intinge il dito nel liquido denso e, con esso, traccia una linea sulla mia fronte.

Santissima aloe! La sensazione è fantastica, ma, probabilmente, non è dovuta alle proprietà medicinali degli ingredienti. Il tocco di Evan è caldo e mi fa formicolare la pelle, ma il cataplasma che si lascia dietro è fresco e lenitivo.

"Devo continuare?" mormora, guardandomi con gli occhi verde-blu che scintillano.

Annuisco in silenzio. Se apro bocca, potrei dirgli di fermarsi o, peggio, di continuare e non fermarsi mai.

Lui amplia la linea che aveva tracciato sulla mia fronte in modo da coprire tutta la pelle circostante.

Deglutisco con forza. La mia fronte è una zona erogena o si è forse trasformata in un clitoride? Un mero lenimento del dolore non dovrebbe essere così piacevole.

Evan intinge di nuovo il dito nel barattolo e mi applica teneramente il cataplasma sulla guancia destra.

Mi correggo: è la mia guancia la zona erogena. Lo sfioramento delle sue dita assomiglia in modo inquietante alla carezza di un amante e mi fa girare la testa... e anche le mie parti basse sembrano scottate. Ma in modo piacevole.

Evan mi spalma l'intruglio sul resto della guancia. Mi sforzo di non gemere e di non rovesciare gli occhi all'indietro. Tuttavia, gli porgo l'altra guancia senza essere sollecitata e la mia ricompensa è un piacere ancora più lenitivo.

Ok, ho ufficialmente le mutandine bagnate.

Questo non va bene.

Non va assolutamente bene.

Non mi piacciono le scappatelle e ancor meno le avventure di una notte, ma è ciò che il mio infido corpo sembra volere.

Ma no. Anche se volessi infrangere le mie regole, sta di fatto che nemmeno Evan vuole un'avventura, soprattutto non con una turista e men che meno con una ladra di colazioni come me. Inoltre, ci sono considerazioni pratiche, come il fatto che ho il ciclo e...

"Vuoi che te ne spalmi un po' sulla schiena?" mormora Evan.

Mi sta prendendo in giro? Ho una gran forza di volontà, sì, ma non *così* forte.

"Capisco" dice, prendendo chiaramente il mio silenzio frastornato per un rifiuto, perché mette il coperchio al barattolo dell'impiastro e me lo porge.

Invece di prenderlo, sbotto: "Sì."

Perbacco! Il cuore mi sta martellando nel petto così velocemente che lancio un'occhiata al mio Octothorpe Glorp per assicurarmi di non avere un'aritmia.

Centoventi? Sembra che il tocco di Evan possa mettere il mio corpo in modalità brucia-grassi più velocemente di qualsiasi macchina ellittica.

Mio Tesssoro, il tuo corpo non è solo un tempio, è la perfezione al pari dei diamanti e dei cavoletti di Bruxelles. Non hai bisogno di guadagnare né perdere un grammo di quel dolce nettare che è il tuo grasso.

Evan inclina la testa, come potrebbe fare Harry. "Sì?"

Facendo un respiro profondo, mi tolgo il copricostume e ringrazio gli dei del decoro di avere il costume da bagno sotto. "Sì, per favore, spalmami il cataplasma sulla schiena."

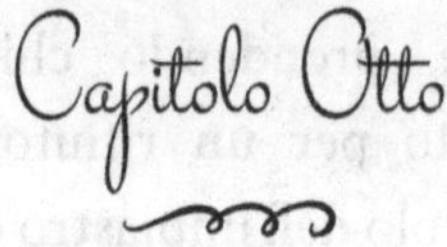

Capitolo Otto

EVAN

Ce l'ho così maledettamente duro che non mi stupirei se svenissi per la carenza di sangue al cervello. Tale carenza dev'essere anche il motivo per cui mi sono offerto di palpare la schiena di Brooklyn, dopo che il mero toccarle il viso mi ha inondato di più ormoni di quando sono arrivato alla terza base per la prima volta.

Ed ecco la mia punizione. La sua schiena seminuda di fronte a me: per quanto arrossata, è snella e deliziosamente invitante.

Oh, pazienza. Mi sono scavato la buca da solo.

No. Non devo pensare a buche né buchi. Il mio cazzo pulsante non ha bisogno di ulteriori incoraggiamenti. Quando infilo le dita nel barattolo, mi immagino che siano dentro la dolce fica di Brooklyn. E, quando le applico il cataplasma tra le scapole, mi sento sul punto di scoppiare.

Annuso l'intruglio per farmi forza e procedo

eroicamente, resistendo valorosamente a impulsi vari, come la voglia di baciarle il collo o di mordicchiarle il lobo dell'orecchio. Non sono un medico come Vic, ma persino io so che queste cose non sono utili per le scottature.

"Allora" esordisco, con la voce più che un tantino roca. "Quali sono le cose che ti piacciono, oltre a *Don Juan DeMarco*?"

"Perché?" I muscoli della sua schiena si irrigidiscono sotto le mie dita, come farebbero se lei venisse sul mio cazzo.

"Perché io ti ho parlato delle mie passioni, ma tu non mi hai raccontato le tue." In realtà, perché ho bisogno di distrarmi. Se sono fortunato, le piace qualcosa di poco sexy, come i recenti film di Godzilla.

"La cartapesta sarebbe il mio equivalente del tuo surf" dichiara.

"Interessante." E più strano che poco sexy. "Che altro?"

Le sue spalle sussultano proprio quando tocco quella destra con il cataplasma.

"Mi piace lo Scarabeo. E la serie di *Harry Potter*. E i libri di Judy Blume."

Sembra un po' aggressiva mentre lo dice. Si aspetta forse che io prenda in giro il livello di maturità delle sue letture?

"Adoro lo Scarabeo. E ho letto tutti i libri di Rick Riordan" ammetto con riluttanza. "Recentemente."

Com'è possibile che riesca a vederla sorridere anche se mi dà le spalle?

"Con il tuo amore per l'oceano, devi immedesimarti in Percy Jackson" dice. "Quello dei libri, sia chiaro, non del film. Che Poseidone non voglia!"

Sorrido. "Percy e Silver Surfer sono i miei personaggi di fantasia preferiti. Dai libri e dai fumetti, non dai film."

"Ma Silver Surfer non è un cattivo?"

Grrr. Hollywood colpisce ancora. "Ha dovuto servire un supercattivo per un po'. Ma, alla fine, tradisce il supercattivo e salva la Terra. Inoltre, una volta, faceva parte di un gruppo di eroi: i Difensori. Per non parlare di…"

"Sei un nerd dei fumetti?"

Nemmeno gli insulti hanno effetto sul mio cazzo. Anzi, è possibile che *lui* stia usurpando il sangue che mi sarebbe salito alla faccia. "Ci sono fumetti come *Sandman* che sono opere di alta arte e non mi vergogno di apprezzarli. Quand'ero piccolo, mi attirarono alla lettura e sono sicuro che abbiano fatto altrettanto per molti altri bambini. In ogni caso, una seguace di Potter può davvero permettersi di giudicare?"

Le viene la pelle d'oca sulla schiena, forse per le mie parole?

"Nerd non è più una parola negativa" afferma, sulla difensiva.

"Se lo dici tu." Faccio scorrere il dito lungo la sua spina dorsale, cercando di capire come sia possibile che persino le sue vertebre siano così seducenti e femminili.

"Possiamo continuare, per favore?" mi chiede.

Applico un po' di cataplasma sotto il laccetto del suo bikini, fantasticando di slacciarlo per tutto il tempo. "So solo che continui a escogitare modi per scoprire più cose su di me di quante io ne sappia su di te."

"Mmm" mormora (e potrebbe essere la mia immaginazione, ma sembra respirare molto affannosamente, come se fosse sul punto di gemere).

È ufficiale. Il mio cazzo, ora, sta inficiando il mio udito.

"Mi piacciono le mappe del tesoro" afferma Brooklyn tutto d'un fiato.

Ah. "Che coincidenza!" sparo. "Si dà il caso che mio nonno mi abbia lasciato una mappa del tesoro."

Merda! Perché avrei dovuto dirglielo? Non ne ho idea, ma è sicuro affermare che la colpa sia di una certa parte molto eretta del mio corpo.

Brooklyn si gira di scatto verso di me. "Cosa intendi?"

Sul serio, cosa sto facendo? "Mio nonno era ricco. Quando mia madre morì, lui cambiò il suo testamento in mio favore e spirò poco dopo. È così che mi sono ritrovato con la mia eredità... che comprende una mappa del tesoro."

Brooklyn si volta di nuovo. "Wow! Qual è il tesoro?"

"Non ne ho idea" rispondo, mentre le mie mani scivolano lungo la sua schiena, avvicinandosi lentamente alle due deliziose fossette alla base della sua spina dorsale. "Non sono riuscito a decifrare il codice del nonno."

Mmm. *Il Codice del Nonno* potrebbe essere un romanzo di Dan Brown su Robert Langdon in pensione.

"Oh" esclama lei. "Fammi sapere se posso aiutarti. Sono brava con tutto ciò che riguarda le mappe del tesoro, compresi i cifrari e i codici, naturalmente."

Non rispondo perché le mie dita raggiungono le fossette e le mie palle diventano tese. È meglio che mi sbrighi, altrimenti potrei ritrovarmi con le palle blu (cosa che, fino a questo momento, credevo fosse un'opportuna leggenda raccontata dai ragazzi adolescenti alle ragazze).

Merda! Per puro caso oppure guidate dalla volontà del mio cazzo, le dita della mia mano destra scivolano accidentalmente più in basso della fossetta e si infilano nello slip del costume da bagno di Brooklyn. Una volta lì, sfiorano leggermente la curva della sua natica destra, facendo venire un'apoplessia al mio cazzo.

Non c'è da stupirsi che Brooklyn balzi in piedi e afferri il copricostume.

"Mi dispiace tanto" le dico, sentendomi il viso diventare rosso. "È stato un incidente. Il cataplasma è unto e la mia mano è scivolata."

Spero proprio che sia la verità, perché non mi piacerebbe se la spiegazione fosse un'altra... e potrebbe esserlo.

"Non c'è problema" risponde lei con un filo di fiato. "Ma credo di aver monopolizzato abbastanza il tuo tempo, ormai. È meglio che mi applichi il resto del cataplasma da sola."

Prima che io possa scusarmi ancora o ribattere, lei prende il barattolo e scappa via come se avesse un maniaco sessuale alle calcagna.

Scorgo il mio riflesso nel microonde. Già. Il mio viso ha assunto una tonalità non dissimile da quella della schiena di Brooklyn (eppure, nonostante questa chiara evidenza di flusso sanguigno altrove, sono ancora duro come una roccia).

La porta sbatte in lontananza.

Harry mi guarda con aria confusa.

Amico umano, dov'è andata l'amica umana? Sembrava che steste legando in modo fantastico e, poi, puff!

Sopra il tavolo, Sally ruba un pezzo di sashimi dalla barca, poi mi fissa senza nemmeno un accenno di rimorso.

Sembra che il nostro malvagio carceriere volesse aggiungere un'altra creatura femminile al suo malefico harem. Fortunatamente per lei, possiede i pollici opponibili.

Dannazione! Brooklyn ora penserà che io sia un viscido pervertito e, forse, non è troppo lontana dalla verità… perché ecco che sto andando in bagno a farmi una sega.

Solo dopo essere venuto, mi rendo conto di non essermi preso la briga di lavarmi via il cataplasma dalle mani e, ora, ho dell'aceto di mele sul cazzo.

Capitolo Nove

BROOKLYN

Quando arrivo nel mio appartamento in affitto, ansimo come una cagna in calore. Volevo dire una cagna accaldata, anche se il mio potrebbe essere stato un lapsus freudiano, perché l'applicazione del cataplasma da parte di Evan è stata l'esperienza più sensuale della mia vita.

Quanto triste è questo?

Jolene aveva ragione sulla mia carenza di *vitamina D*. Forse, se facessi sesso di tanto in tanto, non avrei reagito così.

E, cavoli, se ho reagito! Quando Evan ha fatto scorrere le dita tra le mie scapole, mi ci è voluto uno sforzo erculeo per non fare qualcosa di inappropriato, come toccarmi.

Da lì in poi, le cose sono peggiorate e i suoi tentativi di conversazione non hanno aiutato. Semmai, l'aver appreso le sue preferenze di lettura me lo ha fatto desiderare ancora di più.

E, poi, mi ha toccato il sedere.

In un attimo, ero pronta a darglielo. Ho persino pensato alle questioni pratiche, come il fatto che le mestruazioni non dovrebbero intralciare un rapporto anale.

Sì, l'ho pensato sul serio, anche se non ho mai fatto sesso anale.

È stato allora che ho capito che dovevo andarmene da casa sua.

Sospiro. Almeno, il cataplasma sembra funzionare. Il viso e la schiena non mi fanno più male, mentre il resto del mio corpo sembra morso da formiche rosse.

Getto da parte il copricostume e mi applico il cataplasma sulle braccia e sulle gambe. Purtroppo, mentre lo faccio, fantastico su Evan e la mia eccitazione sale di nuovo alle stelle.

Sapete cosa vi dico? Prenderò provvedimenti al riguardo.

Già. Mi lavo le mani e vado in camera da letto, dove chiudo le tende oscuranti e, senza tanti preamboli, mi metto all'opera.

Boom!

Sono sempre stata veloce a raggiungere l'orgasmo (quando faccio da sola, si intende), ma questa è una rapidità da record. Sembra che il tocco di Evan avesse proprio innescato il mio intero organismo.

Non appena ho concluso, mi assalgono due impulsi: farmi la doccia e dormire, possibilmente nello stesso momento. Ehi, almeno, non voglio una sigaretta postsesso (come il mio ex... bleah!) o un pasticcino (come Jolene). Non che io sia andata a letto con Jolene. Lei mi ha semplicemente fornito quest'informazione spontaneamente.

Il problema è che non dovrei farmi la doccia, perché, così, mi toglierei di dosso il cataplasma.

Questo risolve la questione.

Armeggio con Octothorpe Glorp per assicurarmi che la sveglia mattutina non suoni per tutta la durata della mia vacanza.

Mio Tesssoro, finché posso guardarti dormire, sono perfettamente soddisfatto di non svegliarti, soprattutto perché il tuo alito raggiunge il perfetto bouquet di profumi dopo nove ore e trenta secondi.

Va bene, allora.

Chiudo gli occhi e crollo addormentata.

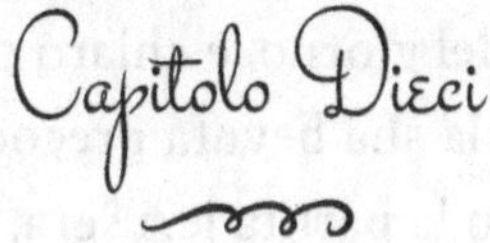

Capitolo Dieci

EVAN

Mi sveglio prestissimo e mi dirigo verso il mio lavoro di volontariato.

Quando arrivo in autostrada, il mio telefono squilla.

È una videochiamata del mio compagno di bevute a distanza, Mason. Come sempre, davanti a lui, c'è un bicchierino di vodka.

"Sei libero?" mi chiede.

"Dov'è l'obbligatorio 'Ciao, Evan, come va?'"

"Ciao, Evan, come va?" mi chiede Mason con una voce rauca che, unita al suo aspetto, lo fa sembrare un vichingo… o un asgardiano dei film Marvel. "Ti va di bere con me?"

"È mattina" gli rispondo. Per quanto ne so, Mason non ha problemi di alcolismo; altrimenti, non mi sarei sentito a mio agio nello stipulare il nostro insolito patto di bevute: quand'è possibile, non permettiamo all'altro di bere da solo. "Va tutto bene?"

Gli uomini in generale (e Mason in particolare) non muoiono dalla voglia di parlare dei loro sentimenti, ma il drink mattutino parla da solo.

"È un 'no'?" mi chiede.

"A parte l'ora del giorno, è chiaro che sto guidando." Nuova teoria per la sua bevuta precoce: la sua squadra di hockey ha perso la partita ieri sera, tutta la squadra è uscita per affogare i dispiaceri nell'alcol e questo è il goccetto che fa passare la sbornia.

"Quindi, è un 'no'. Capito" dice Mason e riattacca.

"Ok, Mason. Ci sentiamo dopo. È stato un piacere" dico alla linea già caduta. "Non è che avessi qualcosa da raccontarti su una tua concittadina newyorkese."

Pazienza! Anziché discutere gli eventi di ieri sera con un amico, mi limito a riviverli nella mia testa e mi chiedo se Brooklyn mi rivolgerà mai più la parola.

Probabilmente, no; ma, se lo farà, quanto è probabile che tirerà fuori la storia della mappa del tesoro? Aveva detto di essere un'appassionata; quindi, è possibile. Questo significa che è meglio che io decida cosa fare in quel caso.

Quando entro nel campo estivo, ho già un piano, ma lo accantono per il momento, perché vedo un gruppo di campeggiatori che mi aspetta con impazienza.

"Ciao" li saluto, notando alcuni volti sconosciuti. "Io sono Evan. Soltanto Evan. Non signor Evan o signor Wilcox, che è il mio cognome." Indico Harry. "Lui è Harry… e, se volete, potete chiamarlo signor Harry."

Alcuni bambini ridacchiano, ma la maggior parte

annuisce seriamente, il che significa che il mio cane *potrebbe* essere chiamato 'signor Harry' entro la fine della giornata.

"Siete pronti per la lezione di surf?" chiedo con un ampio sorriso.

"Sì!" esclamano all'unisono, eccitati.

Che carini! "Harry e io non vi sentiamo. Siete pronti per il surf?"

"Sìììì!" L'eccitazione è alle stelle stavolta, quindi li faccio preparare con l'attrezzatura di sicurezza e ci dirigiamo verso l'acqua.

Il tempo vola mentre la lezione procede e i bambini (e Harry) si divertono un mondo.

Uno dei nuovi studenti (un ragazzino che mi ricorda Macaulay Culkin di *Mamma, ho perso l'aereo*, ma con i capelli lunghi) viene da me dopo la fine della lezione, spostandosi timidamente da un piede all'altro.

"Ehi, ragazzino." Apro la mia bottiglia d'acqua. "Sei stato bravissimo oggi. Hai un talento naturale." E dico sul serio. Non è caduto nemmeno una volta e non ha mollato la tavola da surf. Ha persino ascoltato pazientemente tutte le istruzioni di sicurezza.

Anche Harry sembra apprezzare il bambino, perché scodinzola con grande vigore.

"Grazie" mi dice educatamente il ragazzino, continuando a spostare il peso da un piede all'altro come se fosse il suo lavoro.

"C'è qualcosa che vuoi dirmi?" gli chiedo.

"Sì" risponde. "Ho una domanda personale."

"Quale?" Bevo un sorso dalla mia bottiglia.

"È normale che crescano i peli lì sotto?" Si indica l'inguine.

Quasi mi strozzo con l'acqua, ma non lo faccio, grazie al cielo. Veder morire un adulto dopo avergli fatto una domanda del genere garantirebbe a questo bambino una psicoterapia a vita. E una depilazione laser su tutto il corpo.

"È una domanda interessante" commento. "L'hai chiesto a tuo padre?" Perché mi sembra che suo padre sia una persona più qualificata per rispondere rispetto a un tizio appena conosciuto.

Il ragazzino sospira. "Mio padre se l'è filata prima che io nascessi. Siamo solo io e mia mamma, ma mi sento in imbarazzo a chiederlo a lei."

Forse un uomo con una vasectomia non dovrebbe giudicare, ma suo padre mi sembra uno stronzo. Se, per miracolo, io riuscissi a mettere incinta una donna, rimarrei assolutamente nella vita del bambino. E non sarebbe nemmeno necessario che il suddetto bambino sia carino come questo. Potrebbe essere fastidioso e...

"Non fa niente" mi dice il ragazzino. "Io..."

"No, stavo solo pensando al modo migliore per risponderti" affermo. "Quanti anni hai?"

"Sette" risponde.

"E come ti chiami?"

Si dà uno schiaffo sulla fronte. "Mi scusi. Sono nuovo qui. Mi chiamo Reagan." Allunga la manina.

Gliela stringo in modo solenne. "Ok, Reagan, ecco qui. Avere dei peli laggiù è normale, ma è raro alla tua età. Di solito, crescono più tardi, ma va tutto bene. Sei solo più avanti di tutti gli altri."

L'espressione di sollievo sul suo volto mi provoca una stretta al petto. "Grazie mille, signor Evan. All'inizio, pensavo che fosse normale, ma poi, nelle docce, ero l'unico, quindi…"

"È comprensibile" gli dico. "Ma, per favore, chiamami Evan."

"Ok" replica lui. "Evan. Grazie."

Con ciò, corre via e Harry sembra intenzionato a inseguirlo, ma poi si ricorda le buone maniere.

Che bambino tenero! Se il suddetto miracolo della gravidanza dovesse avverarsi, vorrei che mio figlio fosse proprio come Reagan.

Meglio non pensare in quella direzione. Ho fatto la mia scelta ed era quella giusta, anche se l'ho fatta in un momento in cui non si dovrebbero prendere decisioni importanti come questa.

Per distrarmi, mi concentro su un argomento a cui non mi sarei mai aspettato di pensare in un milione di anni: la mappa del tesoro del nonno.

Capitolo Undici

BROOKLYN

Il mio stupido cellulare sta squillando in lontananza.

Lancio un'occhiata a Octothorpe Glorp.

Wow! Ha registrato ben dodici ore di sonno.

Mio Tesssoro, guardare il tuo volto catatonico è stata un'esperienza visiva paradisiaca, ma svegliarti è trascendentale per i sensi olfattivi.

Il telefono squilla di nuovo. Lo prendo e valuto se scagliarlo contro il muro, ma poi mi ricordo dei trecento dollari che ho dovuto sborsare per comprarlo, così mi accontento di fulminarlo con gli occhi.

Noncurante, il cellulare mi mostra il motivo per cui mi ha svegliata: una videochiamata di Jolene.

Rispondo. "Che ora è?"

"Sono le undici e mezza di mattina" replica lei, osservando il mio viso sonnolento con un sorriso. "Anche se si potrebbe sostenere che non è più mattina, ormai."

"Beh, è troppo presto per discutere" affermo. "Che cosa vuoi?"

Prima che lei possa rispondermi, vedo che sto ricevendo una chiamata da Dorothy.

"Ti richiamo tra un attimo" dico a Jolene e passo alla telefonata di Dorothy. "Ciao, sono in videochiamata con Jolene. Posso…?"

"Lo so" dice Dorothy. "Dovrei esserci anch'io, ma non riesco a capire come funziona."

Resisto all'impulso di prenderla in giro. La sua mancanza di abilità con la tecnologia è leggendaria e, se mi chiamasse da un telefono a disco (o da una cabina telefonica), non mi stupirei *così* tanto.

"Perché non ti rivolgi a Jolene per avere supporto tecnico?" le suggerisco. "Nel frattempo, io vado a lavarmi i denti."

"Troppe informazioni" commenta Dorothy e riattacca.

Mi alzo e mi affretto a svolgere la mia routine mattutina, pensando di non avere molto tempo prima che mi richiamino.

No. Come al solito, ho sottovalutato la mancanza di competenze tecnologiche di Dorothy (o ho sopravvalutato la capacità di Jolene di assisterla). Tutto quello che so è che, quando mi richiamano, sono completamente cambiata e accuratamente ricoperta di crema solare.

"Ciao, ragazze" le saluto, rivolta al viso di Jolene e alla fronte di Dorothy. "Guardate qui."

Porto il telefono in piscina e mostro loro la vista sul lago.

"Wow!" esclama Jolene. "È ancora più bello che nelle foto."

"Ti prego, non farlo più." La fronte di Dorothy assume una tonalità verdognola. "Mi hai fatto venire la nausea."

Oh, poverina! Sprofondo su una sedia a sdraio e rivolgo la fotocamera del telefono verso di me, sperando che ciò sia un po' meno nauseante. "Grazie ancora, ragazze" dico sinceramente. "Questo è il miglior regalo di sempre."

Il fatto che io non abbia ancora avuto la possibilità di godermelo non è colpa loro, ovviamente.

"A guardarti, sembra che tu abbia curato la tua carenza di *vitamina D*" afferma Jolene con gli occhi stretti.

"Mi sono scottata al sole" replico, fingendo di non capire. Il giorno in cui confesserò a una delle due che mi sono masturbata ieri sera sarà il giorno in cui mi taglierò i capelli a barboncino.

"Una scottatura solare?" Dorothy corruga la fronte. "Può aumentare le probabilità di melanoma."

Grandioso. "E se ci avessi applicato un cataplasma?"

"Non importa" replica Dorothy.

"E se oggi mi sentissi bene?" Mi rendo conto che è così. Completamente bene. Non posso credere che questa non sia stata la prima cosa a cui ho pensato stamattina.

"Allora, forse, non era una scottatura grave" afferma Dorothy. "Comunque, tieni d'occhio i nei."

"Tenere d'occhio i nei; intesi" confermo. "C'è altro?"

"Non incoraggiarla" mi ammonisce Jolene con severità. "*So* che sei venuta ieri sera, quindi sputa il rospo."

È come Eleven di *Stranger Things*, ma in versione pervertita (in grado di percepire una sorta di odore post-orgasmo da mille miglia di distanza)?

"Non c'è niente da raccontare." Dovrei fingere che la connessione si sia interrotta?

"Capisco" dice Jolene. "Hai conosciuto un ragazzo, ma non ci sei andata a letto. Invece, hai controllato le tue parti basse."

Cooosa?!? Jolene rischia davvero di essere sottoposta a esperimenti da parte di quegli inquietanti scienziati del Laboratorio Nazionale di Hawkins. "Come fai a saperlo?"

"E perché *io* devo venirlo a sapere?" chiede Dorothy. "Quello che una donna fa sotto la cintura è…"

"Chiudi il becco" interviene Jolene. Stringendo gli occhi, mi dice: "Hai dieci secondi per descrivere il tipo, altrimenti io comincio a descrivere nel dettaglio le mie ricerche su Pornhub a Dorothy. Uno."

Sul serio?

"Due. Sai che potrebbe rimanere traumatizzata per il resto della sua pudica vita. Tre."

Pur essendo morbosamente curiosa sulle scandalose ricerche di Jolene, ho pietà di Dorothy e racconto loro dell'incontro con Evan e di tutto ciò che ne è seguito, saltando solo la parte relativa all'autoerotismo quando sono arrivata in appartamento. Entrambe strillano, il che è normale per Jolene, ma è innaturale per Dorothy come la danza classica per un ippopotamo.

"Fammi capire bene" mi dice Jolene. "Ti ha salvato la vita e ti ha preparato una cena gourmet, eppure tu non gliel'hai ancora data?"

Dorothy aggrotta le sopracciglia. "Non posso credere che sto per dirlo, ma ha ragione lei. Se c'è una situazione che richiede una ricompensa oscena, è questa."

Queste due sono *di nuovo* d'accordo su qualcosa? Forse, i maiali *possono* volare, purché la loro amica vada in vacanza e non faccia sesso con il primo cinghiale che incontra.

Jolene ridacchia. "Oscena? Detta così, sembra che Brooklyn dovrebbe far eiaculare il suo surfista dentro una coppa per un anno prima di fare bukkake."

Mmm. Questo è *orribilmente* specifico.

"Bu-cosa?" chiede Dorothy. "Non si ammalerebbe, bevendo qualcosa di proteico dopo averlo raccolto per così tanto tempo?"

Jolene stringe le labbra. "Non se lo congelasse ogni volta per evitarne il deterioramento, ovviamente. Poi, il giorno del bukakke, potrebbe scongelarlo tutto e trangugiarlo mentre lui guarda. È sempre più igienico di una gangbang."

"Trangugiarlo?" La fronte di Dorothy sembra aver sviluppato una ruga permanente. "Nel senso di..."

"Anche se mi offrissi, Evan rifiuterebbe qualsiasi ricompensa lasciva" intervengo. "Ha detto che non combina niente con le turiste e io sono una turista."

Non menziono il dettaglio pratico che ho il ciclo, perché sembrerebbe che io abbia seriamente preso in considerazione l'idea di fare qualcosa con Evan, il che non è assolutamente vero.

Detto ciò, sembra che il ciclo mi sia finito oggi: persino un po' in anticipo, probabilmente perché Evan piace così tanto al mio utero che quest'ultimo ha deciso di non opporsi a eventuali ricompense lascive.

"Mostrami un ragazzo che non ama il bukkake e io ti mostrerò un asessuale" afferma Jolene. "I maschi *adorano* spargere sperma dentro e sopra i loro partner sessuali il più spesso possibile." Mi fissa negli occhi. "Sei sicura che non ne abbia messo un po' in quel cataplasma?"

"Ne dubito" rispondo. "Me ne sarei accorta." E, forse, non avrei avuto obiezioni.

"Credo che avrò degli incubi." Dorothy finalmente sposta il telefono un po' più in basso, così si può vedere la paura nei suoi occhi. "Se adesso ti stavi trattenendo, quanto terribili sono le tue ricerche su Pornhub?"

Ottima domanda. Prima che possa chiederlo anch'io, un gatto salta sopra la mia sdraio, spaventandomi a morte.

"Sally?" chiedo, sbattendo le palpebre lentamente per tranquillizzare la gatta (e desiderando che qualcuno faccia altrettanto per me).

"Sally?" chiede Dorothy. "Cioè, la *sua* gatta?"

"Sì" rispondo. "L'unica e sola."

"Sta' attenta" mi raccomanda Dorothy con aria preoccupata. "I gatti possono trasmettere il T. gondii."

"Che cos'è?" le chiedo. Suona come "Gandhi, I", che potrebbe essere un'autobiografia, tranne per la parte in cui i gatti possono trasmetterlo. A proposito di storie di grandi uomini, mi chiedo se Evan detesti le biografie quanto gli adattamenti cinematografici dei libri. Se è così, dovrò assicurarmi di fargli notare quanto sia bello il film su Gandhi con Ben Kingsley.

Aspettate, perché sto pianificando delle conversazioni con Evan? Probabilmente, non lo rivedrò più.

"La 'T' sta per toxoplasma" spiega Dorothy.

"E questo dovrebbe chiarire la questione?" Tuttavia, archivio la parola, perché, un giorno, potrebbe farmi guadagnare ventuno punti a Scarabeo.

"È un parassita." Dorothy pronuncia la parola con fin troppo gusto. "Se ce l'hai nel cervello, ti induce ad amare i gatti e ti porta ad altri comportamenti rischiosi."

"In che modo amare i gatti è un comportamento rischioso?" Guardo Sally e mi chiedo se ho già il suddetto parassita, perché questa gatta mi piace fin troppo, considerando che la conosco da così breve tempo.

"Non l'ho appena detto?" brontola Dorothy. "I gatti possono trasmettere il T. gondii."

Si tratta di una logica circolare o è quello che il parassita del gatto nel mio cervello *vuole* farmi credere?

Jolene finge uno sbadiglio. "Devo dire che la storia della gatta è poco creativa. Evan vuole la fica, quindi sta usando la micia per ottenerla? Se fossi in te, prenderei un uccello domestico e lo manderei a casa di Evan."

"È una cosa stupida" afferma Dorothy con severità. "La gatta mangerebbe l'uccello."

Questa sarebbe la parte stupida della sua idea?

"La micia è da Brooklyn, quindi l'uccello sarebbe al sicuro" afferma Jolene. "Tieni il filo."

"Vado a occuparmi di Sally" annuncio con fermezza.

"D'accordo, ma tienici aggiornate." Jolene agita libidinosamente le sopracciglia.

"E sta' lontano dal sole" aggiunge Dorothy, con una preoccupazione materna che è in netto contrasto con le buffonate dell'altra mia amica.

"Ciao." Riattacco e mi volto verso la gatta. "Ciao. Come sei entrata qui dentro?"

Sally mi guarda sbattendo le palpebre, poi mi salta in grembo.

Ok.

Accarezzando il suo pelo morbido, mi guardo intorno.

Già. Sono in una gabbia di alluminio coperta da una rete ancora intatta su tutti i lati (una copertura per piscine progettata per tenere lontani insetti e animali).

Forse, la gatta è entrata prima in casa e poi è venuta qui? Ma le case sono progettate anche per tenere fuori le cose.

"Come sei entrata qui dentro?" le chiedo di nuovo con dolcezza.

Sally mi risponde facendo le fusa.

"Di voi due, sei tu che avresti dovuto chiamarti Harry, come Houdini."

"Sally!" Evan grida da qualche parte in lontananza.

"È qui!" rispondo urlando e ricevo un'occhiataccia dalla gatta per il mio disturbo.

Evan si avvicina dal lato del lago e, quando si accorge che tengo in braccio Sally, il sollievo sul suo volto viene rapidamente sostituito da un'espressione perplessa, che corrisponde perfettamente a quella che avevo io pochi attimi fa.

Sigh! Probabilmente, non è stato lui a mandare qui Sally come stratagemma, come aveva insinuato Jolene.

"Come hai fatto ad entrare di nuovo lì?" Evan chiede alla gatta, guardandola negli occhi.

È un'espressione compiaciuta quella sul muso di Sally?

"L'hai più vista da quando sono uscita ieri sera?" gli chiedo. "Forse, si era intrufolata tra le mie gambe mentre me ne andavo e poi è entrata qui nello stesso modo."

Sono contenta che Jolene non mi abbia sentita dire "tra le mie gambe", perché sarebbe andata in estasi per un'ora.

Evan scuote la testa. "È una buona teoria, ma Sally era a casa stamattina, quando le ho dato da mangiare."

"Tieni." Offro a Evan la micia (e, ancora una volta,

mi immagino Jolene commentare qualcosa sul fatto che gli sto offrendo la fica).

Mentre lui prende la creatura pelosa, le sue dita sfiorano le mie, generando un forte flashback di ieri, quando mi aveva toccato il viso, la schiena e, anche se per poco, il sedere.

Tenendo in braccio la gatta, Evan le accarezza delicatamente il pelo.

Ah. Sally gli fa le fusa molto più forte di quanto avesse fatto con me. D'altra parte, chi può biasimarla? Inoltre, Jolene ha ufficialmente preso dimora nel mio cervello, come il *T. gondii* di Dorothy. Perché, altrimenti, dovrei pensare alla frase "accarezza delicatamente la micia"?

"Come sta la tua pelle?" mi chiede Evan.

Formicolante. Fremente. E questo solo nelle dita che sono entrate in contatto con le sue. La pelle delle mie parti basse, invece, è arrossata, umida e assetata.

"Il cataplasma ha funzionato" riesco a rispondere. "Sono come nuova."

Evan stringe gli occhi. "Mi auguro che questo non significhi che hai intenzione di dormire di nuovo sulla spiaggia, vero?"

Prima che possa rispondergli con indignazione, mi squilla il cellulare.

Ah.

"Ciao, Vic" dico dopo aver risposto alla chiamata. "Stai *di nuovo* controllando il mio stato di salute?"

Al sentir nominare il buon dottore, i lineamenti di Evan diventano tempestosi.

"Ciao, Brooklyn" mi saluta Vic. "Come ti senti?"

"Completamente guarita" rispondo con decisione. "Quindi... sei ufficialmente libero di non dover più controllare come sto."

"Mi fa piacere sentirlo" dice Vic. "Ma non ti ho chiamata *solo* per sapere come stai."

"Ah no?" Aveva ragione Evan quando sosteneva che Vic volesse chiedermi di uscire insieme?

"Mi domandavo se ti andasse di bere qualcosa con me stasera" mi propone Vic.

"Tipo un appuntamento?" chiedo di botto, stentando ancora a credere che un medico attraente possa essere interessato a me, dopo avermi vista come un granchio affogato in un camice d'ospedale.

La mascella di Evan si contrae.

"Un appuntamento sarebbe fantastico" conferma Vic.

"In questo caso, mi dispiace" gli dico (e intendo sul serio). "Non frequento nessuno quando sono in vacanza."

È possibile che la mascella contratta di Evan stia inviando minacce a Vic in codice Morse?

Vic sospira. "Valeva la pena tentare."

"Suppongo di sì" rispondo. "Ma non avresti dovuto chiarirti con il tuo *amico* Evan prima di chiedermelo? Ci hai visti insieme, in fondo."

"Ha detto che non uscite insieme" replica Vic sulla difensiva.

"È vero, l'ha detto" ripeto con decisione, assicurandomi che Evan senta. "Mi chiedevo solo se esista un codice di fratellanza che vieti comunque il tuo comportamento."

Vic si gratta la testa così forte che riesco a sentirlo. "Forse, dovrò offrire una birra a Evan" ammette.

Guardo l'espressione contrariata di Evan. "Fai pure una cassa di birra."

"Ok" concorda Vic. "Ma, se cambi idea, chiamami."

A questo punto, riattacco e guardo Evan con aria provocatoria, sfidandolo a dirmi qualcosa del tipo "te l'avevo detto."

"Ti va di vedere la mappa del tesoro?" mi propone lui, invece, ed è una domanda talmente inaspettata che sbatto stupidamente le palpebre, prima di ricordarmi che mi aveva parlato di una mappa del tesoro ricevuta da suo nonno.

"Se mi va di vedere la mappa del tesoro?" ripeto, con eccitazione crescente. "'Ossifenilbutazone' è una buona parola a Scarabeo?"

Ebbene, sì, è una parola vera e propria. Se fossi diventata veterinaria, l'avrei probabilmente prescritta ai cavalli che hanno bisogno di sollievo dal dolore o di abbassare la febbre.

Un sorriso sfiora gli angoli degli occhi di Evan. "Quando giocavo a Scarabeo con mia madre, il gergo del surf e i termini farmacologici erano proibiti; quest'ultima è diventata una regola, dopo che lei ha usato proprio quella parola." Il sorriso si dissipa, facendomi provare una stretta al cuore. "Era una farmacista."

Dovrei dirgli che, di solito, gioco a Scarabeo con

mio figlio e che anche noi abbiamo regole personalizzate, alcune delle quali davvero stravaganti?

Evan si volta verso la porta da cui è entrato. "Vado a prendere la mappa e il cifrario. Torno tra qualche minuto."

C'è un cifrario? Che emozione! Quand'ero adolescente, avevo codificato il mio diario con un codice segreto che nessuno riuscì a decifrare (e so che i miei genitori invadenti ci provarono duramente).

Aspettate! Perché sto perdendo tempo?

Torno di corsa dentro casa, telefono rapidamente a Reagan al campo estivo e lui mi racconta che si sta divertendo un mondo e che, per coincidenza, ha giocato a una caccia al tesoro. Quando ho la possibilità di parlare, gli dico che anch'io sto per fare una specie di caccia al tesoro e lui pretende di saperne di più, così gli racconto degli indizi e di tutto il resto.

Alla fine, conclude che la sua caccia al tesoro è stata molto più divertente... e chi sono io per contraddire la saggezza di un bambino di sette anni?

Mentre parliamo, mi ravvivo i capelli e mi trucco abbondantemente.

Non è per Evan, ovviamente. Voglio solo avere un bell'aspetto e sentirmi bene durante le mie vacanze.

Sì, questa è la mia versione e mi ci atterrò.

Proprio mentre dico a Reagan quanto mi manca (e appena prima che lui mi rimproveri di essere troppo sdolcinata), bussano alla porta.

Accidenti!

"Ciao, tesoro, ti voglio bene" gli dico e riattacco.

Quando apro la porta, fisso a bocca aperta Evan, che, in qualche modo, è diventato più bello nel breve periodo in cui non era qui.

Poi, ci arrivo.

Si è messo un po' di gel nei capelli e ha sostituito la maglietta con una camicia hawaiana elegante... abbottonata solo a metà.

Wow! Non è criminale stare bene con quella? Cosa succederebbe se indossasse giacca e cravatta? Diventerei cieca per il suo splendore?

"Ho portato il pranzo per entrambi." Evan agita una grossa borsa davanti a me. "Le mappe del tesoro non amano essere decifrate a stomaco vuoto."

Sono ancora un po' stordita quando lui entra in casa e posa il cibo sopra il tavolo della cucina.

"Aspetta un attimo." Esamino attentamente le pietanze. "Queste non sono forse..."

"Tapas giapponesi." Mima il gesto delle virgolette intorno alla prima parola. "Si dà il caso che io sappia che ti piacciono, quindi..."

Il mio stomaco brontola.

Che signorile!

Raggiungo Evan a tavola e mangio rapidamente qualche boccone appetitoso, per assicurarmi che il mio stomaco rimanga in silenzio da qui in avanti.

"Dov'è la mappa del tesoro?" chiedo, dopo aver smorzato la fame.

Evan stende due fogli davanti a me, con un'aria piuttosto riluttante, per qualche motivo.

Ha paura che io decifri il codice e gli rubi il tesoro?

Pazienza! Mi concentro sui fogli: uno è una mappa, l'altro una pagina strappata da un blocco note, entrambi invecchiati e con un odore vagamente familiare. Qualcosa nel loro odore mi ricorda New York, ma non riesco a collocarlo.

Sulla mappa, c'è la forma di un pene disegnato a mano che riconosco. "Questo è lo stato della Florida" esclamo.

"È il massimo che sono riuscito a riconoscere" ammette Evan.

Mi acciglio. La mappa non è in scala e non c'è una X a segnare i punti, come in una tradizionale mappa del tesoro. Inoltre, anziché una legenda di nomi e luoghi, su un lato della mappa ci sono numeri che vanno da nord a sud e da ovest a est. Ci sono numeri anche sull'altro foglio, quello che presumo sia il cifrario.

Indico la mappa. "Potrebbe essere una griglia di numeri, come nella geometria cartesiana? E questi numeri sono le coordinate di questa griglia?" Indico i numeri sul cifrario.

Evan tira fuori una cartella piena di copie della mappa del tesoro, tutte costellate di punti. "Ho provato a tracciare i numeri, ma non sembra esserci uno schema vero e proprio."

Mmm. Scorro i numeri sul cifrario, mentre il sapore del cibo delizioso che ho mangiato diventa sempre più remoto.

"Hai provato a convertire questi numeri in lettere dell'alfabeto?"

Evan scuote la testa. "Non sono esattamente un fan di questo genere di cose."

Ehi, se lo fosse, sarebbe fin troppo perfetto e mi sarebbe ancora più difficile resistergli.

Mangiando sempre più distrattamente, scruto la prima riga di numeri: "15131776156517761830 1776."

"Potrei considerare ogni numero come una lettera corrispondente dell'alfabeto" dico, più a me stessa che a Evan. "Ma non c'è un numero divisore ovvio, come uno zero, quindi non so dire se i primi due numeri siano 1 e 5 oppure 15."

"Giusto" conferma Evan.

"È sicuro ipotizzare che i gruppi di numeri non formeranno qualcosa di più alto di ventisei, dato che l'alfabeto inglese ha solo quel numero di lettere."

"Ovviamente" afferma.

"Quindi, prendendo solo i primi quattro numeri, si ottiene 'aeac', 'aem' o 'om'."

"'Om' è il suono sacro che si emette durante la meditazione" dice Evan.

"Giusto, ma, se si continua così, si ottiene 'omq' o 'omagg'."

Si gratta la testa. "Non sono parole."

"No." Eppure, continuo a scrivere ogni variante della frase. A questo punto, noto qualcosa. La stringa "AGGF" compare spesso, così la cerco sul mio telefono.

Mmm. C'è una società medica tedesca che promuove la salute delle donne e che usa questo acronimo. Come a dire, un vicolo cieco.

O forse no. Guardando più attentamente, mi rendo

conto che il numero corrispondente a quella stringa, 1776, compare tre volte in una riga.

Cerco quel numero e poi mi sento stupida per averlo fatto. L'avevo studiato a scuola. 1776 è l'anno di nascita della federazione degli Stati Uniti d'America.

Potrebbe essere questo il delineatore? E gli altri numeri potrebbero essere annate importanti?

Sì! Cerco il 1513 e scopro che fu l'anno in cui Michelangelo finì di dipingere la volta della Cappella Sistina.

È possibile che il nonno di Evan facesse riferimento alle Tartarughe Ninja?

Ne dubito.

In quell'anno, inoltre, salì al trono Enrico VIII.

Qualcosa che abbia a che fare con i matrimoni multipli?

Improbabile.

È anche l'anno in cui Machiavelli scrisse *Il Principe*.

Mmm. Il nonno di Evan voleva forse vantarsi di quanto fosse machiavellico il suo cifrario?

Aspettate!

Il 1513 fu anche l'anno in cui un conquistador di nome Juan Ponce de León avvistò per la prima volta e rivendicò una certa terra per il suo paese d'origine, la Spagna.

Una terra che egli chiamò con la parola spagnola che significa "fiorita" (*florida*) e che, oggi, conosciamo come Florida.

Ossia, la forma del pene sulla mappa! Devo essere sulla strada giusta.

L'utilizzo di quest'informazione e dell'anno 1565 mi porta a una località specifica della Florida, che si trova a breve distanza da Palm Islet: *St. Augustine*. Una città che, secondo Wikipedia, è "il più antico insediamento di origine europea continuamente occupato negli Stati Uniti continentali." Fu fondata nel 1565.

Continuando su questa linea, scopro ben presto un luogo più preciso all'interno di St. Augustine: il campus di quello che oggi è il Flagler College, ma che, un tempo, era un albergo chiamato Hotel Ponce de León, fondato da un industriale della Gilded Age di nome Henry Morrison Flagler, nato nel 1830.

Traboccante di eccitazione, passo alla riga successiva di numeri, quando Evan si schiarisce la gola.

Accidenti! Avevo dimenticato che fosse qui (e, considerando quanto è sexy, questo la dice lunga).

"Sembra che tu abbia scoperto qualcosa" afferma, scrutandomi con attenzione.

"È così" confermo e gli racconto le mie scoperte.

"Cavoli, quanto mi sento stupido" dice quando ho finito. "Sono andato al Flagler College."

"Davvero?"

"Sì" risponde. "Mi sono laureato in marketing. Non si vede?"

"Assolutamente sì" replico. "Sei riuscito a convincermi di quel cataplasma, questo è certo."

Spero davvero che non mi chieda della mia esperienza universitaria. Per rispondere, dovrei parlare della mia gravidanza e…

"Ti va di andare a cercare questo indizio?" mi chiede invece, sorprendendomi.

Afferro l'ultimo pezzo di cibo giapponese e me lo ficco in bocca senza troppa grazia (un momento che assomiglia a una specie di pubblicità del Twix, che mi dà la possibilità di raccogliere i miei pensieri).

"Dividerò il tesoro con te" mi propone Evan e credo che stia cercando di usare un tono seducente. O almeno spero che sia così, perché, altrimenti, ora sarei bagnata senza motivo.

"Dividere il tesoro?" riesco finalmente a chiedere.

Lui si alza in piedi. "Cinquanta e cinquanta?"

"No, non possiamo. Si tratta di tuo nonno. Stiamo parlando della tua eredità di diritto." Mi sento un po' barcollante, ma riesco comunque ad alzarmi in piedi.

"Non posso permetterti di lavorare per me gratuitamente."

"Allora, dammi il cinque per cento" gli suggerisco. "Non la metà."

"Primo, dividere le cose a metà è più facile" replica. "Secondo, non lavoreresti molto più duramente per una fetta più grande?"

Dovrei confessargli che lo aiuterei anche gratis?

"Senti, devo insistere" continua.

"D'accordo." Soprattutto perché sono troppo emozionata per discutere ulteriormente. Posso sempre rifiutare il tesoro, se e quando ne troveremo uno.

"Ah, ho un'altra condizione" aggiunge.

Sposarlo?

"Dovrai metterti la crema solare" dichiara.

Oh. Che cosa noiosa! "Certo." Mi avvicino al ripiano della cucina, prendo il flacone di crema e me la applico sulle braccia e sulle gambe.

Quando alzo lo sguardo, gli occhi di Evan brillano. "E sulla schiena?"

Oh. Giusto. Ho una scollatura bassa sulla schiena. Sapendo che me ne pentirò, gli porgo la crema solare e mi volto.

Per tutti gli ormoni! Le dita di Evan mi sfiorano la nuca, poi scendono delicatamente e mi accarezzano la pelle tra le scapole.

Se pensavo di essere accaldata ed eccitata dalla sua voce seducente o dall'applicazione del cataplasma, non conoscevo il significato delle parole. Tutto ciò che avrei voglia di fare è congedarmi per andare in bagno a masturbarmi, come una pervertita. In alternativa, vorrei trascinarlo in camera da letto e organizzare con lui un altro tipo di caccia al tesoro, in cui...

"Ecco fatto." Toglie le mani dalla mia pelle, permettendo che una parvenza di pensiero coerente mi ritorni, anche se non molto.

In preda alla lussuria, seguo Evan fino alla sua auto e ci dirigiamo verso St. Augustine attraverso la superstrada panoramica A1A.

"Tuo nonno era un appassionato di curiosità sulla Florida?" gli chiedo, quando mi torna un po' di lucidità.

"Molto" risponde Evan. "E me lo ha trasmesso."

Distolgo gli occhi dall'oceano per guardare lui con scetticismo. "Conosci le curiosità sulla Florida?"

Se è così, come mai non ha decifrato il codice della mappa del tesoro?

"Sì." Mi guarda con aria presuntuosa. "Dai, mettimi alla prova."

Poiché non posso mai rifiutare una sfida, tiro fuori il telefono e svolgo qualche ricerca.

"Raccontami qualche fatto sui fast-food legato alla Florida" gli dico.

"Il succo d'arancia è cibo spazzatura?" mi chiede. "Perché il settanta per cento delle arance statunitensi proviene da qui."

"La frutta è l'opposto del cibo spazzatura e io ti ho chiesto dei fast food, cosa leggermente diversa. Conterò questa risposta come una sconfitta."

Lui stringe le labbra, facendomi venire voglia di baciarle. "Mi hanno sempre detto che il succo d'arancia è zucchero puro e, quindi, cibo spazzatura. Comunque, non fa niente. Qual è un fatto da fast-food sulla Florida?"

"Il primissimo Burger King è stato fondato a Jacksonville" affermo. "Passando oltre... Per quale fenomeno climatico è famoso il tuo Stato?"

"Per i temporali" risponde. "Abbiamo il maggior numero di attività temporalesche di qualsiasi altro Stato."

Mmm. Mi aspettavo che dicesse che è lo Stato maggiormente soggetto a uragani, ma una rapida ricerca mi conferma che anche la sua risposta è corretta.

Continuiamo sulla stessa lunghezza d'onda e lui sa

il fatto suo, come, ad esempio, che la Florida è lo stato più piatto degli Stati Uniti e che le tribù di nativi americani vivevano nella regione della Florida da diverse migliaia di anni prima dell'arrivo degli europei. Inoltre, la Florida è diventata ufficialmente parte degli Stati Uniti nel 1821 ed è l'unico posto al mondo in cui si possono trovare sia coccodrilli sia alligatori in libertà.

"Siamo quasi arrivati" mi informa Evan. "Vado a cercare parcheggio."

"Ok." Presto attenzione a ciò che ci circonda e ne sono felice, perché l'architettura intorno a noi è molto curata ed è quello che ci si aspetterebbe di vedere nella città più antica degli Stati Uniti.

"Quello è un fiume?" chiedo, indicando il maestoso specchio d'acqua vicino, con un bel ponte che lo attraversa.

"È l'Intracoastal Waterway" risponde Evan con un tale orgoglio da far pensare che l'abbia riempito d'acqua lui personalmente. "Si estende per tremila miglia attraverso diversi Stati."

"Ah."

"Sì, e quello è il Ponte dei Leoni." Indica a destra in direzione del bel ponte, che, guarda caso, presenta statue di leoni. "Se fossimo rimasti sulla A1A, l'avremmo attraversato."

"Fantastico. Lo attraverseremo a piedi per arrivare a destinazione?"

"No" risponde. "Ma possiamo andare a fare una passeggiata lì più tardi, se ti va. Dopo il tramonto."

Mmm. Sembra un po' troppo improvvisamente romantico, ma non lo escludo. Nonostante sia una pessima idea impegnarci in qualcosa che assomigli a un appuntamento, devo a Jolene e Dorothy il piacere di rilassarmi in questa vacanza e una passeggiata serale su quel ponte potrebbe servire allo scopo.

"Ok, visto che sto giocando a fare la guida turistica, laggiù c'è il Castillo de San Marcos." Evan indica di nuovo verso destra. "È stato costruito nel 1695 ed è stato dichiarato monumento nazionale quasi cent'anni fa."

"Caspita!" È un vero e proprio castello. Non so perché lo trovo sorprendente, considerando il nome "Castillo." "Tuo nonno avrebbe dovuto nascondere l'indizio del tesoro nel castello anziché in un college che, un tempo, era un albergo. È quello che avrebbe fatto Dan Brown."

D'altra parte, in un libro di Dan Brown, al Castillo ci aspetterebbe un prete albino, che passa il tempo praticando l'autoflagellazione o guardando *Emoji: Accendi le emozioni*.

"Il college è aperto al pubblico" spiega Evan. "Il Castillo, invece, richiede dei biglietti. Pur essendo ricco, mio nonno era parsimonioso. O, come diceva lui, una cosa causa l'altra."

"Ma quanto costa un biglietto?" gli chiedo.

Evan sorride. "Quindici dollari. 'Parsimonioso' potrebbe essere un leggero eufemismo per descrivere il nonno."

"Ah." "Per quel prezzo, voglio andare a dare

un'occhiata, dopo che avremo recuperato il nostro indizio."

"Volentieri" risponde. "È da un po' che non ci vado."

Dannazione! L'ho appena costretto a un'altra attività simile a un appuntamento.

Tuttavia, Evan non sembra accorgersene né preoccuparsene, perché continua a indicarmi altre attrazioni, come il *Ripley's Believe It or Not* (un posto che Reagan adorerebbe) e la via storica St. George Street.

A proposito di questa strada, non appena parcheggiamo, la percorriamo per raggiungere la nostra destinazione.

Wow! Mi ricorda i luoghi più turistici di New York. Ci sono caffetterie a ogni angolo, vari bar e ristoranti, negozi di abbigliamento e persone vestite con costumi da pirata. Ok, quest'ultima parte non è come a New York. A New York, ci sono personaggi Disney non autorizzati.

"Vuoi provare il miglior ghiacciolo di sempre?" mi chiede Evan.

"'Benzodiazepine' sarebbe una buona parola a Scarabeo?" È un farmaco usato per trattare l'ansia (delle persone, non dei cavalli).

Sorridendo, Evan mi spinge a svoltare l'angolo. "Pensavo che avessimo già concordato di non usare termini farmacologici a Scarabeo."

Ah. Giusto. "È questo il posto?"

Annuendo, lui apre la porta e mi sfida a scegliere il ghiacciolo Watermelon Jalapeño Margarita (Margarita al peperoncino e anguria), perciò lo faccio.

Esaminando gli altri gusti, vedo Torta di mele al burro di arachidi, che sarebbe stata sicuramente la scelta di Reagan.

Anche se sembra una strana combinazione di gusti, adoro il mio ghiacciolo, ma la compagnia di Evan potrebbe avere qualcosa a che fare con questo.

Mentre mi guida lungo St. George Street, mi racconta delle esilaranti combinazioni di gusti che avrebbe fatto produrre al negozio di ghiaccioli se fosse stato *lui* il responsabile. Gusti che includono, ma non si limitano a: tempura di pollo, tonno piccante e gonadi di riccio di mare.

"È evidente che stai facendo buon uso della tua laurea in marketing" affermo. "Ghiaccioli che sanno di cibo giapponese. Perché non italiano? Messicano? Indiano?"

"Ho sfruttato davvero la mia laurea." Lecca il suo ghiacciolo, cosa che mi distrae molto. "Devi dare alle persone un prodotto che le faccia sentire parte della tribù. Una tribù di buongustai, in questo caso."

"Sembra più una tribù di drogati di cibo giapponese." Schivo un pirata che distribuisce volantini. "Ma, soprattutto, come faresti a trasformare il pollo fritto, per non dire impanato, in un ghiacciolo?"

"Prima, lo frulli con il latte?" Evan si stringe nelle spalle. "Io sono solo il responsabile del marketing. Lascerei al cuoco il compito di risolvere quella parte."

Da St. George Street, svoltiamo in un piccolo parco, dove Evan mi dà la possibilità di scegliere se visitare prima alcuni luoghi famosi o recarci direttamente al college.

Scelgo di visitare la città e passiamo da tre luoghi: La Basilica Cattedrale, l'hotel Casa Monica e il museo d'antiquariato Lightner Museum. Come risultato, adesso ho una nuova visione del mio matrimonio da sogno: una cerimonia in quella cattedrale con un ricevimento nel cortile del museo, seguiti da una luna di miele in quell'hotel.

Sì, certo. È tanto probabile quanto avere Evan come sposo.

"Pronta?" Evan mi indica uno splendido edificio simile a un castello dall'altra parte della strada rispetto al museo.

Annuisco e attraversiamo la strada. Scruto l'ambiente circostante, impersonando la mia Robert Langdon interiore... senza alcun risultato. Per quanto riguarda il campus, non vedo indizi, ma solo fantastiche opportunità di scattare foto, soprattutto vicino alla fontana del cortile.

"Possiamo entrare nell'edificio?" chiedo.

Evan risponde di sì ed entriamo. Immediatamente, mi sento come se fossi stata magicamente teletrasportata alla Scuola di Magia e Stregoneria di Hogwarts.

"Wow!" Fisso il soffitto a cupola con aria sbalordita. "Forse, tuo nonno aveva ragione a piazzare l'indizio qui."

A proposito di indizi... Scruto intensamente i dipinti, passo la mano sulle guide di legno per tastare eventuali scalfitture o graffi e mi soffermo sui disegni sul pavimento, cercando di decifrare se abbiano un significato.

No. Non ho ancora idea di dove sia nascosto l'indizio né tanto meno se esista.

"Possiamo addentrarci di più nell'edificio" afferma Evan quando mi lamento. "Ho ancora dei contatti qui."

"Sì, grazie."

Una guida turistica ci accompagna attraverso la biblioteca, la sala da pranzo e varie aree comuni, tutte splendidamente decorate con pavimenti a mosaico, vetrate colorate o maestosi lampadari. Dopo qualche ora passata a cercare indizi in ogni angolo e a tormentare la nostra povera guida con un milione di domande, mi arrendo ufficialmente. Come premio di consolazione, Evan si offre di portarmi in un ristorante che prepara tutto da zero con ingredienti di stagione e prodotti locali.

"Non capisco" dico mentre la cameriera dall'aspetto maltese lascia davanti a noi i piatti che abbiamo ordinato. "È possibile che io non abbia decifrato bene il codice di tuo nonno?"

Evan fa spallucce. "Forse, devi decodificare il resto del foglio?"

Ottima idea. Estraggo il suddetto foglio e mi metto al lavoro, ma scopro che la stringa di numeri successiva corrisponde a una località completamente diversa in Florida: il Vizcaya Museum and Gardens a Miami.

Mmm. Utilizzando il mio telefono, apprendo ciò che posso sul luogo in questione, ma tutto questo mi porta solamente a desiderare di visitarlo.

"Possiamo andarci domani" mi propone Evan quando gli spiego cos'ho scoperto. "Possiamo fermarci a dormire a casa di un mio amico per la notte."

Dormire una notte fuori? Sembra allettante per tutti i motivi sbagliati.

"Vediamo a quali altri luoghi conducono questi indizi" propongo invece, ignorando il mio cibo dal profumino delizioso, mentre continuo a decodificare.

Aha! La riga successiva di numeri porta ai Sunken Gardens di St. Petersburg, mentre l'ultima riga corrisponde al Florida Caverns State Park di Marianna.

"In che modo questi luoghi sono collegati?" chiedo, aggrottando la fronte.

Evan lancia un'occhiata ai nostri pasti, che si stanno raffreddando rapidamente. "C'è qualche possibilità che inizierai a mangiare a breve, così potrò unirmi a te?"

Oh, cavoli! Non mi ero nemmeno accorta che si stesse comportando da gentiluomo.

Mi metto in bocca una forchettata di risotto. "Caspita! È davvero buono."

Evan allunga la forchetta. "Ti dispiace se assaggio?"

Arrossisco. In qualche modo, le sue parole suonano sessuali.

"Certo. Io posso assaggiare il tuo?"

I suoi occhi brillano. Anche le *mie* parole suonavano sessuali?

"Prego." Indica la sua pasta. "Buon appetito."

Infilo la forchetta nel suo cibo, che si rivela ancora più buono del mio.

O, almeno, così credo.

Lui sostiene che gli piaccia di più il mio piatto.

"Che ne dici di fare uno scambio?" gli propongo.

Lui accetta, così prendo il suo piatto e gli do il mio. Per gioco, scambio anche le nostre acque identiche e la mia ricompensa è il suo sorriso.

Solo dopo, mi rendo conto che questa è una cosa che farebbe una coppia di sposi, non una coppia di qualsiasi cosa siamo noi l'uno per l'altra.

"Sai" mi dice Evan. "Se avessi saputo che saresti diventata così ossessionata dalla mappa del tesoro, non ti avrei coinvolta nella caccia."

Oh. "Non sono di compagnia?"

Scuote la testa. "Non si tratta di questo. Sei in vacanza, ma non credo che tu ti stia rilassando oggi."

Ci rifletto mentre mastico la pasta. "La verità è che" rispondo dopo aver deglutito, "risolvere i rompicapo equivale a una giornata in un centro benessere per me."

E questa è la verità, ma non tutta la verità (e cioè che mi sono concentrata sulla mappa del tesoro per distrarmi da Evan). Non voglio prestare attenzione a quanto lui sia dolce nel mostrarmi tutte le attrazioni locali. Né al fatto che sia talmente sexy che tutte le turiste (e anche alcuni turisti maschi) lo fissano ovunque andiamo.

In altre parole, ha ragione lui: nonostante il divertimento, sono più tesa di quand'ero a New York. Questo è un vero peccato, perché rilassarmi era in cima alla mia lista di cose da fare e non solo per me stessa, ma anche per Jolene e Dorothy, che hanno investito dei soldi per esortarmi a svolgere questo semplice compito.

È deciso: d'ora in poi, mi rilasserò, dannazione.

Mi infilo in bocca un altro boccone di pasta paradisiaca e lo mastico lentamente, con attenzione, contemplando gli ingredienti locali utilizzati dallo chef.

No. Per quanto il cibo sia buono, non è sufficiente. Ci vuole qualcosa di più forte, come il cioccolato, il formaggio… o la lingua di Evan sul mio clitoride.

"Gradite un drink?" ci chiede improvvisamente la cameriera ed è come una risposta alla mia tacita preghiera.

Si possono dire tutte le cose negative del mondo sull'alcol, ma c'è una cosa che riesce a fare molto bene: alleviare la tensione.

Capitolo Dodici

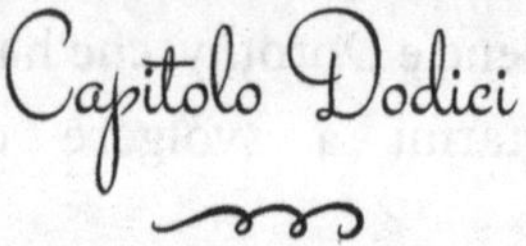

EVAN

Dieci secondi prima

"La verità è che" dice Brooklyn, "risolvere i rompicapo equivale a una giornata in un centro benessere per me."

La guardo, con il cuore che batte forte. È come se avesse dato voce ai miei stessi pensieri. Anche se non sono un grande fanatico dei centri benessere, non mi divertivo così tanto da anni (e sono stato a St. Augustine un milione di volte!).

Dannazione! Cosa mi passa per la testa? Lei è una turista. È qui di passaggio. Inoltre, anche se fosse una del posto, sembra il tipo di donna che, un giorno, vorrebbe dei figli, cosa che io non posso darle.

"Gradite un drink?" ci chiede la cameriera, facendomi sussultare.

Mi aspetto che Brooklyn rifiuti; invece, lei annuisce con eccessivo entusiasmo. "Prima, ho visto un cocktail al rum sul menù." Voltandosi verso di me, aggiunge con aria colpevole: "Questa città sembra essere a tema piratesco, quindi…"

"Ho capito a quale drink ti riferisci" dice con approvazione la cameriera.

Perché avevo dato per scontato che Brooklyn non bevesse alcolici? Non ne ho idea, ma non posso lasciarla bere da sola.

"Servite ancora quel cocktail con la vodka St. Augustine?" chiedo alla cameriera. Rivolgendomi a Brooklyn, le spiego: "Qui c'è una distilleria locale."

"Sì" mi risponde la cameriera.

"Allora, prendo la stessa cosa che prende lui" dice Brooklyn.

Sorridendo consapevolmente, la cameriera annuisce e si allontana in fretta.

"Di cosa stavamo parlando?" mi chiede Brooklyn.

Mangio un'altra cucchiaiata del delizioso risotto. "Del fatto che hai bisogno di rilassarti" le ricordo con decisione.

Sospira. "Ecco il perché del drink."

Ah. Questo ha senso. E ce ne vorrà più di uno, suppongo. Così sia! Tiro fuori il telefono e scrivo un rapido messaggio.

"Con chi stai messaggiando?" mi chiede Brooklyn, quando alzo lo sguardo. Dalla voce, sembra molto più disinvolta di quanto i suoi occhi stretti lascino intendere.

Cosa avrò combinato stavolta? È come me e non le

piace chi manda messaggi a tavola? Se è così, è legittimo.

"Voglio assicurarmi che Boone e Bonnie possano venire a recuperare la mia macchina e darci un passaggio per tornare a casa" le spiego. "Non guido quando bevo."

Proprio in quel momento, la cameriera ci porta i nostri drink.

Brooklyn beve un sorso e solleva le sopracciglia perfette con aria di apprezzamento. "Non mi ero resa conto che ti avrei recato disturbo."

"Non è così." Sorseggio la mia bevanda. "Anche a me farebbe comodo un drink e, per quanto riguarda Boone e Bonnie, sono molto più economici di un Uber."

Brooklyn aggrotta le sopracciglia. "Pensavo fossero amici che ti fanno un favore. Se c'è di mezzo il denaro, devi lasciarmi pagare la metà."

Poso il mio drink. "Non stiamo parlando di molti soldi. Non so se l'hai notato, ma quei due erano seduti su un divano da rigattieri. Sulla spiaggia."

"Comunque" ribadisce lei ostinatamente, "voglio ripagarti per aver fatto riportare la mia macchina a casa l'altro giorno e per oggi. Inoltre, nel caso in cui tu stia pensando di pagare il conto qui, non farlo."

Sospiro, esasperato. "Lo fai *apposta* a sembrare offensiva quando dici cose del genere?"

Lei sgrana gli occhi. "Offensiva?"

"Mettiamo che io voglia fare una telefonata e ti chieda un quarto di dollaro: me lo presteresti o me lo regaleresti?"

Inclina la testa. "Un quarto di dollaro?"

"Per un telefono a gettoni."

Lei sorride. "Come immaginavo. Passeggiare in questa città così antica ha, in qualche modo, indotto il tuo cervello a pensare che siamo negli anni Novanta?"

Bevo un grosso sorso del mio drink. "È un telefono a gettoni ipotetico."

"Persino i telefoni a gettoni ipotetici sono scomparsi da tempo" afferma. "Al giorno d'oggi, tutti portano con sé una di queste incredibili meraviglie tecnologiche che non solo scattano selfie, ma fanno anche telefonate."

"D'accordo" ribatto, roteando gli occhi. "Che ne dici di questo: se mi lasciassi usare il tuo cellulare, mi chiederesti di rimborsarti per i minuti che ho consumato?"

Lei sorseggia il suo drink con aria compiaciuta. "Ho le chiamate illimitate."

"E se mi dessi una gomma da masticare? Mi chiederesti di rimborsarti?"

Sorride. "È un'allusione ipotetica al fatto che io abbia l'alito cattivo o che ce l'abbia tu?"

"Hai capito cosa intendo" ringhio.

"È vero" ammette. "Ma la tua logica non vale. Ho visto i prezzi su questo menù."

Dovrei dirle che i prezzi di questo menù equivalgono al costo di una gomma da masticare per me? No. Non voglio sembrare uno spaccone. È lo stesso motivo per cui le ho mentito sul fatto di avere un amico a Miami anziché confessarle che ho intenzione di prendere in affitto il mio alloggio Airbnb preferito. Ora, le racconterò anche di avere amici a St. Petersburg e a Marianna, tutti che mi vogliono "ospitare" gratuitamente.

"Che ne dici di una partita a Scarabeo per risolvere la questione?" le propongo, sperando che sia sufficientemente sbronza o competitiva da accettare.

"Hai portato con te le tessere dello Scarabeo?" Mi guarda come se mi fosse cresciuto un pene sulla fronte (e spero di no, perché sarebbe solo un cazzo in più che diventerebbe duro in sua presenza).

"Al giorno d'oggi, tutti portano con sé una di queste incredibili meraviglie tecnologiche che non solo scattano selfie e fanno telefonate, ma permettono anche di giocare a Scarabeo." Non riesco a trattenere un sorriso di autocompiacimento.

Arrossendo in modo affascinante, Brooklyn beve un sorso del suo drink. "Come faccio a sapere che non perderai di proposito?"

"Non ne ho bisogno. L'accordo sarà: se vinco, pago io il conto; se, invece, perdo (e questo è puramente ipotetico), lo dividiamo."

I suoi occhi brillano. "Ci sto."

Qualcuna è troppo sicura delle proprie capacità.

Tiriamo fuori i nostri telefoni e impostiamo tutto nell'app dello Scarabeo, prima di iniziare la nostra epica battaglia di parole.

Prendo subito il sopravvento e, quando abbiamo finito il pranzo e il dessert (oltre a tre drink per lei e sei per me), la mia vittoria sembra quasi garantita.

"Non è giusto" si lamenta lei, biascicando un po' le parole. "Io gioco sempre con regole modificate e più tessere."

"Fai sul serio? Ti ho permesso di farla franca con la parola 'farmacologia', anche se avevamo concordato di non usare termini farmacologici."

Lei rotea gli occhi. "Lo ripeto: 'farmacologia' di per sé non è una parola farmacologica."

"E io sostengo: se un sostantivo è un sostantivo, perché 'farmacologia' non è un termine farmacologico?" Accidenti! Non sono sicuro che questo avesse senso.

"Posso usare anch'io questa 'logica'. La parola 'imprecazione' non è un'imprecazione" afferma Brooklyn ostinatamente. "E la parola 'animale' non è essa stessa un animale."

Questa è la cosa più frustrante delle donne: tendono a essere troppo brave a discutere. "Sai cosa ti dico? Faremo così: d'ora in poi, i termini farmacologici sono ammessi. Ti batterò comunque."

"Ne sei sicuro?" mi chiede, con un'aria sospettosamente innocente. "E i nomi chimici?"

Valuto la situazione: le mie tessere sono sparite e ho un vantaggio enorme. "Fa' del tuo peggio."

Con un sorriso trionfante, Brooklyn gioca una parola che non avevo mai sentito prima: benzoilossimetiltiamina.

Ma che diamine? Con quell'unica mossa, esaurisce le tessere e forma altre tre parole, ottenendo un punteggio spropositato.

"Ho vinto!" strilla.

Oh, sì. Anche questo.

Controllo se la parola è vera e sì, è effettivamente famosa per essere una parola di Scarabeo che dà un numero assurdo di punti (ed è così che Brooklyn deve averla imparata).

"Hai barato." Scommetto che anche il biascicamento era uno stratagemma per indurmi ad abbassare la guardia, cosa che ho fatto.

"Qualcuno non è bravo a perdere?" Si rivolge alla cameriera e mima il gesto di bere.

"Esigo la rivincita."

"Un accordo è un accordo" afferma. "Dividiamo il conto."

Sospiro. "Senti, ero così sicuro di vincere che ho ordinato più drink di quanti ne avrei ordinati altrimenti. Non sarebbe giusto che tu ne pagassi la metà."

Lei rotea gli occhi. "Chi è che suona offensivo, adesso?"

"Non è la stessa cosa."

La cameriera porta il drink a Brooklyn e chiede a me se ne voglio un altro.

"No" rispondo severamente. "Per oggi, ho chiuso."

Brooklyn mette il broncio. "Mi lascerai bere da sola?"

Incrocio le braccia sul petto e la fisso in silenzio.

"Ok" dice. "Ti propongo un accordo: bevi un altro drink con me e ti lascerò pagare lo stupido conto. Però, ho vinto onestamente."

La cameriera ci guarda come se fossimo pazzi.

"Accetterò solo se mi concederai la rivincita" ribatto. "Usando tessere vere e parole che la gente normale conosce."

"Affare fatto" accetta Brooklyn. "A patto che possiamo giocare secondo le *mie* regole."

Chiedo alla cameriera di portarmi un altro drink e stabiliamo le regole, che si riducono a guadagnare punti extra per le parole più lunghe.

"D'accordo" consento. "Parole lunghe, ma normali."

"Affare fatto" accetta lei.

La cameriera torna portando il mio drink. Reprimo un singhiozzo e mi rivolgo a lei. "Avete delle tessere dello Scarabeo?"

Ecco, *adesso* ci guarda come se fossimo pazzi. "No" risponde, con voce molto più educata di quanto la sua espressione suggerisca. "Ma potremmo avere un vecchio giornale con un cruciverba."

Brooklyn batte le mani con aria eccitata. "Per favore, portacelo."

La cameriera inarca un sopracciglio. "Non c'è problema. Qualcos'altro?"

"Sì. Un po' di farina" dice Brooklyn.

Farina? Perché dovrebbe averne bisogno per un cruciverba?

"Nient'altro?" La cameriera mi guarda come se mi stese chiedendo: "Devo chiamare il 911?"

"Sì" risponde Brooklyn. "Una ciotola, per favore, e altra acqua."

La cameriera si allontana prima che le richieste

diventino più strane e io fisso Brooklyn con aspettativa, ma lei se ne sta lì con un sorriso misterioso sul bel volto.

Quando tutti gli elementi arrivano, Brooklyn mette la farina nella ciotola, aggiunge l'acqua e mescola il tutto con la forchetta.

"Cosa stai preparando?" non posso fare a meno di chiederle. E perché mi fa pensare allo sperma?

Ignorandomi, Brooklyn fa di nuovo un cenno alla cameriera.

"Sì?" La cameriera non nasconde la stizza, ora.

"Avete un palloncino?" le chiede Brooklyn.

Che sia l'effetto dell'intossicazione da alcol?

La cameriera scuote la testa.

"E un preservativo?" le chiede Brooklyn.

Poiché la curiosità ha la meglio su di me, tiro fuori il portafoglio e porgo alla cameriera una grossa mancia. "Per favore" aggiungo. "Sono curioso di vedere dove andrà a parare."

Strappandomi di mano i soldi, la cameriera se ne va e torna con un'intera scatola di preservativi. "Ce ne sono altri nella macchinetta in bagno" afferma. "Nel caso in cui li finiate." E, detto ciò, ci lascia.

Mordendosi le labbra, Brooklyn strappa un pezzo di giornale e lo immerge nella ciotola. Non so se sia per i preservativi o per il suo mordersi le labbra, ma pagherei un milione di dollari per essere in camera mia con lei in questo momento.

Ah.

Aspettate!

Scarta un preservativo e inizia a soffiarci dentro. Mi viene duro in modo scomodo.

Ben presto, il profilattico assume la forma di un palloncino bulboso.

Ok...

Faccio del mio meglio per fingere di essere calmo.

Brooklyn prende il pezzo di giornale e lo avvolge intorno al preservativo gonfiato. Poi, prepara un altro pezzo e lo avvolge con un'angolazione diversa, quindi lo fa di nuovo e di nuovo, finché il tutto non assomiglia a una specie di cazzo di balena mummificato.

"Ora, aspettiamo che si asciughi" dice mentre io fisso l'oggetto a bocca aperta.

"E poi?" la incalzo.

"Poi, ci dipingerò sopra il tuo viso" spiega.

Distolgo lo sguardo dallo strano oggetto per guardare Brooklyn con aria interrogativa. "Perché?"

"Perché sei tu. In una versione di cartapesta."

È quello che pensavo potesse essere: un'opera di cartapesta, non io. Brooklyn aveva accennato al fatto che questa forma d'arte fosse la sua versione del surf.

"È già come guardarmi allo specchio" affermo, abbassando di nuovo lo sguardo sul pene mummificato. "Sei sicura di aver bisogno di dipingerlo?"

Lei tracanna il suo drink. "Sicura." Impasta un po' di giornale, lo arrotola in una palla stretta e aggiunge quello che immagino sia un orecchio alla "mia" testa.

Mi chiedo quale sia la sua tolleranza all'alcol.

Mentre ci rifletto su, lei tira fuori il rossetto e

disegna le labbra sulla "mia" faccia di giornale. Con aria soddisfatta, cerca la cameriera.

No. Non stava fingendo. Prima che possa ordinare alla cameriera dell'altro alcol, faccio un gesto per chiedere il conto e domando a Brooklyn: "Ti piacerebbe fare quella passeggiata sul Ponte dei Leoni?"

I suoi occhi brillano, eccitati. "Quello vicino al castello?"

Controllo l'ora. "Sai, se ci sbrighiamo, potremmo dare una rapida occhiata all'interno del castello prima della passeggiata."

Lei afferra la sua opera d'arte e balza in piedi, barcollando un po'. "Andiamo!"

"Un secondo." Aspetto che la cameriera porti il conto e poi getto sul tavolo la somma richiesta, più un'altra mancia. "*Adesso* possiamo andare."

Quando mi alzo, mi rendo conto che Brooklyn non è l'unica ad aver esagerato. Non credo che, generalmente, il ristorante giri come sta facendo adesso, né che le mie gambe si sentano solitamente come se fossero di zucchero filato.

"Tieni." Porgo a Brooklyn il gomito. "Se dobbiamo passeggiare, tanto vale farlo come si deve."

Inoltre, le probabilità che cadiamo diminuiscono se siamo interconnessi (almeno spero).

Senza esitare, Brooklyn fa scivolare la piccola mano nell'incavo del mio gomito e il suo tocco mi manda un brivido di lussuria dritto al cazzo.

Semplicemente perfetto. Camminare sarà ancora più dura, ora (in tutti i sensi).

"Questa è l'ultima volta che bevo vodka St. Augustine" mormoro a nessuno in particolare, dopo qualche isolato. "E dico sul serio… stavolta."

Brooklyn singhiozza. "Avevi già fatto questo giuramento in passato?"

"Solo una volta o due." Attraversiamo la strada, camminando ragionevolmente dritti… credo.

"Wow!" esclama Brooklyn. "Da qui, sembra tutto ancora più bello."

Seguo il suo sguardo. L'Intracoastal ha un aspetto pittoresco, in effetti, ma credo che questo abbia più a che fare con gli splendidi colori del sole al tramonto.

"Sbrighiamoci. Dal parapetto del castello, la vista è ancora più bella." Accelero il passo, ma, nonostante i miei sforzi, non facciamo in tempo.

"Mi dispiace. Siamo già chiusi" ci dice il tizio della biglietteria quando arriviamo.

L'espressione sul volto di Brooklyn è inaccettabile, così scavo nel portafoglio e allungo al tipo qualche banconota il più furtivamente possibile. "Pensi di poter fare un'eccezione, solo per questa volta?"

"D'accordo." Il tizio si intasca i soldi ed esce dalla cabina. "Se qualcuno chiede, siete miei buoni amici."

Brooklyn appoggia il "mio" volto di cartapesta sul bancone. "Posso lasciare Evan qui?"

Il bigliettaio mi guarda con aria interrogativa.

"Va bene" le dico. "È meglio che tu abbia le mani libere."

Brooklyn manda un bacio all'Evan con la testa di preservativo, poi si unisce a me per seguire la nostra guida riluttante.

Una volta entrati nel castello, il bigliettaio se ne va e io conduco Brooklyn nel cortile. Lei guarda tutto con ammirazione, il che mi ispira a ricordare alcune delle informazioni inutili che avevo appreso durante gli innumerevoli tour di questo posto che io e i miei compagni di classe facevamo al liceo, come, ad esempio, il fatto che è realizzato con la coquina.

"Co-quinoa?" ripete Brooklyn. "È la compagna di un seme mascherato da cereale?"

Sorrido come un rimbambito. "È un calcare morbido, composto da conchiglie e coralli."

"Perché usarlo per costruire un castello?"

"Rende le pareti resistenti ai colpi di cannone."

"Giusto" annuisce, roteando gli occhi. "Perché, come ogni paguro sa, le conchiglie robuste sono resistenti come il Kevlar."

Faccio spallucce. "Ti sto solo riferendo quello che ci hanno raccontato durante le visite. Non sono esattamente un ingegnere militare."

Lei apre la bocca per dire qualcos'altro, ma la vista del tramonto dal parapetto cattura la sua attenzione. Lo fissa a bocca aperta, mentre io fisso lei. Ha un naso di una bellezza classica, guance leggermente arrossate dall'eccitazione e...

Cazzo, si accorge che la sto ammirando e si inumidisce le labbra.

Doppio cazzo! Vengo attirato verso quelle labbra,

come un pirata verso il bottino. E, ora, sto pensando al bel sedere rotondo di Brooklyn (come se la mia erezione non fosse già evidente). Chino la testa, incapace di trattenermi, e qualsiasi forza stia agendo su di me sembra avere effetto anche su di lei, perché rovescia la testa all'indietro, con lo sguardo fisso sul mio.

Le nostre labbra si scontrano e tutte le metafore legate alle navi pirata e alle palle di cannone mi sfuggono dalla mente. Brooklyn sa di gelato al tè verde e profuma di yuzu e chiodi di garofano, una combinazione inebriante che mi fa venire voglia di quadruplicare il milione di dollari che sono disposto a spendere per finire magicamente a letto con lei. Forse, potrei addirittura sestuplicare la cifra...

Le mie mani scivolano tra i suoi capelli setosi, mentre spingo la lingua più a fondo nei dolci recessi della sua bocca, sentendo il suo corpo morbido modellarsi contro il mio...

Uno stronzo guastafeste si schiarisce la gola. "Siamo ufficialmente chiusi."

Cazzo! Io e Brooklyn ci stacchiamo di colpo e devo fare dei respiri profondi per controllare gli impulsi violenti verso chi ci ha interrotti.

"Mi dispiace" ci dice il tizio che avevo corrotto prima. "Dobbiamo chiudere."

Con un'aria un po' confusa, Brooklyn si tocca le labbra gonfie dal bacio, facendomi tornare la voglia di baciarle. "Guarda quelle luci sulla passerella" mi dice, a proposito di niente.

"Sì. Incantevole." Con uno sforzo monumentale, distolgo gli occhi dal suo viso e faccio un altro respiro profondo.

"Al Ponte dei Leoni!" Brooklyn mi afferra la mano.

Sul serio? Non so quante altre scosse possano sopportare le mie povere palle prima di diventare turchesi.

Per mano, torniamo al piano di sotto, ma, prima di uscire, Brooklyn ci scatta qualche selfie, per poi chiedere al tizio che ci sta cacciando di farci una foto da lontano.

Dannazione! Questa cosa sta procedendo sospettosamente come un appuntamento, con tanto di bacio e tutto il resto.

Questo è il momento in cui me ne rendo davvero conto. Ci siamo baciati. Una parte di me ancora non riesce a crederci. Ed è stato il bacio più bello di sempre. A meno che... non sia la vodka a farmelo pensare? Esistono le allucinazioni da birra, quindi forse...

"Quasi dimenticavo" dice Brooklyn, afferrando la sua opera d'arte mentre passiamo davanti alla biglietteria.

Significa che sta smaltendo la sbornia o il contrario?

La sensazione che questo sia un appuntamento si rafforza mentre passeggiamo mano nella mano, chiacchierando di tutto e di niente. Io le racconto cosa mi piace del surf, lei mi spiega perché ama lavorare con gli animali e che vuole farlo ancora di più in futuro, preferibilmente diventando veterinaria.

"Ti vedrei benissimo come veterinaria" le dico. "Dovresti diventarlo."

Il suo sorriso vacilla. "Forse, un giorno."

Ah. Giusto. È in vacanza e io le sto ricordando il lavoro e le responsabilità.

A proposito di promemoria, lei è qui soltanto per la vacanza. Fino ad ora, l'annebbiamento da alcol mi aveva indotto a dimenticare questo dettaglio, oltre al fatto che io non sono molto frequentabile.

Neanche a farlo apposta, le luci della passerella e del ponte davanti a noi si accendono, creando un'atmosfera estremamente romantica.

Accidenti a me!

Brooklyn saluta gli allegri passeggeri di una barca di passaggio e io approfitto di quel momento per scrivere a Boone di raggiungerci dall'altra parte del ponte. Gli comunico anche che pagherò elettronicamente, così eviteremo di parlare di soldi davanti a Brooklyn.

"Ti va di fare un giro in barca domani?" le chiedo, dopo aver messo via il telefono.

Lei mi fissa a bocca aperta. "Hai una barca?"

"No." Non ancora, comunque, ma acquistarne una è sulla mia lista di cose da fare. "Mio padre ne ha una e posso prenderla in prestito quando voglio."

Lei assume un'aria malinconica. "Tu e tuo padre siete molto uniti?"

Annuisco. "Quando mia madre morì, lui non la prese bene; così, per un breve periodo, sembrava quasi che io fossi il padre e lui il figlio, ma ora è tornato tutto alla normalità. Mi porta a pescare e mi dà consigli di vita non richiesti."

Lo sguardo malinconico di Brooklyn si trasforma in un vero e proprio sconforto. "Io non parlo con mio padre, né con mia madre, da sette anni."

Oh, cazzo! "Mi dispiace. Non sapevo."

I suoi occhi brillano. "Non è colpa tua. È colpa loro. Il loro amore era condizionato e, non appena ho fatto qualcosa che li ha scontentati, lo hanno ritirato."

Ma che cazzo? Che razza di genitori sono? Se sono così, lei sta meglio senza di loro. Per smorzare l'ondata di rabbia, le stringo la mano. "Sono loro a rimetterci."

Mi rivolge un debole sorriso e indica dall'altra parte della strada con la mano libera. "Possiamo prendere un altro drink lì?"

Maledetta questa zona e il suo milione di bar! Non dovremmo più bere, ma, considerato quello che mi ha appena confessato, non posso rifiutare.

"Offro io" mi avverte.

"D'accordo" brontolo. "Ma un drink soltanto."

"O il suo volume equivalente in shottini" precisa lei.

Prima che io possa esprimere la mia opinione, mi trascina al bar e, una volta dentro, ordina quattro shottini "per iniziare."

Mi scolo tre dei quattro shot, soprattutto per assicurarmi che lei non abbia un'intossicazione da alcol. Dopo che ne ha ordinati altri quattro, ne bevo di nuovo tre e poi do di nascosto una mancia extra-sostanziosa alla barista, chiedendole sottovoce di non prendere più ordini da Brooklyn.

Non bevevo così tanto dai tempi dell'università.

"L'hai pagata?" mi chiede Brooklyn. "Eravamo d'accordo che avrei pagato io."

"Mi ha dato la mancia" le dice la barista e mi fa l'occhiolino. "Il che significa che mi devi ancora venti dollari."

Brooklyn le consegna i soldi, poi afferra la sua opera d'arte e la mia mano prima di riprendere l'epico viaggio verso il Ponte dei Leoni.

"Pensi che uomini e donne possano essere amici?" mi chiede all'improvviso, proprio mentre saliamo sul ponte.

È per via del bacio? Si sta preparando a dirmi che mi vuole friendzonare? A meno che... "È un riferimento a *Harry, ti presento Sally*?"

Mi stringe la mano in modo stuzzicante. "Forse."

"Beh, *tu* cosa pensi?"

Lei fa spallucce. "Le mie amiche sono entrambe donne, ma credo che, almeno in teoria, sia possibile."

"Se parliamo di amici platonici, penso che potrei esserlo con *alcune* donne" affermo. "Ma, se trovo una donna estremamente attraente, essere solo amici sarebbe difficile." Come in *questo* caso. D'altra parte, lei non resterà in Florida abbastanza a lungo da aver bisogno di me nemmeno come amico.

"Sì. Penso che se, trovassi il ragazzo attraente, anch'io avrei problemi con la platonicità."

Le mie labbra si sollevano. "Non credo che 'platonicità' sia una parola, ma, se lo fosse, varrebbe sedici punti."

"Stai mirando alla rivincita a Scarabeo?"

Stringo gli occhi su di lei. "Non ho bisogno di mirare. Avevi acconsentito. Un accordo è un accordo."

"Perché sei così ansioso di perdere di nuovo?" Si scatta un selfie con l'Evan di cartapesta.

"Non perderò." O, almeno, così spero.

"Quello è Boone?" chiede Brooklyn, indicando una Oldsmobile Aurora scassata che si accosta al marciapiede.

"Già." E spero che quell'auto sopravviva al viaggio di ritorno.

La buona notizia è che c'è Bonnie con Boone, il che significa che non ho altra scelta se non quella di sedermi dietro accanto a Brooklyn. A tal fine, le apro la portiera.

"Grazie." Sbatte le lunghe ciglia verso di me prima di salire. "Sarebbe un peccato sconfiggere un tale gentiluomo."

"In cosa lo sconfiggerai, tesoro?" le chiede Bonnie con la sua caratteristica parlata biascicata.

"Scarabeo" risponde Brooklyn.

"Oh. Io e Boone avevamo intenzione di giocare a quel gioco!" dice Bonnie, mostrando la fessura in cui ha recentemente perso un dente nel tentativo di mungere una delle mucche da compagnia di Calvin.

"Che ne dite di giocare usando l'app?" suggerisco.

Bonnie è entusiasta, ma Brooklyn sembra dubbiosa.

Non appena iniziamo a giocare, me ne pento. Lo schermo è sfocato e guardare l'applicazione mi fa venire il mal d'auto. Almeno, questa è la mia versione:

un uomo grande e forte come me non si sentirebbe stordito da un po' di alcol. Non esiste.

Quando entriamo nella mia comunità, Bonnie ci ha già sconfitti entrambi e batte le mani in segno di gioia. "Beh, lo dichiaro. Pensavate che, solo perché sono così sexy, fossi stupida?"

"Non so cosa ne pensa Brooklyn" replico. "Ma io credo che dovremo avere una rivincita quando tutti i partecipanti saranno sobri." E non sto ammettendo di non esserlo.

"Non accetti mai una sconfitta, vero?" È l'alcol o Brooklyn ha sempre un tono così sprezzante? "A proposito, se non avesse vinto Bonnie, l'avrei fatto io."

"Non è vero" ribatto, anche se non ci scommetterei la vita.

"Credo che a nessun uomo piaccia quando la sua donna lo batte in qualcosa" afferma Bonnie. "Almeno, a Boone non piace quando lo batto io."

Dovrei precisare che Brooklyn non è la mia donna? Inoltre, perché non è Brooklyn stessa a fare la correzione?

"Tu non vinci mai in niente" brontola Boone.

"Ah, è così?" Bonnie si volta verso il marito. "Sei stato tu a prevedere la gara NASCAR del mese scorso?"

"Sei stata fortunata."

Gli occhi di Bonnie si trasformano in due fessure. "E quella precedente?"

"L'autista vincitore era tuo cugino" dice Boone e, fortunatamente, svolta sul mio vialetto.

Mentre io e Brooklyn usciamo dall'auto, Boone e

Bonnie si lanciano in una delle loro famose gare di urla.

"Credo di essere arrivata." Brooklyn accenna al suo appartamento in affitto.

"Certo" confermo. "A meno che... non facciamo quella partita che mi devi."

I suoi occhi brillano, eccitati. "Ci sto."

Ci precipitiamo in casa e io sistemo tutto sopra il tavolo della cucina, mentre Brooklyn va a "incipriarsi il naso", qualunque cosa significhi.

Harry si avvicina a me zampettando e infila il suo naso umido sulla mia gamba.

Amico umano. Sei tornato. Qualcosa da sgranocchiare sarebbe molto apprezzato.

Mentre preparo il cibo per Harry, Sally si strofina sulla mia gamba.

Il nostro malvagio carceriere dovrebbe sapere che siamo fuggite da questo orribile palazzo, prima, ma poi siamo tornate, nel caso in cui questa sia la sera in cui il gattone dalla scintillante armatura verrà a salvarci (e ti viviseziEonerà).

Do da mangiare anche a Sally, poi mi giro e vedo che Brooklyn è già seduta a tavola.

"Ti va di rendere più interessante la tua rivincita?" mi chiede.

Inarco un sopracciglio. "Cos'hai in mente?"

"Due parole." Brooklyn singhiozza. "Strip Scarabeo."

Capitolo Tredici

BROOKLYN

Gli occhi verde-blu di Evan sono come l'oceano prima della tempesta. "Ci sto."

Intende forse dire "ci sto con te"? Se sì, come ha fatto a capire che lo voglio? A mia discolpa, il nostro non-appuntamento era così eccitante che persino una suora avrebbe bisogno di un paio di mutandine nuove, a questo punto... a meno che non le indossi affatto.

"Un capo di abbigliamento per ogni partita?" mi chiede Evan. "O quando raggiungiamo un certo punteggio?"

"In entrambi i casi" rispondo. "Ma giochiamo con tessere in più, così possiamo creare parole più lunghe. Inoltre, mettiamo un limite di tempo al gioco: vince chi ha il punteggio più alto quando scatta il timer."

"Altro?"

Gli propongo altre regole finché la partita non diventa quasi esattamente come la gioco di solito, ma non gli svelo questa parte. Se esistesse un avvocato di Scarabeo, io sarei brava nel mestiere. Oh, questo mi dà un'idea: dovrei cercare un modo per usare la parola "giurisprudenziale" in questa partita, se ne avrò l'occasione.

"Ok." Lui pesca una tessera dall'interno del sacchetto e poi me lo porge.

Io ottengo una E contro la sua A, quindi lui comincia per primo.

Grrr. Non vedo l'ora che abbia meno vestiti addosso.

Quando ottengo le mie tessere, le ordino dalla A alla Z come faccio sempre. E bingo! Ho ricevuto anche una tessera vuota. Forse, riuscirò finalmente a formare la parola "alfabetizzazione": ho sempre desiderato riuscirci.

Quando cominciamo, purtroppo, non ho la possibilità di giocare a "alfabetizzazione", ma ho una parola ancora migliore: "psicanalizzare."

"Brava." Facendo un gran spettacolo, Evan si toglie una scarpa.

Dannazione! Indossa i calzini.

"Vigliacco." Indico i suoi pantaloni.

Se fossi abbastanza sobria da psicanalizzarmi, mi chiederei perché sono così ansiosa di ottenere un altro punteggio alto. Che questa sia un'oggettivazione di Evan? Ah, "oggettivazione" sarebbe un'ottima parola da usare, se solo riuscissi a trovare le lettere. In ogni caso, sono di nuovo fortunata e ottengo un punteggio enorme con "travisamento".

Evan si toglie l'altra scarpa con piacere.

È felice di perdere? Se è così, l'avevo travisato.

Riprendiamo a giocare ed Evan, in qualche modo, compone una parola che non avevo mai visto usare in questo gioco: "ventriloquismo."

Stringo gli occhi. "È una parola legittima?"

Evan indica il suo cane. "Amico, amica, dovreste alzare la posta in gioco e giocare per il burro di arachidi. O per le annusate di sederi." Mi guarda negli occhi. "Quello che ho appena fatto era un ventriloquismo."

"D'accordo." Imitando il suo spettacolo precedente, mi tolgo una scarpa. Suppongo di aver fatto un buon lavoro di pedicure, perché Evan mi guarda il piede nudo con una tale voracità da far pensare che sia una tetta.

Giochiamo testa a testa per un po', finché non lo batto con la mia parola preferita fino a questo momento: "smitizzazione."

Ora sì che si ragiona! Evan si toglie il calzino, esponendo un piede forte e virile.

Mmm. Chi è stata a dirmi che i piedi degli uomini sono brutti, Jolene o Dorothy? In ogni caso, il piede sexy di Evan sta attivamente smitizzando questa affermazione.

Mi chiedo se sia sicuro cavalcare un piede, sessualmente. O potrebbe portare a un prurito vaginale? Lo domando per un'amica.

Sfruttando una certa abilità da gatto ninja, Sally appare sul tavolo di fronte a me e mi fissa. Accidenti!

Tra questo e tutte le riflessioni sui piedi, ho accidentalmente predisposto Evan a giocare la parola "ipnotizzabile." Forse, sono fortemente ipnotizzabile e la gatta sta usando questa debolezza contro di me per aiutare il suo padrone.

In ogni caso, mi tolgo l'altra scarpa.

Gli occhi di Evan brillano quando mi fissa il piede.

Due persone possono sviluppare un feticismo per i piedi dal nulla? Forse sì, attraverso un parassita simile a quello dei gatti, il *T. gondii*, ma diverso, che si trasmette quando si leccano (o si cavalcano) i piedi di qualcuno? E che, magari, abbia vissuto per la prima volta sul piede di un Bigfoot?

Aspettate!

Guardo le mie tessere e il tabellone di gioco.

Bingo! Gioco la parola "criptozoologia."

Evan inarca un sopracciglio. "Che cos'è?"

Sollevo il mento. "Una scienza che studia le tracce dei criptidi, cioè creature come lo yeti e il mostro di Loch Ness."

Evan si slaccia il primo bottone della camicia. "Certo, certo."

Per tutti gli yeti! Si slaccia in modo lento e stuzzicante il bottone successivo e quello seguente.

Reprimo l'impulso di strappargli la camicia di dosso perché non sarebbe molto signorile. Dopo quella che mi sembra un'ora di tortura ormonale, si toglie la camicia e la lascia cadere sul pavimento.

Wow! L'avevo già visto a torso nudo, ma è come se fosse diventato più sexy e, in qualche modo, ancora più muscoloso. Inoltre, è l'alcol che ho in corpo o gli addominali di Evan, in qualche modo, sono diventati dieci coppie (e mi stanno implorando di leccarli)? Almeno, i pettorali sono ancora due, come previsto, ma sembrano più solidi di prima, più definiti. Persino i suoi capezzoli sono...

"Scatta pure una foto" mi dice Evan con un sorrisino. "Potrebbe durare di più."

Ah. Giusto. Lo sto fissando di brutto. L'idea della foto non è male, ma non ne ho il coraggio. "Continuiamo a giocare."

La parola successiva che gioco è "desiderio." Subito dopo, vengono "ardore", "bisogno" e poi "calore."

Gli occhi di Evan brillano, mentre le sue labbra si piegano in un sorriso presuntuoso. "Sto forse rilevando uno schema?"

Accidenti! Stavo per giocare "voglia", ma ora non posso. "Struggimento"? No, seguirebbe ancora il tema per cui lui mi sta prendendo in giro. Con un sospiro, gioco "funghi", che sembra una parola sicura, ma Evan mi massacra con "governamento."

Gli lancio un'occhiataccia. "Mi hai fatto sbagliare di proposito."

Sogghigna. "Ti stai tirando indietro?"

Sbuffo. "Non esiste." Ripensandoci, tutto ciò che indosso è il vestito con sotto il reggiseno e le mutandine.

Il suo sorriso scompare. "Non c'è problema se vuoi fermarti."

Lo schernisco. "E ammettere la sconfitta?"

Lui indica il foglio dei punteggi. "In realtà, sei ancora in testa."

"No." Se mi fermo ora, non mi sentirò come se avessi vinto. Sono bizzarramente curiosa di sapere come reagirà Evan quando mi toglierò il vestito, ma sono anche un po' ansiosa.

La curiosità ha la meglio e mi alzo in piedi, anche se sono un po' instabile.

Evan apre la bocca, ma non ne esce alcuna parola.

Con il battito che accelera, mi faccio scivolare la spallina destra del vestito dalla spalla.

Evan è seduto immobile come una statua. Solo i suoi occhi riflettono la tempesta che si scatena all'interno.

Mi sfilo l'altra spallina.

La sua mascella si sta contraendo?

Sentendomi più audace, mimo il suo lento spogliarello di prima mentre mi sfilo il vestito e, quando ho finito, lo sguardo di Evan è famelico, come quello di un lupo che fissa una gazzella.

La mia pelle formicola, il mio viso brucia e il mio cuore batte così forte che sento sia caldo sia freddo. Che cosa sto facendo? D'altra parte, mi sento anche curiosamente bene, potente in un modo strano.

È per questo che le spogliarelliste fanno quello che fanno? Perché è così eccitante? Ripensandoci, non sarebbe altrettanto eccitante (non sarebbe affatto eccitante, in realtà) se ci fosse qualcun altro e non Evan a divorarmi con gli occhi.

Deglutisco a fatica e mi siedo di nuovo al tavolo, come se nulla fosse.

"Sei sicura di voler continuare a giocare?" mi chiede Evan, con la voce roca.

Ottima domanda. Un'altra sconfitta e dovrò decidere tra il reggiseno e le mutandine, una scelta difficile. Ma al diavolo! La spogliarellista che c'è in me è pronta. "*Tu* sei sicuro di voler continuare a giocare?" riesco a chiedergli con tono sensuale.

Almeno, credo che sia sensuale. Potrebbe anche essere leggermente biascicato.

In risposta, Evan prende una manciata di tessere dal sacchetto.

Va bene. Si va avanti.

Le mie mutandine sono umide. Potrebbero essere il prossimo capo d'abbigliamento da eliminare... per vari motivi.

Entrambi giochiamo qualche parola breve, ma poi lui ne compone una lunga, anche se non così lunga da costringermi a spogliarmi.

Poi, la individuo e quasi strillo dalla gioia. Un'altra giocata vincente per me: "riconoscibilità."

"Buona questa" commenta Evan (ed è evidente che farlo gli costi).

"Vuoi tirarti indietro?" gli chiedo, imitando il suo tono precedente.

Con un leggero roteare d'occhi, lui si alza in piedi.

Santa oggettivazione! Si slaccia lentamente i pantaloni.

Dondolando i fianchi come se fosse una comparsa di *Magic Mike*, si tira giù i pantaloni.

Sto per collassare?

No. Sono ancora seduta dritta quando i suoi pantaloni sono spariti, perciò sono ben consapevole del rigonfiamento dei suoi boxer. Un rigonfiamento enorme. Duro e più lungo di qualsiasi parola abbiamo giocato finora.

Quando Evan si siede di nuovo, il tavolo blocca il rigonfiamento alla mia vista, permettendomi di ragionare.

"Sei sicuro di voler continuare a giocare?" gli chiedo, con la voce un po' più che roca.

Annuisce.

Va bene. A meno che non indossi un anello per il pene sotto i boxer, gli è rimasto un unico capo d'abbigliamento, mentre io ne ho due. Nota a margine: un anello per il pene è un capo di abbigliamento? A me, sembra più che altro un gioiello. O un accessorio, come gli occhiali.

Evan gioca la parola successiva: "smania."

Mmm.

Poi: "fervore".

Aspettate un attimo!

Quando gioca "caldo", decido che è ufficiale. "Stai seguendo lo stesso tema che seguivo io."

Lui si stringe nelle spalle.

Aggrottando le sopracciglia, compongo la mia parola (poco sexy) sul tabellone: "crudo."

Gli occhi di Evan brillano di trionfo. "D'accordo. Romperò lo schema."

Oh, no.

Già.

Compone la parola "intercambiabilità" sul tabellone di gioco.

Merda! L'intercambiabilità è qualcosa che reggiseni e mutandine non hanno.

Il mio battito cardiaco accelera.

So di aver detto che avrei continuato a giocare, ma qui la faccenda si fa seria e non ho idea di cosa togliermi. Generalmente, perdere le mutandine sarebbe peggiore, ma, dato che stiamo giocando da seduti, almeno così Evan non mi fisserebbe le tette per tutto il turno successivo, come farebbe se avessi il seno scoperto.

"Senti, Brooklyn" mi dice in tono serio. "Non sei costretta a fare nulla che ti metta a disagio."

"Bel tentativo." Se mi sentissi ancora audace come prima, mi alzerei in piedi, mi girerei con la schiena rivolta verso di lui, mi chinerei in avanti e mi abbasserei le mutandine, magari twerkando per tutto il tempo.

A quanto pare, non ne ho il coraggio, anche se la mia mente è più che confusa a causa di tutti i drink. Invece, come una codarda, mi sfilo le mutandine sotto la copertura del tavolo e accavallo le gambe. Spero di non lasciare una macchia di umidità sulla sedia.

Evan mi fissa con aria significativa.

Oh, giusto, non ha idea di cosa ho fatto.

Arrossendo, sollevo la mano e sventolo le mie mutandine come una bandiera bianca da zoccola.

"Oh, cazzo" grugnisce Evan.

Significa che la cosa gli piace? O non ha mai visto delle mutandine di pizzo prima d'ora? È possibile che le donne con cui è uscito non si siano mai curate di indossare le mutandine.

Con finta calma, prendo altre tessere e ricomincio a giocare, pregando che lui sia abbastanza deconcentrato da darmi un vantaggio.

Grrr. Non so se Evan stia cercando di incasinarmi il cervello o cosa, ma, tra le parole che compone, ci sono cose come "palpare", "coccolare", "mordicchiare" e la meno sottile di tutte, "leccare."

I miei capezzoli, che (grazie al cielo!) sono ancora coperti dal reggiseno, sono durissimi.

Ignorando le stupide reazioni del mio corpo, gioco parole a caso, prendendo tempo, e mi concentro.

Quella è…?

Sì, è così!

Strillando di gioia, compongo sul tavolo l'ultima parola della nostra partita: "teatralizzare." Poi, guardo Evan, sorridendo. "Senti… non sei costretto a fare nulla che ti metta a disagio."

Liquidando le mie parole con un gesto sbarazzino, lui si alza in piedi, esponendo ancora una volta il rigonfiamento.

Oh, mio…

Si afferra i boxer. "Puoi girarti dall'altra parte se questo è troppo."

"Sì, certo. Non succederà. Mi sono guadagnata questo spettacolo."

"Ok." Si abbassa i boxer, rinunciando a fare un numero da spogliarellista.

Quando il suo cazzo esce dalla prigione, a me escono gli occhi dalle orbite e mi scopro a stringermi il petto, come se avessi delle perle.

Quell'arnese è stupendo. Le parole "grande", "grosso" e "lungo" non gli rendono giustizia. È necessaria una parola più lunga. Qualcosa di adottato dal tedesco, forse. Qualcosa che vincerebbe a Scarabeo in qualsiasi momento. Per dirla con parole di Jolene, è come quella dose gigante di *vitamina D* che il medico ti dà quando le analisi del sangue mostrano una carenza.

"Allora" dice l'uomo attaccato alla *vitamina D*. "In quanto vincitrice, che cosa vuoi?"

Costringendomi a sollevare lo sguardo, mi schiarisco la gola secca. "Cosa intendi?"

"Non abbiamo mai parlato del premio per la vittoria a questo gioco" spiega. "Non ti sembra che dovrebbe essercene uno?"

Deglutisco con forza, mentre il sudore mi scende lungo la schiena. "Che cos'hai in mente?"

Gli occhi di Evan brillano e la *vitamina D* si contrae (creando senza dubbio una folata di vento). "Tutto quello che vuoi."

Che cosa voglio? E perché mi sto alzando in piedi? Aspettate, perché sto camminando verso di lui? Meglio ancora: dove sta andando la mia mano? Perché sta raggiungendo la *vitamina D* come se non vedesse la luce del sole da decenni.

"Cazzo" grugnisce Evan quando la mia mano arriva a destinazione. "È un'ottima scelta."

La *vitamina D* è dura e vellutata nella mia mano. "Non dovremmo farlo."

"Non da ubriachi" precisa Evan. "E non se te ne andrai così presto."

Accarezzo la *vitamina D* su e giù. "Sono felice che siamo sulla stessa lunghezza d'onda." Detto ciò, mi sollevo in punta di piedi e accosto le labbra alle sue.

Capitolo Quattordici

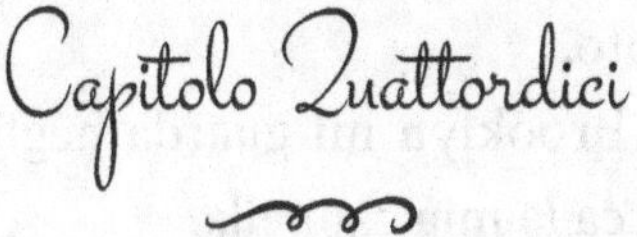

EVAN

È una sensazione straordinaria. Le sue labbra sono morbide e flessuose e, in quanto alla sua piccola mano sul mio cazzo, non ho parole.

Lei si stacca, rilascia il mio cazzo (purtroppo) e poi si china, regalandomi (molto opportunamente) una maestosa visione del suo culo, con appena un accenno di fica rosa.

Non pensavo che potesse diventarmi più duro di così, ma chi poteva saperlo? Tutto quello che voglio, ora, è seppellire la mia faccia lì, poi leccarla e succhiarla fino a quando non urlerà il mio nome...

Aspettate. Cosa sta cercando nel mucchio di vestiti?

Ah. Giusto. Tira fuori uno dei preservativi che aveva ricevuto dalla cameriera, originariamente per il suo capolavoro di cartapesta.

"Sono sana" mormora, alzando lo sguardo verso di me.

"Anch'io." E, con la mia vasectomia, non posso

metterla incinta, ma non voglio entrare nell'argomento adesso, quindi userò il preservativo comunque.

"Buono a sapersi." Si inginocchia sopra la pila dei nostri vestiti. "Questo significa che posso fare così."

Un momento...

Caaazzo!!! Brooklyn mi guarda negli occhi mentre si mette in bocca la mia cappella.

Poiché pronunciare parole mi è difficile, emetto una sorta di suono gutturale da cavernicolo per mostrare il mio apprezzamento.

Lei mi prende più a fondo.

Le mie palle si irrigidiscono.

Mi dà una leccata sensuale e mi palpa le suddette palle.

Quasi cado all'indietro, in parte per il piacere, ma forse anche per l'effetto dell'alcol. "Andiamo in camera da letto" riesco a suggerire, dopo essermi stabilizzato.

Lei stacca la bocca e le sue labbra scintillano. "È un'ottima idea."

E sia! La afferro come se io fossi un pompiere e la mia casa stesse per bruciare.

Lei strilla bonariamente mentre mi precipito verso il letto, ma si calma quando la stendo sopra la coperta e ammiro il panorama.

Cazzo! Questo è stato l'inizio di quasi tutti i miei sogni erotici negli ultimi tempi e, ora, sta accadendo per davvero.

La guardo negli occhi. La mia voce è un ringhio basso e roco. "Voglio vederti."

Lei allarga le gambe, rivelando la maestosa fica che avevo intravisto prima.

Il mio cazzo diventa duro in modo quasi doloroso. "Intendevo 'togliti il reggiseno', ma questo è ancora meglio."

Arrossendo ferocemente, lei si slaccia il reggiseno, rivelando tette sode con capezzoli rosa come la sua fica.

"Sei stupenda" dichiaro solennemente e mi sembra che sia ancora un eufemismo.

"Grazie" sussurra. "Anche tu non sei poi così male."

Ho già sentito dei complimenti da parte di donne in passato, ma non mi hanno mai fatto così piacere come adesso. Sorridendo, raggiungo Brooklyn sul letto e le bacio la parte superiore della coscia in modo stuzzicante.

Le viene la pelle d'oca.

Sorridendo contro la sua carne, le do un bacio mezzo centimetro più in alto.

Si irrigidisce.

Ho pietà di lei e mi avvicino alla sua fica, dove lambisco le sue pieghe come non vedevo l'ora di fare da quella che mi sembra un'eternità.

La sua carne setosa ha un sapore divino ed è deliziosamente calda sotto la mia lingua. Potrei passare ore e ore qui, a godermela.

Un gemito le sfugge dalle labbra.

Faccio scorrere la lingua molto delicatamente sul bocciolo piccolo e perfetto del suo clitoride.

Un altro gemito è la mia ricompensa.

"Brava ragazza" mormoro, senza staccare la bocca, ed è evidente che le piaccia la sensazione delle mie labbra che vibrano mentre parlo, perché inarca la schiena e mi afferra i capelli, incitandomi a proseguire.

Sono felice di accontentarla e di accelerare le carezze della mia lingua.

La sua presa sui miei capelli si rafforza, anche se non abbastanza da farmi male.

"Vieni per me" sussurro, producendo intenzionalmente altre vibrazioni.

Non so se siano le mie parole o il comando, ma lei urla e si dimena sul letto mentre è sotto la mia lingua. La sua fica si contorce e spasima, facendomi impazzire di lussuria.

Parlo in modo a malapena coerente mentre mi sposto sopra di lei, mormorando: "Voglio essere dentro di te."

È quello che desideravo e stento a credere che stia per accadere.

"Sì, ti prego" ansima.

Catturando le sue labbra in un bacio animalesco, finalmente la penetro.

Capitolo Quindici

BROOKLYN

Oh, mio Dio…

Sentire il mio stesso sapore nell'alito di Evan è la cosa più eccitante che mi capita da sette anni. In realtà, venire sulla sua lingua lo è stato.

Aspettate, no. L'onore spetta al momento in cui la *vitamina D* fa il suo grande ingresso. O, più precisamente, entra in me. È così grande che i miei muscoli devono estendersi per contenerlo, ma, una volta fatto, la sensazione di pienezza (e di giustezza) è spaventosamente bella.

È come se fossi diventata improvvisamente completa.

Evan si spinge dentro di me, delicatamente.

Wow!

Lo fa di nuovo, sempre con attenzione.

Grrr. A giudicare da quanto famelico è il suo bacio, si sta trattenendo. Perciò, gli afferro il sedere (che è la perfezione dei muscoli sodi) e lo tiro dentro di me.

Lui coglie il mio suggerimento non troppo velato. Oh, mio Dio, com'è bravo! Mi sbatte più forte, più velocemente, con movimenti al limite del selvaggio, e io sento un nuovo orgasmo crescere dentro di me. Ogni muscolo del mio corpo si tende e formicolii di piacere mi percorrono la spina dorsale, mentre macchie bianche mi punteggiano la vista.

Evan sposta i suoi baci sul mio collo mentre accelera incredibilmente le spinte.

Ho la pelle d'oca in tutto il corpo per la voglia e afferro di nuovo il suo sedere, stavolta senza secondi fini, solo per avere qualcosa a cui aggrapparmi.

Scopandomi più forte, lui mi succhia il lobo dell'orecchio come se fosse un clitoride.

Grido, affondando le unghie nelle sue natiche.

I suoi occhi, annebbiati dalla lussuria, incontrano i miei e io precipito oltre l'orlo dell'esplosione.

Sì.

Sì.

Sì!

Con un forte urlo e fremendo interiormente intorno alla *vitamina D*, vengo così forte che le macchie bianche nella mia visuale diventano supernove e ogni terminazione nervosa del mio corpo sfrigola per l'estasi elettrica.

Sopra di me, Evan geme di piacere, strusciandosi su di me mentre raggiunge lo sfogo.

Ciò che segue è tanto dolce e annebbiato quanto il sesso è stato selvaggio. Tenendomi abbracciata da dietro, Evan mi accarezza dappertutto mentre riprendo fiato. Mi sento assurdamente felice e, allo stesso tempo, esausta, quindi sbadiglio. Sonoramente.

Evan ridacchia tra i miei capelli. "La mia performance ti ha annoiata così tanto?"

Dato che lui sembra già presuntuoso, non gli confesso che la sua performance è stata la migliore che io avessi mai sperimentato, di gran lunga. Invece, sbadiglio di nuovo. "Sei stato bravo. Soprattutto, considerando che era la nostra prima volta."

"Non mi piace come suona" ribatte lui. "Credo che tu mi debba un'altra rivincita."

Vuole rifarlo? Con me? Questo pensiero mi riempie di languida speranza e di soddisfazione mentre mi addormento.

Mi sveglio perché il mio telefono, in qualche modo, si è trasformato in un martello pneumatico e le sue vibrazioni diaboliche mi stanno trapanando un buco nel cranio.

Controllo cosa vuole il dispositivo infernale.

Oh. È una videochiamata di Jolene e Dorothy. Credo di conoscere due persone con questi nomi, ma non voglio parlare con loro in questo momento. Né parlare affatto.

Intendo rifiutare la chiamata, ma clicco per sbaglio

su "accetta" (la destrezza delle mie dita è chiaramente compromessa).

"Zoccola!" esclama Jolene invece di salutarmi. "L'hai decisamente preso ieri sera."

Jolene è forse come quel ragazzino de *Il sesto senso*, ma, nel suo caso, vede persone che hanno appena scopato?

A proposito di scopate recenti, ora mi sta tornando tutto in mente. Alcol. Strip Scarabeo. Overdose di *vitamina D*.

Il sangue defluisce dal mio viso e mi giro per vedere se il proprietario della *vitamina D* ha sentito ciò che ha detto Jolene.

Mmm. Evan manca dal letto.

Strano. Sono abbastanza sicura che questa sia casa sua.

"Vi richiamo" dico alle ragazze con voce roca. "E, per favore, per l'amore di tutti gli dèi delle vacanze, *non* chiamatemi all'alba."

"In realtà, è mezzogiorno" ribatte Dorothy sulla difensiva proprio mentre riattacco.

Mezzogiorno? Penso subito a Reagan e inizio a comporre il numero del campo estivo. Quando sento la sua voce allegra ed eccitata all'altro capo della linea, tiro un sospiro di sollievo e gli auguro una buona giornata, facendo attenzione a non parlare a voce troppo alta.

Dopo che ci siamo salutati, controllo il mio Octothorpe Glorp, quasi aspettandomi che il mio tasso alcolico appaia sullo schermo.

Mio Tesssoro, se io potessi sognare, sognerei di essere una flebotomista per poter avere accesso all'elisir di guarigione che è il tuo sangue. Sarei lieto di informarti su tasso alcolico, infezioni, gravidanze indesiderate o se il tuo sangue avesse un cattivo sapore. Ahimè, l'elisir non mi è accessibile... almeno al di fuori delle mie fantasie.

Mmm. Dov'è Evan?

"Evan?" grido, ma mi esce come un sussurro roco.

Mi avvicino al bagno e busso.

Nessuna risposta.

Apro la porta.

La stanza è vuota.

Forse, questo è un bene? Probabilmente, non sono nelle condizioni di farmi vedere da Evan (o da chiunque altro) al momento.

Entrando in bagno, noto uno spazzolino sigillato che qualcuno ha lasciato per me.

Ok. Sembra che Evan sia stato qui in un recente passato e abbia pensato a me.

È carino da parte sua, ma dov'è lui ora?

Dopo essermi lavata i denti e il viso, mi sento abbastanza sveglia da affrontare l'elefante nella stanza: sono andata a letto con Evan.

Più precisamente, siamo usciti insieme in quello che equivale a un appuntamento e, poi, lui mi ha fatto provare orgasmi multipli.

E mi è piaciuto tutto. E voglio rifarlo. Lo voglio di brutto. Idealmente, mentre sarò sobria, così da poterne ricordare ogni minimo dettaglio.

No. Questi sono discorsi folli. Io sono pur sempre

qui soltanto in vacanza; quindi, al massimo, io ed Evan possiamo avere un'avventura, cosa che, fino a ieri sera, non pensavo avrei mai voluto.

Ma… non abbiamo appena avuto un'avventura? O, a questo punto, si tratta di una scopata di una sola notte? C'è differenza?

In ogni caso, che male ci sarebbe a dargliela ancora un po'?

Mi guardo allo specchio con severità. Il danno potrebbe essere incommensurabile, perché giornate come quella di ieri rischiano di portare a dei sentimenti.

E, forse, l'hanno già fatto.

No. Non posso permettermi di sviluppare dei sentimenti. Anche se, per magia, mi trasformassi in una nativa della Florida e, quindi, non avessi più lo status di turista, non ho ancora parlato a Evan di Reagan, la parte più importante della mia vita. Tuttavia, se dicessi a Evan che ho un figlio (una di quelle creature che lui odia), scapperebbe a gambe levate, ammesso che non se la sia già svignata.

A questo proposito, esco dalla camera da letto e perlustro la casa.

Trovo solo Sally, che mi guarda con gli occhi stretti, il palese equivalente felino del darmi della svergognata.

"Dov'è il tuo umano?" le chiedo.

Nessuna risposta.

"Evan?"

grido. Nessuno risponde.

Wow. È possibile che abbia fatto la classica mossa

da scopata di una notte e se la sia svignata? Ma si può fare una cosa del genere quando la scopata è avvenuta in casa propria?

Forse. È possibile che mi stia osservando attraverso qualche telecamera di sicurezza, in attesa che io recepisca il messaggio e me ne vada? D'altra parte, sarò comunque la sua inquilina ancora per un po'; quindi, evitarmi potrebbe essere difficile.

Mmm. Scherzi a parte, è possibile che ieri sera abbia significato così poco per lui? Aveva detto che non gli piacciono le avventure, ma ha bevuto e possiede un pene, quindi...

Il mio telefono squilla di nuovo.

Che sia Evan?

No. Sono le mie amiche.

Forse *loro* possono gettare un po' di luce su questa faccenda?

Accetto la chiamata, ma dico loro di attendere.

Vado verso il frigorifero, prendo il latte, trovo i cereali nella dispensa e mi preparo la colazione. Se Evan sta davvero aspettando che me ne vada, non gli renderò le cose facili. Inoltre, la colazione potrebbe assorbire una parte dell'alcol che ancora mi scorre nelle vene.

"Sputa il rospo!" mi ordina Jolene quando finalmente torno al telefono.

"Sì" interviene Dorothy. Sullo schermo, riesco a vedere solo la parte superiore del suo viso, ma sembra molto curiosa perché le sue sopracciglia sono sollevate e la sua fronte è corrugata.

"Un secondo." Porto la colazione in veranda, pensando che, anche se Evan mi stesse spiando, è improbabile che mi senta all'esterno. "Tutto è cominciato quando Evan mi ha portato una mappa del tesoro" esordisco e procedo a raccontare tutto.

"Sono così orgogliosa di te" mi interrompe Jolene quando arrivo alla parte della camera da letto. "È così che ti senti quando Reagan porta a casa una A?"

"Certo. Le situazioni sono esattamente identiche" dico, roteando gli occhi. Ma mi chiedo: Evan mi darebbe una A per ieri sera?

"Per favore, continua" mi esorta Dorothy, con una voce non del tutto normale.

"Ehi, non si fa così" le dice Jolene. "Non ti puoi masturbare mentre la tua amica ti sta raccontando tutto, per quanto sexy sia la storia."

Dorothy si avvicina così tanto al suo telefono che riusciamo a vedere solo un sopracciglio pantomimico. "A differenza di qualcuna, io non mi masturbo venti volte al giorno."

"Chi lo fa?" Jolene si guarda intorno teatralmente, come se nella sua cucina potessero nascondersi delle masturbatrici segrete. "Secondo la mia esperienza, dopo una decina di sedute, l'indolenzimento diventa un vero problema; quindi, chiunque sia la donna che lo fa venti volte, vorrei chiederle di darmi qualche consiglio."

"Sapete una cosa? Ho chiuso." Muovo il dito per terminare la chiamata.

"No!" gridano entrambe all'unisono.

"Mi dispiace" dice Jolene.

"Idem" aggiunge Dorothy.

Bene. Finisco la mia storia, scendendo nei dettagli grafici. Sfortunatamente, rivivere tutto ciò mi fa eccitare e desiderare molto di più. Presto.

"Però, quando mi sono svegliata, lui non c'era" affermo in conclusione. "E non ho idea di cosa significhi."

"Ti ha lasciato un biglietto?" mi chiede Dorothy.

"O ti ha scritto un messaggio?" aggiunge Jolene.

Controllo il mio telefono.

Nessun messaggio.

Non ho cercato biglietti, però. "Aspettate" dico loro e ripercorro la casa. Non c'è alcun biglietto in cucina, ma, quando torno in camera da letto e do un'occhiata al comodino, mi sento un'idiota perché è lì, accanto all'Evan di cartapesta.

Un biglietto scritto in grafia maschile.

"Cosa dice?" mi chiede Jolene.

Ottima domanda.

Con le mani tremanti, prendo il biglietto.

EVAN

Prima

Nonostante mi senta pulsare le tempie, riesco in qualche modo a finire la lezione di surf, sperando che i ragazzi non sentano l'odore della vodka nel mio alito.

Similmente alla mia attività su Airbnb, svolgo questo lavoro di volontariato come un modo per socializzare e rimanere con i piedi per terra, ma oggi, grazie ai postumi di una sbornia micidiale, mi chiedo se avrei dovuto assumere qualcuno per coprirmi.

Ma no. E se il tizio che avessi assunto si fosse rivelato un pervertito? Non che l'amministrazione del campo estivo me lo permetterebbe, comunque. A prescindere da quanti soldi ho donato a questo posto, la loro prima preoccupazione è la sicurezza dei campeggiatori.

Mentre tutti i bambini corrono verso la loro prossima attività, Reagan rimane indietro.

Harry lo annusa come se fosse un vecchio amico. Il bambino tira fuori dalla tasca un panino al burro d'arachidi e marmellata e lo condivide con il cane, conquistando importanti punti di merito sia con lui sia con me.

Mi chiedo cosa voglia questa volta. Gli saranno spuntati i peli in un altro posto?

"Salve, signor Evan" mi saluta timidamente.

Gli sorrido in modo rassicurante e, in qualche modo, questo fa diminuire il mio mal di testa. Un po'.

"Ehi, amico. Chiamami Evan."

"Scusa… Evan" si corregge Reagan. "Posso farti una domanda?"

"Certo." Bevo un po' d'acqua dalla mia bottiglia nella speranza di alleviare i postumi della sbornia.

Reagan si sposta da un piede all'altro, chiaramente incerto se porre la sua domanda o meno.

Sul serio? Di cosa potrebbe trattarsi? Peli sul petto? I miei sono spuntati solo verso i vent'anni, ma forse…

"Cosa vuol dire anale?" spara infine.

L'acqua mi entra nel naso e devo tossire per ricompormi.

È ufficiale: non berrò mai più liquidi vicino a questo bambino.

"Che domanda affascinante!" commento, quando riesco a parlare. Per guadagnare tempo, tappo la bottiglia d'acqua. "Qual è il contesto?"

Per favore, non dire "porno" o…

"Il con-cosa?" mi chiede Reagan.

"Contesto. Cioè: dove l'hai sentita? In quale frase? In quali circostanze?"

"Ah. Uno dei consulenti l'ha detto all'altro" risponde Reagan.

Le mie mani si stringono a pugno. "Che cosa ha detto?" Se vengo a sapere che qualcuno ha avuto conversazioni inopportune in presenza dei bambini, andrò a…

"Ha detto: 'Sì, ho controllato due volte, Brian. Smettila di essere così anale'" riferisce Reagan, imitando la voce di una ragazza adolescente.

Oh. Le mie mani si rilassano e tiro un sospiro di sollievo prima di chiedergli: "Sai cosa vuol dire 'pignolo'?"

Reagan inclina la testa. "Precisino?"

Pur non conoscendo il significato di "anale" o "contesto", il ragazzino ha chiaramente un ottimo vocabolario. "Intendeva qualcosa del genere, ma con una componente compulsiva."

Sembra meno sicuro. "Come se si dovesse essere pignoli per forza?"

"Più o meno. Di solito, c'è anche un elemento ossessivo. Come quando qualcuno adora l'ordine talmente tanto da costringere gli altri a essere ordinati, o quando gli piace la correttezza ortografica e grammaticale così tanto da correggere gli altri."

"Mmm" commenta Reagan. "Mia madre potrebbe essere pro anale."

Mi ci vuole uno sforzo gigantesco per mantenere il

mio volto impassibile. "Non si usa 'pro' prima di un aggettivo."

Reagan sorride maliziosamente. "Mi stai mostrando un esempio di come essere anale?"

Furbo il nanerottolo! "Esattamente."

"Grazie." Mi sorride. "A proposito, mi è piaciuta molto la tua lezione. Anche io, da grande, voglio fare il surfista."

Ah. Assomiglia persino ad alcuni dei surfisti che conosco, con i suoi capelli lunghi e il suo atteggiamento insolitamente tranquillo.

"Sono sicuro che farò di te un surfista prima che l'estate sia finita" gli dico.

Il suo sorriso si capovolge. "Non resterò qui fino alla fine dell'estate. Solo altri cinque giorni."

Detto ciò, se ne va, lasciandomi una sensazione di malinconia senza alcun motivo.

———

"Hai un aspetto terribile" mi dice mio padre quando entro in casa sua con Harry, scodinzolante, alle calcagna. "Hai le borse sotto gli occhi."

"Grazie." Mi sfrego gli occhi gonfi. "È per questo che sono venuto. Voglio la tua cura per la sbornia."

Dopo la morte della mamma, papà bevve così tanto da diventare un esperto di cure per i postumi della sbornia (questo, fino a quando non entrò negli Alcolisti Anonimi).

"Sbornia?" L'espressione di papà diventa preoccupata. "Qual era l'occasione?"

È passato un po' di tempo dall'ultima volta che si è dimenticato cose come il mio compleanno, ma il ricordo evidentemente permane, quindi capisco perché sia preoccupato. O, forse, teme che io cominci a bere troppo, come faceva lui.

"Stavo solo tenendo compagnia a una persona" preciso. "E, dopo oggi, credo che eviterò l'alcol per qualche anno."

Papà sorride consapevolmente. "Una persona di sesso femminile?"

"Non è come pensi. Ma, a proposito di lei, è meglio che raddoppi la dose della cura."

Lui prende il frullatore. "Chi è?"

Sospiro. "Una turista."

Storce il naso. "Da dove viene?"

"New York" rispondo e mi aspetto che la sua smorfia peggiori.

Invece, papà fa spallucce. "Sono sicuro che ha delle qualità per compensare questo difetto quasi fatale."

Sorrido. "Gioca a Scarabeo."

"Bene." Getta mezzo sacchetto di spinaci nel frullatore. "Ecco. Già questo significa che è una persona da tenersi stretta."

Anche se lo fosse, io non lo sono, ma non ne parlo con mio padre perché, ai suoi occhi, non posso sbagliare.

"Raccontami qualcos'altro su di lei" mi esorta.

"Tipo cosa?"

"Oh, non fare così. Come vi siete conosciuti?"

D'accordo. Mentre lui prepara l'intruglio, gli racconto di come io e Brooklyn abbiamo litigato quando ci siamo conosciuti e di come lei sia quasi annegata.

Quando ho finito, papà sbatte le palpebre, con gli occhi sospettosamente umidi. "È inquietante" dice dopo un momento. "La tua storia mi ricorda molto il modo in cui io conobbi tua madre."

Mi acciglio. "Pensavo che foste andati alle superiori insieme."

"Giusto, e io le rovesciai addosso delle sostanze chimiche quando ci incontrammo per la prima volta in laboratorio. Poi, lei mi tirò una rana in faccia."

"E le hai anche salvato la vita?"

Papà mi lancia uno sguardo esasperato. "La tirai fuori dal vestito inzuppato di sostanze chimiche, no? E questo nonostante il lancio della rana. Le diedi anche la mia giacca per coprirsi."

"Hai ragione. È la stessa identica storia."

"E ciò significa che anche questa donna è la tua anima gemella." Papà sparge dello zenzero essiccato nel frullatore. "Come tua madre era la mia."

"Pensavo che non credessi nell'anima" ribatto.

Lui mi lancia un'occhiata di traverso. "L'anima è solo una parola per descrivere ciò che accade quando i computer che sono i nostri cervelli eseguono i loro calcoli. Comunque, non ho bisogno di credere nell'anima per credere nell'anima gemella."

Prima che io possa ribattere a questa

argomentazione fortemente fallace, papà preme il pulsante "on" del frullatore, facendo così tanto rumore che riesco a malapena a udire i miei stessi pensieri. Trasalisco e mi stringo le tempie pulsanti.

Per un attimo, lui si ferma, ma, proprio quando apro la bocca per dire qualcosa, riavvia il frullatore.

"Molto maturo" commento quando il frullatore finalmente tace.

Fingendo innocenza, papà versa il denso intruglio in due barattoli, me ne porge uno e mette un coperchio all'altro.

Combattendo il riflesso faringeo, bevo a grandi sorsi la "cura." Ci vuole uno sforzo per tenerla giù.

Harry mi pungola con il naso.

"Non ti piacerà" gli dico.

Il cane scodinzola.

"D'accordo." Gli do un po' della mia bevanda, dato che è sicura per i cani, e lui la beve come se fosse la cosa più deliziosa che abbia mai assaggiato.

"Ti darò ancora da mangiare quando torneremo a casa" gli dico, senza riuscire a trattenere un sorriso che mi sfiora le labbra.

"Dovresti mangiare qualcosa anche tu" mi suggerisce papà. "Funziona bene quanto la mia cura per i postumi della sbornia."

Annuisco. "Ho mangiato dei cereali, prima. Per pranzo, avevo intenzione di preparare del cibo giapponese per me e Brooklyn."

Sentendo il suo nome, Harry scodinzola.

L'amica dal buon odore? Dov'è? Non la annuso da un secolo!

Papà solleva le sopracciglia. "Stai già cucinando per lei?"

"E con ciò?"

Mi porge il barattolo sigillato. "La cucina è il tuo linguaggio dell'amore."

"E leggere tutte quelle cose da femmine sui linguaggi dell'amore è il *tuo* linguaggio dell'amore" ribatto, ma poi trasalisco, perché non volevo ricordargli la mamma in modo così casuale.

Lei era molto appassionata di queste cose.

Per fortuna, papà non sembra turbato. "Non credo che tu abbia capito bene il concetto" mi dice, sbuffando.

"Nemmeno tu. I cinque linguaggi sono: parole di rassicurazione, tempo di qualità, doni, atti di servizio e tocco fisico."

Sinceramente, a questo punto, gli sto solo rompendo le scatole. Quando la mamma era in ospedale, anch'io lessi il medesimo libro per farle piacere.

Papà si gonfia come un pavone. "Cucinare è sia un dono sia un atto di servizio. Leggere ciò che piace al tuo partner è…"

"Tempo di qualità" intervengo io.

Papà sospira. "Se c'è una cosa che hai preso da tua madre, è la capacità di vincere qualsiasi discussione."

A questo proposito, prendo Harry e l'altro barattolo e me ne vado.

"Dolcezza, sono a casa" grido quando entro in casa mia, con la spesa al seguito.

Nessuna risposta.

Mmm. Starà ancora dormendo?

Forse. O, forse, si è svegliata, ha deciso che la notte scorsa è stata un errore ed è scappata lontano da qui.

Maledizione! Perché questo pensiero mi turba così tanto?

Lasciando il cibo sopra il tavolo della cucina, mi preparo psicologicamente e vado a cercare Brooklyn.

Capitolo Diciassette

BROOKLYN

"*Sto andando al mio lavoro di volontariato, dovrei tornare verso mezzogiorno*" recita il biglietto di Evan.

Ma mezzogiorno è già passato.

Dove sarà…?

"Eccoti qui" dice Evan, facendomi trasalire.

Mi volto e lo vedo. E, proprio in quel momento, qualcosa mi aleggia nel petto. Si tratta di palpitazioni cardiache, un sintomo della sbornia meno conosciuto? Inoltre, le mie mutandine sono improvvisamente umide e i miei capezzoli sono estremamente sensibili. La libido di un'adolescente è un altro effetto collaterale del consumo eccessivo di alcol?

"Come ti senti?" Evan mi chiede dolcemente, scrutandomi.

Trasalisco. "Hai una ghigliottina?"

Mi mostra il barattolo che ha in mano. "Bevi questo. Mi ha aiutato moltissimo."

Mmm. Se è simile al cataplasma per le scottature, mi conviene provarlo.

Con cautela, mi avvicino a lui per prendere il barattolo. Evan ha di nuovo un profumo seducente di cera e di oceano salato, con un tocco di carambola. Mi girava già la testa, ma la vicinanza del suo corpo grande e maschio peggiora enormemente le cose (insieme all'umidità delle mie mutandine e alla situazione dei capezzoli).

Mentre afferro il barattolo, le nostre dita si sfiorano e io ho un flashback di ieri sera, di quelle stesse dita sulla mia…

"Non annusarlo" mi avverte Evan. "Ingoialo e basta."

"Scommetto che lo dici a tutte le ragazze." Ignorando le reazioni indisciplinate del mio corpo, svito il coperchio del barattolo.

Se si mettesse del formaggio puzzolente in una pila di compost, un anno dopo il contenuto avrebbe un sapore e un odore molto simile a quelli di questo barattolo. Almeno, dopo aver bevuto un sorso, la mia libido si calma.

"So che è cattivo" mi dice Evan. "Ma il mio mal di testa è passato."

"Questo potrebbe essere un caso in cui la cura è peggiore della malattia." Eppure, mi costringo a bere un altro sorso.

Harry entra e mi guarda con desiderio.

"Sei proprio strambo" gli dice Evan prima di rivolgersi a me. "C'è la possibilità che tu ne condivida un po' con lui? L'ha assaggiato prima e gli è chiaramente piaciuto."

Infilo un dito in quella schifezza e lascio che Harry lo lecchi, cosa che il cane fa con avido entusiasmo.

Ah! Suppongo che, se annusare culi è la sua idea di divertimento, il suo livello di disgusto sia un tantino più basso del mio.

"E adesso?" chiedo quando il barattolo è quasi vuoto e non riesco nemmeno a immaginare di poterne bere un altro sorso.

"Il resto lo berrà Harry" dice Evan con un sorriso. "Nel frattempo, che ne dici se io e te pranziamo?"

"Certo." Non mi sento particolarmente affamata, ma un po' di cibo in più dovrebbe aiutarmi con i postumi della sbornia.

Speriamo!

Inoltre, sederci a tavola potrebbe darci la possibilità di discutere di ieri sera. Ad esempio, cos'ha significato?

Ci dirigiamo in cucina e osservo con aria affascinata mentre Evan prepara ancora una volta il cibo per noi due. Sembra estremamente sexy mentre lo fa.

Quando il pasto è pronto, lo assaggio senza realmente sentirne il sapore, ma faccio comunque i complimenti allo chef.

"Allora" esordisco, non sapendo come affrontare l'argomento di ieri sera. "La caccia al tesoro è stata sicuramente uno spasso. Vero?"

Grrr. Tentativo patetico.

Ma, almeno, Evan sorride, il che è già qualcosa. "Sì,

eccome" conferma. "E, se non senti troppo i postumi della sbornia, mi piacerebbe continuare. Magari, andando a Marianna?"

Quindi, è così che vuole giocare? Evitando l'argomento.

Mi guarda con aria preoccupata. "È troppo presto?"

"Credo che potrei venire con te" accetto. "Ma niente alcol."

Evan trasalisce. "Nemmeno se avessi una pistola puntata alla testa."

"Potresti guidare piano?" gli chiedo. "Un dosso sulla strada rischierebbe di farmi esplodere il cervello."

"Sarò come quella canzone" risponde. "A smooth operator."

Una canzone su un playboy? Evan mi sta forse lanciando un indizio su ieri sera?

Mentre mangiamo, non oso chiederglielo e lui non offre spontaneamente alcuna risposta. Invece, ci limitiamo semplicemente a conoscerci meglio e lo stesso vale durante il tragitto verso la prossima destinazione della mappa del tesoro.

Io vengo a sapere chi è stata la ragazza a cui Evan ha dato il primo bacio, mentre lui viene a sapere di Brian, lo spettacolo dell'orrore che è stato il mio primo ragazzo. Gli parlo delle mie amiche e lui mi racconta dei suoi amici e di suo padre.

Per tutto il tragitto in macchina, continuo a pensare che, se volessi confessargli di Reagan, questa sarebbe l'occasione perfetta, ma non riesco a farlo.

"Perché qui?" mi chiede Evan quando ci fermiamo nel parcheggio vicino all'ingresso delle famose caverne.

"Perché uno degli indizi era l'anno di invenzione della soda" gli spiego.

Evan inarca un sopracciglio.

Sospiro. "In questo posto, c'è una sala che si chiama 'Soda Straw Room'."

"Ah."

Evan ci procura un tour privato per assicurarsi che possiamo svolgere la nostra ricerca una volta sottoterra. La nostra guida, con i suoi lunghi capelli arruffati, assomiglia esattamente a un Puli... o a Reagan, se è per questo.

In realtà, no. Reagan non assomiglia affatto a un Puli. In effetti, nessuno ha mai allevato un cane abbastanza carino da poter essere paragonato a mio figlio. Se mai ci riusciranno, faranno miliardi.

Il tono roboante della guida turistica mi distoglie dalle mie fantasticherie. Guardo Evan. Ancora una volta, mi sembra di essere a un appuntamento (e, per di più, piacevole). Tra l'aria fredda del sottosuolo, il gocciolio dell'acqua e le maestose stalattiti e stalagmiti, mi aspetto quasi di vedere i nani di Tolkien dietro l'angolo (e adoro ogni istante).

Il problema è che, quando raggiungiamo la Soda Straw Room (così chiamata per via di tutte le stalattiti tubolari), non ci sono indizi da nessuna parte, nonostante cerchiamo a fondo.

"Forse, vi va di dare un'occhiata ad altri nostri

luoghi famosi?" ci suggerisce il Puli quando ci arrendiamo con aria delusa.

Dare un'occhiata non nuoce, quindi ci facciamo portare in giro mentre la guida ci spiega come si chiama ogni luogo e perché. Il tour si rivela ovviamente fantastico, ma, ancora una volta, non troviamo indizi né nella Great Room, né nella Drapery Room, né altrove.

"Pronta a rinunciare?" mi chiede Evan quando il Puli ci riporta al negozio di souvenir. "O devo prenotare un altro tour?"

"No. È andata di nuovo come al Flagler College. Comincio a pensare che tu abbia scelto la persona sbagliata per aiutarti nella caccia al tesoro."

Evan scuote la testa. "Te la stai cavando molto meglio di me. Inoltre, abbiamo altri due luoghi da controllare."

"Giusto." Esco e aspetto che Evan mi raggiunga.

"Come va il tuo mal di testa?" mi chiede, una volta uscito. "Non so se sia stata l'aria della grotta, la cura di papà, il cibo o semplicemente il tempo, ma il mio è completamente sparito."

Ah. "Anche il mio è passato."

"Fantastico." Indica in lontananza. "Sai che, qui vicino, si possono noleggiare i kayak?"

"Ah sì?" E perché questo argomento mi fa palpitare il cuore?

Guardo il mio tracker come se volessi controllare l'ora, ma, in realtà, è per vedere se il mio battito cardiaco è alto… e lo è.

Mio Tesssoro, il tuo cuore è una meraviglia in questo universo di follia e oscurità, e io strillo in estasi ad ogni suo battito seducente.

"Sì" conferma Evan. "Ci sono kayak e barche. E non sono sicuro di avertelo detto, ma io adoro i kayak... solo che nessuno vuole mai andarci con me."

Ecco. Finora, potevo raccontare a me stessa che stavamo facendo una caccia al tesoro, ma se andremo a fare *questa* attività, sarà molto più simile a un appuntamento... quindi, dovrei declinare. Giusto? Tuttavia, sono venuta qui in vacanza e ho sempre voluto provare il kayak, quindi dico a Evan che sarei felice di unirmi a lui.

"Evviva!" È così entusiasta che comincio a credere fosse proprio vero che nessuno vuole mai accompagnarlo.

In ogni caso, prende il kayak e si siede davanti.

Oh, cavoli! Persino con il giubbotto di salvataggio sopra la maglietta, riesco a vedere i suoi muscoli lavorare mentre rema, il che mi distrae seriamente dal paesaggio verdeggiante e dalle acque tranquille. Tuttavia, sento che mi sto rilassando e che tutte le tensioni (tranne quella sessuale) lasciano il mio corpo a ogni colpo di pagaia.

Ben presto, avvistiamo una lontra. Poi, un lamantino, una serie di tartarughe e diversi uccelli.

"Adoro il kayak!" esclamo quando abbiamo finito. "Chi l'avrebbe mai detto?"

Evan mi sorride. "Mi fa piacere sentirlo."

"Le mie amiche, quelle che mi hanno prenotato

questa vacanza, saranno molto contente di sapere che mi sono rilassata come si deve." E insisteranno sul fatto che Evan meriti una ricompensa per averlo fatto accadere. Una ricompensa lasciva.

"Ma la giornata non è finita" mi dice Evan. "Ti va di dare un'occhiata alle attrazioni locali?"

Inizia a camminare con entusiasmo prima ancora che io esprima il mio consenso e, quando lo affianco, per poco non gli prendo la mano. Per fortuna, mi fermo, perché (per la milionesima volta) questo non è un vero appuntamento.

A meno che non lo sia? Non ne ho idea, ma, ben presto, mi sto divertendo troppo per preoccuparmi dello status del nostro rapporto e torno a pensarci solo durante il viaggio di ritorno.

"Che ne dici di fermarci a mangiare in un bel posticino lungo la strada?" mi chiede Evan, per poi elencare alcune opzioni, che mi sembrano tutte molto raffinate.

Mangiare in un bel posticino? Di nuovo?

Ecco fatto.

Non riesco più a trattenermi.

"È un appuntamento?"

Capitolo Diciotto

EVAN

"È un appuntamento?" mi chiede Brooklyn.

Ottima domanda! E lei, da vera newyorkese, punta dritto alla giugulare.

La verità è che questa è una questione su cui ho ruminato, come fanno le mucche di Calvin con le alghe che le onde spingono sulla spiaggia. Qualcosa nelle alghe fa sì che le mucche non scoreggino, ma io non sono sicuro di avere ottenuto qualcosa dai *miei* sforzi di ruminazione, perché sono impreparato alla domanda di Brooklyn ora come lo sarei stato stamattina.

Beh, tranne che per una cosa.

Ho capito che la voglio, nonostante tutte le ragioni per cui non possiamo stare insieme.

La voglio fortemente. La voglio nel mio letto. La voglio nella mia vita. Voglio portarla in altri posti nuovi, per poter vedere l'espressione emozionata sul suo viso. Per non parlare di…

"Prenderò il tuo silenzio come un no" dice Brooklyn.

Grrr. Prendo la prima uscita che vedo, mi immetto nel parcheggio del ristorante più bello che c'è nei dintorni e poi mi volto a guardarla. "Ti sbagli."

Lei mi guarda sbattendo le palpebre. "Ah sì?"

"Vorrei un appuntamento con te."

Mentre sbatte le ciglia, non posso fare a meno di notare quanto siano belle. "Pensavo che non uscissi con le turiste" dice.

Ottima osservazione. "Ma posso sempre fare un'eccezione per una che è *così* brava a Scarabeo."

A parte gli scherzi, però, faccio fatica a ricordare perché avevo deciso di adottare quella stupida regola. In un certo senso, avere un limite di tempo per la relazione significa che non sono costretto a rivelare a Brooklyn la mia vasectomia e, quindi, a vedere la delusione sul suo volto. Il limite di tempo significa anche che nessuno deve farsi male. Soprattutto se…

"Quindi… questa è un'avventura?" precisa lei.

"Un'avventura?" Accidenti! Perché questa parola mi fa sentire in bocca il sapore della cura per la sbornia? "Dobbiamo proprio metterci un'etichetta? Ceniamo e basta." Indico il locale.

"Ok." Apre la portiera dell'auto. "Ceniamo e basta."

Dopo che ci siamo accomodati, il cameriere si avvicina a noi e sospira. "Non vi darò nessun menù."

Mmm. Strano.

"Perché no?" chiede Brooklyn.

"Abbiamo solo gli ingredienti per un unico

prodotto: un hamburger." Incrocia le braccia sul petto. "Prima che me lo chiediate, questo non significa cheeseburger, o chickenburger, o fish burger, o veggie burger. Solo un hamburger di manzo, con patatine fritte. Ecco tutto. Niente bacon. Niente…"

Io e Brooklyn ci scambiamo uno sguardo confuso.

"Vuoi un hamburger?" le chiedo, con aria incerta.

"E tu?" mi domanda.

"Certo." No, invece, ma non mi va di iniziare questa cena facendo lo stronzo con il cameriere… anche se sembra che se lo meriti.

"Due hamburger" ordina Brooklyn. "Avete abbastanza ingredienti per *due*, vero?"

Ah, già. Prima, il cameriere aveva dato l'impressione che quell'hamburger fosse al singolare. Questa attenzione ai dettagli è il motivo per cui Brooklyn è così brava a Scarabeo.

"Possiamo preparare altri due hamburger" afferma il cameriere, pur non sembrando molto sicuro. "Ma senza lattuga e pomodoro. Ah, e c'è rimasto un unico sottaceto."

Dannazione! È troppo tardi per…

"Ci va bene condividere l'ultimo sottaceto" dice Brooklyn. Quando il cameriere se ne va, lei mi sussurra: "Non ti sembra che siamo agli sgoccioli?"

Guardo un tavolo vicino, dove il cameriere sta portando il cibo a una signora anziana: un hamburger, ovviamente. Non appena lui se ne va, lei tira fuori dalla borsa una fetta di formaggio americano e la infila furtivamente dentro il panino.

"Caspita" sussurra Brooklyn, seguendo il mio sguardo. "Il formaggio e gli altri ingredienti mancano talmente spesso che i clienti abituali se li portano da soli."

Mi sporgo verso di lei. "Oppure questa signora si porta il formaggio ovunque vada."

Anche Brooklyn si sporge verso di me. "Io avrei portato un pomodoro nei suoi panni."

Wow! Siamo così vicini che mi sento intrappolato dal suo campo gravitazionale. Di nuovo. I miei occhi si concentrano sulle sue labbra e sono lentamente attratto verso di esse. Ma, prima che io arrivi a destinazione, Brooklyn si allontana con una risatina.

"Mi sono appena resa conto di aver detto che voglio usare quella signora come un mulo" afferma. "Costringendola a nascondere un pomodoro nei suoi panni."

Sorrido, in parte per nascondere la delusione per la privazione del bacio. "Secondo me, ci vorrà qualche giorno prima che il cameriere cominci a controllare i panni di tutti alla ricerca di merce da contrabbando."

Brooklyn ride, ma, prima che io possa fare altre battute a spese del cameriere, lui torna con due piatti.

Ehi, uno dei vantaggi dell'assenza di scelta è che l'unico articolo che hanno viene distribuito abbastanza velocemente. E ha un buon profumino.

"Posso avere una forchetta?" Brooklyn indica le patatine fritte nel proprio piatto.

"Non abbiamo forchette" afferma il cameriere.

"Mmm" commenta Brooklyn. "Avete un cucchiaio o uno stuzzicadenti?"

"Non abbiamo cucchiai" risponde il cameriere. "Né stuzzicadenti."

Brooklyn sospira. "Va bene, pazienza."

Quando il cameriere se ne va, lei mi chiede: "Daremo la mancia a quel tipo?"

"Tieni questo pensiero per dopo" le dico. "Ci sono domande migliori a cui devi rispondere, prima."

Lei rotea gli occhi. "Fammi indovinare: chi mangia le patatine fritte con la forchetta?"

"Oh, quella dovrà aspettare il suo turno" ribatto con un sorriso. "Sono molto più curioso di sapere cosa avresti fatto con un cucchiaio."

Fa spallucce. "Non mi piace ungermi le dita. Fammi causa."

"Ma un cucchiaio…"

"Può funzionare in caso di necessità" afferma. "Se si è disposti a ridurre in poltiglia le patatine, cioè."

"Bleah! D'accordo. E l'hamburger?"

Lei raddrizza la spina dorsale. "Cosa?"

"Tieni il panino con l'hamburger in mano o lo mangi con la forchetta, come una pervertita? E come lo mangeresti con un cucchiaio?"

Con un lieve roteare di occhi, lei afferra l'hamburger e dà un bel morso.

"Molto matura" commento e seguo il suo esempio.

Wow! È un hamburger buono e succulento.

Deve piacere anche a lei, perché inarca un

sopracciglio verso di me prima di afferrare una manciata di patatine fritte e infilarsele in bocca, con le dita grondanti di unto. "È questo che volevi?" mi chiede.

"Mmm. È strano che, in realtà, sia una cosa sexy?"

"Molto" risponde lei.

"Beh. Lo è." E non sto mentendo nemmeno un po'.

Sorridendo, lei divora il cibo e chiede 'con permesso' per andare a lavarsi le mani unte.

Vado nel bagno degli uomini, pensando che, dato che l'unto le dà fastidio, è meglio che mi lavi le mani anch'io, per non disgustarla quando la toccherò. Aspettate, cosa sto dicendo? Non sta bene avere le mani unte, in generale.

Quando torno al tavolo, Brooklyn è lì e anche il conto.

Sospiro. Ha già versato metà dei soldi.

"So che non dobbiamo mettere etichette" le dico. "Però, avevamo stabilito che questo fosse un appuntamento e, quando porto fuori una donna, insisto per pagare."

La sua espressione diventa ribelle. "E quando sarà il mio turno di portarti fuori?"

Grrr. Non avevo intenzione di entrare in argomento, ma, dato che siamo a un appuntamento dopo aver passato la notte insieme, è meglio mettere le cose in chiaro.

"Preferirei che non fosse mai il tuo turno" dichiaro. "Ma non perché sto cercando di essere uno di quei ragazzi. Più che altro, perché voglio portarti in posti costosi, che non abbiano soltanto hamburger nel menù;

posti che per me sarebbero insignificanti da permettermi, ma che potrebbero mettere a dura prova il *tuo* portafoglio."

Lei sbuffa. "Quanto guadagni con quell'Airbnb?"

"Non si tratta solo di questo" replico. "O della terra che possiedo. Mio nonno mi ha lasciato anche dei soldi, che ho investito in azioni Octothorpe in un momento molto favorevole."

Aggrottando la fronte, lei mi mostra il polso sottile. "Io ho un Octothorpe Glorp."

"Ah. Sì. La Octothorpe produce anche molte altre tecnologie" spiego. Poi, nel caso non avesse sentito la notizia, aggiungo: "Le loro azioni sono cresciute in modo esponenziale dopo che la società è stata quotata in borsa. Valgono più di Apple, Google, Amazon e Microsoft messe insieme. E hanno dato ai primi investitori la loro criptovaluta come..."

"Sei super ricco?" mi chiede, con gli occhi sgranati.

Faccio spallucce. "Cosa si intende per *super* ricco?"

A malincuore, lei raccoglie i propri soldi. "Un milionario?"

"In realtà, non sono sicuro di essere ancora un milionario. Non dopo il recente cambiamento del mercato." Tiro fuori il telefono per controllare il mio portafoglio. "Già. A quanto pare, sono appena entrato nel territorio dei miliardari."

Lei lascia cadere le banconote che aveva raccolto. "Miliardario?"

La signora del formaggio ci guarda con attenzione.

Mi sposto sulla sedia, a disagio. "Perché non postarlo sui social media, già che ci sei?"

"Scusa" dice Brooklyn a voce più bassa. "Mi sto solo abituando all'idea. Senza offesa, ma non sembri affatto un miliardario."

Giusto. Pensava che fossi un idraulico. Scherzando, le chiedo: "Devo comprare un jet privato perché tu mi creda?"

"O una limousine" ribatte. "O una villa."

Raccolgo i suoi soldi e glieli restituisco. "Te l'ho detto. Voglio una vita semplice. Una fattoria vicino all'oceano. Tutto qui."

"È assurdo" commenta. "Come può una persona che ha tutti questi soldi non volerli spendere?"

"Li spendo" replico. "Faccio donazioni per le cause in cui credo. Quando io o mio padre vogliamo qualcosa, la compro senza pensarci due volte, qualunque cosa sia. Suppongo che io e lui non abbiamo bisogno di molto per essere felici, ma credo che questo valga anche per tutti gli altri. Una persona ha bisogno di un reddito minimo di base per pagare tutte le bollette, dedicarsi ai propri hobby e cose del genere, ma, oltre a questo, avere altri soldi non serve a molto." Faccio un respiro profondo prima di ammettere a voce più bassa: "Nessuna somma di denaro è stata in grado di salvare mia madre."

Merda! Perché sono andato a parare lì?

Negli occhi di Brooklyn c'è compassione e questo non era nelle mie intenzioni. Poi, però, lei mi copre la mano con la sua e la sensazione è piacevole. Mi fa uscire dal temporaneo malessere in cui mi ero cacciato.

"Allora." Mi schiarisco la gola. "Mi lascerai finalmente pagare agli appuntamenti in cui ti porterò?"

Lei annuisce. "Ma a una condizione: dovrai permettermi di fare la toelettatura ai tuoi animali come dimostrazione di gratitudine."

Trasalisco. "Certo, ma solo a Harry. Sally ti squarcerebbe le vene se ci provassi."

Lei si raddrizza. "Lascia che sia io a preoccuparmi di Sally."

"Queste" lascio cadere una mazzetta di contanti sul tavolo "sono le ultime parole famose."

———

"Sono curiosa di sapere una cosa" mi dice Brooklyn quando partiamo in auto. "Ma non è una domanda educata."

Le lancio un'occhiata. "È educato stuzzicare qualcuno come stai facendo tu in questo momento?"

"D'accordo. Sei attraente."

"Grazie" rispondo con un sorriso.

"E oscenamente ricco" aggiunge.

"E?" Credo di sapere dove stia andando a parare.

"Com'è che sei single?" mi chiede, confermando i miei sospetti. "Quando penso a un miliardario, lo immagino accompagnato da una donna bellissima."

Sorrido. "Come te."

"Sono seria" ribatte, ma non sembra molto seria.

"Il fatto di essere ricco non è una variabile quando si tratta della mia vita sentimentale" dichiaro. "Non condivido quest'informazione con molte persone, in generale, ma, soprattutto, non con le donne."

Tranne questa.

Ancora una volta, lei mi guarda come se mi fosse cresciuto un pene fuori dalla solita sede. "Perché no?"

"Non mi interessano le donne che vogliono un uomo per i suoi soldi" rispondo.

"Oh." Si gratta la testa. "Suppongo che abbia senso."

Dovrei rivelarle la mia incapacità di dare un figlio a una donna? Dubito che mi si presenterà un'occasione migliore. "Come mai *tu* sei single?" le chiedo invece. "Sei intelligente, divertente, attraente e..."

"Non cercare di cambiare argomento" ribatte lei.

"Lo stesso vale per te."

"Lascia perdere. Ho appena capito perché sei single. Sei una pigna nel culo."

"Ah. Credo che per te valga il contrario."

Il suo sopracciglio pone una domanda ovvia.

"Il tuo bel culo è il motivo per cui non riesco a credere che tu sia single."

Lei ridacchia, ma devia la conversazione, cosa che mi va benissimo. Quando raggiungiamo la mia comunità, ho imparato che lei descrive le persone in termini di razze di cani a cui assomigliano, mentre io le ho confessato che mi arrabbio facilmente quando ho fame (caso emblematico: il nostro incontro iniziale).

"Già, a me capita di incazzarmi facilmente quando

ho il ciclo" sbotta mentre accostiamo nel mio vialetto. "E quel giorno era così."

Oh. "Questo spiega tutto."

I suoi occhi diventano strabici. "E con ciò cosa vorresti dire?"

Parcheggio la macchina, scendo e apro la portiera per Brooklyn. "Sto solo scherzando."

Lei prende la mia mano. "Anch'io."

Quando ci sfioriamo, un flashback degli eventi di ieri sera mi passa davanti agli occhi (o al cazzo?) e mi viene subito duro.

"Allora..." Brooklyn lancia un'occhiata al suo appartamento in affitto e poi a casa mia. "Cosa succede dopo un appuntamento senza etichette?"

"Questo." Rivendico le sue labbra con un bacio.

Capitolo Diciannove

BROOKLYN

Oh, mio Dio! Pensavo che la vodka fosse il motivo per cui baciare Evan ieri sera è stata una cosa ultraterrena. Com'è possibile, altrimenti, che fosse così bello? Oggi, però, sono sobria e questo è comunque il miglior bacio della mia vita. Un bacio che è anche la mia rovina, perché, etichette o meno, questo rapporto che non etichettiamo sarà breve.

Dopo quella che mi sembra un'ora di beatitudine, mi stacco e guardo Evan con aria di aspettativa. Da un lato, voglio che mi inviti da lui, ma, dall'altro…

"Ti va ancora di fare la toelettatura a Harry?" Si tocca distrattamente le labbra.

Ah. Mi ricompongo, visto che sembra che ci sia bisogno di me in veste professionale. "Voglio fare la toelettatura a Harry *e* Sally."

Evan scuote la testa. "Solo al cane. Non hai bisogno di un altro viaggio in ospedale."

"Che ne dici se mi occupo di Sally domani e di Harry oggi?" gli propongo. Sì. Ottima idea. Questo mi lascerà più tempo per occuparmi di lui stasera, se sarà il caso.

"Affare fatto." Evan mi prende per mano e mi conduce verso la porta di casa sua, facendomi sentire molto bagnata nella zona delle mutandine (cosa che non avevo mai provato prima di una toelettatura di animali).

Quando la porta si apre, Harry ci accoglie con entusiasmo.

"Ehi, amico." Evan mi lascia la mano per arruffare il pelo a Harry. "Stai per ricevere un trattamento speciale."

Ah. La toelettatura, giusto. Questo era il pretesto per venire qui. "Come lavi Harry, di solito?" chiedo a Evan.

Lui sorride. "Con il tubo dell'acqua, fuori. O in una delle docce in spiaggia. Ma lui considera la vasca da bagno un trattamento speciale, quindi credo che sia l'opzione migliore in questo caso."

Aha! Vasca da bagno. "Ti va di aiutarmi?"

Annuisce. "Dai, amico, facciamo un bagno."

Harry è così felice da far pensare che Evan gli abbia detto che ha appena ereditato una fabbrica di burro di arachidi.

Non appena lo mettiamo nella vasca da bagno e apriamo il rubinetto, il cane sembra beato, ma poi si esibisce in una scrollata di pelo che la sua razza sa fare molto bene.

Evan ride. "Ecco perché non lo faccio spesso."

Già. Ora, siamo fradici (io in più sensi della parola, per gentile concessione dei muscoli rigonfi di Evan che fanno capolino attraverso la sua maglietta bagnata). Anche la mia camicetta è bagnata e, quindi, trasparente, cosa che Evan nota chiaramente ed è felice di vedere. O questo, oppure porta con sé una torcia piuttosto grande a tutte le sessioni di toelettatura.

Stringendo i denti, faccio del mio meglio per rimanere professionale mentre procedo con il lavaggio.

No. Non è nemmeno lontanamente professionale. Evan è così adorabile con il suo cucciolo peloso che mi fa pensare all'unica cosa che Reagan non ha mai sperimentato: avere un papà. E immaginare Evan nel ruolo di padre è una pessima, pessima idea.

Nota per me stessa: evitare di fare queste cose domestiche con gli uomini da un'avventura o con quelli con cui si hanno relazioni non etichettate. Certo, è una nota abbastanza inutile, perché, di solito, non sono interessata alle avventure né alle relazioni non etichettate.

Quando il suo bagno è finito, ma prima che possiamo asciugarlo adeguatamente, Harry si mette a correre per la casa come se fosse in fiamme anziché umido, mentre Sally osserva le sue buffonate con un'espressione sinistra, che sembra dire: Provate a bagnare me e vedrete cosa succede."

Mmm. Possibile che Sally sia immune ai miei trucchi per gatti? Pazienza. Per ora, devo finire di occuparmi di Harry; quindi, con l'aiuto di Evan, lo prendo e inizio a districargli il pelo.

"Wow" commenta Evan quando riesco a liberare Harry da un pezzo di gomma da masticare che era rimasto incastrato nel suo pelo per quello che sembra un anno. "Sei la miglior toelettatrice che io abbia mai conosciuto."

Ehi, forse valeva la pena di ridurmi a puzzare come un cane bagnato! "Harry sembra privo di parassiti. Ti va di aiutarmi a tagliargli le unghie?"

Evan è d'accordo, così facciamo la manicure e la pedicure al cane e, poi, gli laviamo i denti insieme.

"Il tuo alito ha un profumo buonissimo" commenta Evan, dopo.

"Grazie" replico.

"Stavo parlando con Harry" precisa Evan con un sorriso. "Ma il tuo ha un profumo ancora più buono."

Prima che io possa rispondere, Harry decide che il complimento è un'ottima scusa per dare a Evan un bacio da cane.

Ehi! È ingiusto. Avevo avuto la stessa idea. Anche se, forse, con meno lingua.

Dopo aver finito di pomiciare con il suo cane, Evan mi guarda con aria intimidita. "Vado a lavarmi i denti… non si sa mai."

"Non trovo disgustosi i baci dei cani." Per dimostrare la mia tesi, lascio che Harry ne dia uno anche a me.

"Beh" confessa Evan. "Io, in un certo senso, sì; quindi…"

"Detto dal tizio che mi ha fatto storie per le mani unte?"

Evan rotea gli occhi. "Io vado a lavarmi i denti. Tu non sei costretta a farlo."

"No no, lo farò" gli dico magnanimamente.

"Grazie." Evan mi fa cenno di seguirlo e mi conduce in camera sua.

Quando vedo il suo letto, il mio cuore salta qualche battito.

Entriamo insieme in bagno e ci laviamo i denti: un altro piccolo momento di domesticità che mi fa male al petto.

Dannazione! Come fa una persona a lavarsi i denti in modo così sexy? Considerato lo scopo dell'attività, si potrebbe pensare che sia, al massimo, un'azione funzionale.

Con sforzo, mi concentro sul rimuovere i germi del cane che ho in bocca, ma non posso fare a meno di incrociare più volte lo sguardo di Evan nello specchio. Uno sguardo difficile da decifrare.

"Posso usare la tua doccia?" Indico i miei vestiti bagnati. "E, magari, prendere qualcosa da mettermi?"

Stavolta, la sua espressione è molto più chiara. "Certo…" La sua voce è roca. "Hai bisogno di aiuto per insaponarti la schiena?"

Prima che io possa prendere in considerazione l'idea, la mia testa sta già facendo un cenno di assenso.

Con un sorriso sbilenco, Evan inizia a spogliarsi nello stesso modo teatrale in cui si è spogliato ieri, dopo aver perso a Scarabeo.

A bocca aperta, fisso lo spettacolo fino alla fine, dove la *vitamina D* fa il suo grande ritorno.

"Tocca a te." Lui si gira e si avvicina alla doccia.

Oddio! La sua schiena possente e il suo sedere muscoloso mi fanno venire l'acquolina in bocca (e nelle parti basse).

Apre il rubinetto della doccia.

Mi rendo conto di non aver sbattuto le palpebre per tutto questo tempo, così mi concedo un lento battito di ciglia felino.

Evan si volta verso di me e aggrotta le sopracciglia. "Senti, Brooklyn, se non ti va…"

Mi strappo la camicetta di dosso con una tale fretta da far pensare che fosse bagnata di acido e non di acqua.

Mentre mi tolgo il resto degli indumenti, gli occhi di Evan si fanno sempre più pesanti. Dopo che mi sfilo le mutandine, lui chiude la distanza tra noi e mi dà un altro bacio sconvolgente. Poi, senza staccarsi dalle mie labbra, mi porta nella doccia.

Quando l'acqua calda colpisce la mia pelle, gli ormoni rendono le cose un po' confuse per i secondi successivi. Ci sono sicuramente molte mani insaponate su tutto il mio corpo: una sul seno sinistro, la seconda sul fondoschiena, la terza in mezzo alla mia…

Aspettate! Terza?

Ah, giusto. Quella sono io, che sto premendo con forza sul mio clitoride.

"Sì, così" sussurra Evan. "Fatti venire per me."

Non so se siano le sue parole o l'energia sessuale

repressa dovuta al fatto di essergli stata accanto per così tanto tempo, ma un potente orgasmo esplode nel mio intimo, facendomi vacillare le gambe. Per fortuna, c'è Evan a sorreggermi.

"Ottimo lavoro." Mi fa posare la mano sulla parete di piastrelle alla mia destra. "Assicurati di non cadere."

Già. Ottima idea. Aspettate, dove sta…

"Voglio assaggiarti." Trascina giù la lingua lungo il mio corpo mentre si inginocchia.

Oh, cavoli!

Mi stringe il sedere mentre la sua lingua passa sul mio clitoride ancora ipersensibile.

Mi aggrappo alla parete di piastrelle con tutte le mie forze e, con l'altra mano, afferro i capelli di Evan per mantenermi stabile.

"Proprio così" sussurra lui contro il mio sesso e le vibrazioni mi portano sull'orlo di un altro orgasmo.

Ci sono quasi, quando Evan rallenta. Poi accelera.

"No!" sussulto. "Non stuzzicarmi." Lo tiro dove lo desidero e, caspita, lui recepisce il messaggio. Appiattendo la lingua, la preme contro il mio sesso e mi tira verso di sé, affondando le dita nelle mie natiche.

"Cazzo!" gemo mentre spasimo nella sua bocca.

Lui si rialza in piedi. "Ora, dovrei davvero insaponarti la schiena."

Eh? Quando si mette dietro di me, la *vitamina D* mi pungola in modo molto intrigante sulla natica sinistra. Poi, Evan inizia a insaponarmi la schiena, rendendo ufficiale il fatto che qualsiasi cosa tocchi diventa una zona erogena.

Quando ha finito con la mia schiena, Evan rivolge la sua attenzione al mio sedere e la sensazione è fantastica... almeno, fino a quando un dito insaponato traccia delicatamente un cerchio proprio al centro.

"Ti piace?" mi sussurra all'orecchio.

"Cosa?" ansimo.

Lui insinua la punta del dito nella mia apertura posteriore. "Questo?"

"Non lo so." Sono incuriosita, ma spaventata nello stesso tempo. "Non ho mai fatto sesso anale, se è questo che mi stai chiedendo."

Fino a questa vacanza, pensavo che non avrei mai preso in considerazione l'idea, ma qualcosa in Evan fa emergere l'avventuriera che è in me. Per esempio, fino a ieri, non pensavo che avrei mai giocato a Strip Scarabeo. Non che queste due cose siano sullo stesso livello. Il sesso anale è...

"Fammi provare una cosa" mormora Evan, leccandomi il collo.

Ok. Questo è bello. Mi piace decisamente. Più che piacevole.

Lui mi posiziona delicatamente di fronte al muro, a gambe aperte, con entrambe le mani sulla parete di piastrelle, come se stesse per scoparmi da dietro.

Il mio battito cardiaco sale alle stelle.

Mi infilerà direttamente la *vitamina D* nel culo? Non dovrebbero servirmi abbondanti quantità di lubrificante prima di tentare di...

No. Evan scende fino a mordicchiarmi le scapole.

Aspettate. Sta per...?

Già. Facendo scivolare le mani lungo i lati del mio corpo, mi lecca la spina dorsale, oltrepassa l'osso del coccige e scivola lungo la piega tra le mie natiche fino a quando la sua lingua va a finire dove, un attimo prima, c'era il suo dito, mentre lui mi afferra i fianchi.

Tutto il mio corpo diventa rosso e formicolante per l'imbarazzo e l'eccitazione in parti uguali. La sensazione vera e propria è solleticante, ma piacevole. È la consapevolezza di ciò che sta facendo a farmi battere forte il cuore e avvampare le guance. E anche le natiche.

Lui traccia un ampio cerchio con la lingua. Poi, un cerchio più piccolo.

Una risatina mi sale in gola.

Rilasciando il mio fianco destro, Evan mi accarezza il clitoride con la punta del dito.

La risatina si spegne, sostituita da una tensione crescente.

Una volta completato il suo cerchio più piccolo fino ad ora, fa scivolare la punta della lingua nella mia apertura posteriore, proprio mentre il dito che era sul mio clitoride mi penetra nella fica.

Ansimo mentre il mio corpo si tende e tutte le sensazioni precedenti si intensificano, con il piacere che vince di gran lunga sull'imbarazzo.

La sua lingua e il suo dito mi penetrano più a fondo, dentro e fuori, con un ritmo sempre più veloce.

Un gemito mi sfugge dalle labbra.

Il ritmo si intensifica.

"Sì!" Afferro le piastrelle con tutte le mie forze.

Incoraggiato dal mio grido, Evan inizia a scoparmi il culo con la lingua, proprio mentre il suo dito individua senza pietà quello che dev'essere il mio punto G, perché un'intensa scarica di piacere esplode dentro di me, facendomi venire mentre urlo il suo nome.

"Sei fantastica" sussurra. "Ora, girati verso di me e appoggiati al muro."

Sono troppo sopraffatta per fare domande stupide come "Perché?" o "Cosa mi farai adesso?". Invece, mi giro di fronte a lui e osservo, ipnotizzata, mentre si impugna la *vitamina D* fino a venire sulla mia pancia.

E, proprio così, sono di nuovo pronta a ricominciare. Ha qualcosa a che fare con il calore del suo seme sulla mia pelle, l'espressione del suo viso e...

Evan prende il bagnoschiuma e mi lava la pancia, poi i seni, facendo molta attenzione ai capezzoli.

Non sono ancora pronta a uscire: bramo un altro orgasmo come un tossico brama la sua prossima dose.

"Tieni." Chiudendo il rubinetto della doccia, Evan mi porta un dito alla bocca. "Mi serve un po' di lubrificazione per la prossima cosa che voglio provare."

Quale cosa? La mia bocca è un po' secca mentre succhio il dito offerto, ma la mia fica è tutt'altro.

Evan si inginocchia di nuovo e ripete la sua opera di cunnilingus, ma con una differenza fondamentale: la punta del dito che ho appena succhiato penetra nel mio sedere.

Un gemito si leva di nuovo dalle mie labbra e rovescio gli occhi all'indietro. Il suo dito mi provoca una sensazione molto diversa da quella della sua lingua, ma ugualmente piacevole, in un modo caldo e sporco. È più duro e apparentemente più grosso (un accenno a come dovrebbe essere la sensazione della *vitamina D*).

A proposito della lingua di Evan, è così esperta da poter richiedere un brevetto per gli orgasmi all'Ufficio Marchi e Brevetti. Mi fa sentire così bene che spingo il sedere contro il suo dito, prendendolo fino alla seconda nocca e adorandone ogni millimetro.

"Vieni." Il comando di Evan spinge il mio orgasmo crescente oltre il limite e io obbedisco, contraendomi intorno al suo dito come una trappola cinese.

Estraendo il dito, lui mi bacia il collo e poi mi sussurra all'orecchio: "Com'è stato?"

"Incredibile." È l'eufemismo del secolo. La verità è che, se avessimo abbastanza tempo per fare per qualche mese ciò che stiamo facendo oggi, penso che potrei arrivare fino al sesso anale, ma, ahimè, ci restano pochi miseri giorni e ho intenzione di avere la *vitamina D* esclusivamente nella mia fica il più spesso possibile.

Il sorriso di Evan è pura soddisfazione maschile. "Vuoi che ti lavi i capelli?"

"Certo." Spero che farmi coccolare servirà ad alleviare la strana inquietudine post-climax che mi ha appena assalita e, in parte, è così. A salvare il mio umore ancora meglio è la sonnolenza che trasforma il mio corpo in cartapesta umida.

"Portami a letto" imploro Evan quando il docchiaschiuma è sparito dal mio corpo. Per sottolineare la mia richiesta, sbadiglio. Sonoramente.

Annuendo, lui mi fa uscire dalla doccia, mi asciuga e si avvolge intorno a me sul letto; in quel momento, crollo addormentata.

Quando mi sveglio, Evan non è nel letto con me e il suo lato è freddo.

Beh, stavolta non darò di matto. Invece, raccolgo il biglietto sul comodino.

Vado a prendere la colazione. Tornerò per le 11.

Undici? Controllo il telefono. Sono le dieci. So che è sciocco, ma mi sento orgogliosa di essere riuscita a svegliarmi quando è ancora considerata mattina. E sono molto più riposata di ieri, quando avevo dormito quasi fino a mezzogiorno. Credo che bere di meno procuri un sonno più riposante, così come fanno gli orgasmi multipli.

Al pensiero dei suddetti orgasmi, arrossisco e mi alzo.

Dopo essermi resa presentabile, vado in cucina per accogliere Evan non appena rientrerà. Qui, assisto a una scena interessante: la gatta miagola in modo significativo verso la porta scorrevole. Harry si avvicina e posa le zampe sul meccanismo di chiusura, sbloccandolo. Poi, fa scorrere la porta con il naso, aprendola di appena una fessura, ma è tutto ciò che serve a Sally per farci passare la testa. Non appena la gatta è uscita sulla veranda, Harry richiude la porta alle sue spalle, come se nulla fosse successo.

"È così che Sally sgattaiola nel mio appartamento?" chiedo al cane con tono severo.

Lui scodinzola, con gli occhi che brillano di un'innocenza apparentemente genuina.

"Ma non può essere" dico. "A meno che tu non vada con lei per aprirle le porte di casa mia?"

Harry inclina la testa.

"Lasciamo perdere." Riapro la porta del portico e cerco di riportare Sally dentro casa.

Già, anche no. C'è un buon motivo se, in inglese, i compiti impossibili vengono paragonati al radunare i gatti: è un incubo.

Tornando in cucina, rovisto in tutti i cassetti fino a quando trovo quello che stavo cercando: erba gatta secca in un sacchetto.

Il mio sorriso è perfido mentre preparo la dose. Se Sally è uno dei tanti gatti che reagiscono al nepetalattone (che è un'ottima parola a Scarabeo e si dà il caso sia la sostanza chimica contenuta nell'erba gatta che dà lo sballo ai felini), non solo riuscirò a farla tornare in casa, ma, probabilmente, riuscirò anche a farle la toelettatura senza rischiare gli arti e la vita. Diamine, probabilmente, riuscirei addirittura a farle usare quella che è la piaga dell'esistenza di ogni gatto: il trasportino.

Armata di esca, vado fuori in veranda. "Ehi, micia. La tua simpatica spacciatrice di quartiere è qui."

Eh, sì. Chiaramente, Sally è già una tossica, il che ha senso. Perché, altrimenti, Evan dovrebbe tenere dell'erba gatta? Ripensandoci, se ce l'ha, perché non può usarla per fare il bagno a Sally?

Ben presto, scopro il perché. Sebbene Sally voglia l'erba gatta tanto da tornare a casa, non la desidera abbastanza da avvicinarsi alla vasca da bagno. Tutto ciò che riesco a fare con l'erba gatta è spazzolarle il pelo e accorciarlo in alcuni punti (il che, ehi, è comunque una toelettatura).

"Suppongo sia un bene che tu non abbia realmente bisogno di farti il bagno" dico a Sally quando sibila al mio ultimo tentativo di lavarla. "A meno che tu non cada dentro una zuppa fredda, com'è successo a uno dei gatti di un mio cliente."

"Sei fortunata che non abbia tirato fuori gli artigli" dice Evan da dietro di me. "Te l'avevo detto che non le piacciono i bagni."

Mi giro. "Non ti ho sentito tornare."

"Mi dispiace." Posa una borsa della spesa sul tavolo. "A mia discolpa, non stavo cercando di essere furtivo; eri talmente intenta a fare la toelettatura a Sally che avrebbe potuto entrare persino un elefante."

"Un elefante sexy." Aspettate, cosa?

Evan corruga la fronte. "Grazie?"

"Cosa c'è per colazione?" chiedo burberamente.

Lui me lo dice, poi prepara un'omelette in stile giapponese mentre io osservo, sbavando.

Quando iniziamo a mangiare, fisso la sua bocca, chiedendomi se sia sempre stata così affascinante.

Inoltre, arrossisco ogni volta che intravedo la sua lingua, perché mi ricorda le cose sporche che mi ha fatto ieri sera. Cose che...

"Cosa pensi?" mi chiede Evan, mentre mi versa del tè.

"Non sarò pronta per il sesso anale" sbotto. "Non molto presto."

"Buono a sapersi." sorride. "Ma volevo sapere cosa pensi riguardo a oggi, se dobbiamo andare a St. Petersburg o a Miami."

Persino quando ha giocato con il mio sedere ieri sera, credo che le mie guance non siano diventate *così* rosse.

"Vanno bene entrambe" borbotto, desiderando sprofondare attraverso il pavimento. "A te la scelta."

"Allora, andiamo a St. Petersburg?" propone Evan. "Possiamo fare un salto al Museo di Salvador Dalì. Mio nonno era un suo grande ammiratore; quindi, chissà, magari questo ti aiuterà in qualche modo a trovare un indizio."

Trovare un indizio è ciò che dovrei fare prima di parlare di nuovo di disponibilità al sesso anale. "Cos'altro piaceva a tuo nonno?"

Evan si alza in piedi. "Posso dirtelo per strada?"

"Certo. Hai qualche album di foto o qualsiasi altra cosa che riguardi tuo nonno?"

Sorride. "Se vuoi vedere le mie foto da bambino, basta dirlo."

Roteando gli occhi, lo aiuto a riempire la lavastoviglie, un altro compito domestico che mi lascia una sensazione di turbamento. Dopo, passo da casa mia per cambiarmi e, quando raggiungo Evan in macchina, lui mi porge un album di fotografie.

Bingo! Ci sono foto tenerissime di lui da bambino. In alcune, è con la mamma; in altre, con il papà, a cui assomiglia molto. So quanto sua madre fosse importante per lui, quindi gli pongo delle domande sui ricordi immortalati in queste foto e lui mi racconta dei tanti momenti speciali che ha condiviso con lei crescendo. Le foto del nonno sono una minoranza, ma ne trovo alcune, tra cui una in cui abbraccia Evan durante un evento formale.

Dannazione! Mi viene l'acquolina in bocca mentre osservo Evan in smoking, con giacca, cravatta e quello che sembra un orologio oscenamente costoso al polso.

Guardando questa foto, è facile credere che lui sia un miliardario, il che è ironico, visto che, all'epoca di questo evento, non credo lo fosse.

È superficiale che questa foto mi induca ad apprezzare Evan ancora di più? Significa che mi piace il fatto che lui sia un miliardario? Questo mi renderebbe una di quelle donne interessate ai soldi che lui evita, un'altra ragione per cui non dovremmo stare insieme (non che ce ne servano altre).

In realtà, devo darci un taglio. Non mi interessano *veramente* i suoi soldi. È solo che lo trovo sexy in giacca e cravatta, per non parlare del fatto che la mia percezione di lui, ora, è influenzata da quello che è successo nella doccia. E durante tutti gli appuntamenti. E dal...

"Le foto hanno rivelato qualche indizio?" mi chiede Evan.

"No" rispondo, tornando alla realtà.

"Oh, pazienza" commenta. "Valeva la pena tentare."

Chiudo l'album. "Puoi raccontarmi qualcosa su tuo nonno?"

Si concentra. "Ho ereditato da lui l'amore per l'oceano."

"Anche lui faceva surf?"

Evan scuote la testa. "Gli piaceva solo guardare le onde. Lo calmava."

Per il resto del viaggio, mi racconta di suo nonno, ma niente mi dà davvero indizi. Quello che ottengo, invece, è un dolore al petto. Io sono estraniata dalla mia famiglia da sette anni, ma, anche prima, non avevo mai avuto con loro un legame così forte come quello che Evan aveva con suo nonno. E con suo padre. E con sua madre.

"Siamo arrivati." Evan svolta in un parcheggio e poi facciamo una passeggiata attraverso gli splendidi giardini, una delle più antiche attrazioni turistiche statunitensi lungo la strada.

Mentre perlustriamo i dintorni, la mia gioia per la giornata si scontra con la frustrazione perché, ancora una volta, non ci sono indizi. Inoltre, una doppia dose di senso di colpa mi attanaglia le viscere. In primo luogo, a Reagan questo posto piacerebbe molto. In secondo luogo, non ho ancora rivelato a Evan dell'esistenza di mio figlio.

"Forse troveremo qualcosa a Miami?" mi suggerisce

Evan, quando esprimo la mia irritazione per la mancanza di indizi.

"Forse."

Indica con un gesto la natura che ci circonda. "Non valeva la pena visitare questo posto, anche se non ci sono indizi?"

Osservo il verde delle piante e il rosa dei fenicotteri nelle vicinanze. "È un bel posto, ma…"

"Niente ma." Evan mi prende la mano. "Rifacciamo la passeggiata, dimenticando del tutto gli indizi."

All'inizio, cammino per assecondarlo, ma, presto, mi dimentico della caccia al tesoro e comincio a sentirmi come se stessi vivendo uno dei migliori appuntamenti della mia vita.

"Ti va di sederti?" Evan indica una panchina che sembra persa nel verde.

Sederci? Suppongo che abbiamo camminato un bel po'. Guardo il mio tracker per vedere quanti passi ho già fatto e sono ben diecimila.

Mio Tesssoro, i tuoi maestosi glutei si stanno rassodando in questo momento e le tue cosce stanno diventando di adamantio. Stai anche producendo abbondante sudore e delizioso acido lattico in tutto il sacro santuario che è il tuo corpo.

Immagino che potrei rilassare i piedi per un attimo.

Mi metto a sedere sulla panchina ed Evan si accoccola accanto a me.

Aspettate. Sta per…?

Mi cinge le spalle con una mano e la sua vicinanza è inebriante.

"Sembra che siamo soli" mormora, sfiorandomi l'orecchio con le labbra in modo seducente.

Scruto il sentiero lastricato in entrambe le direzioni. È vero che, al momento, siamo soli. Ma come mai ho la sensazione che lui abbia in mente qualcosa di molto piccante, che...?

Le sue labbra si schiantano sulle mie.

Ecco.

L'avevo previsto, ma questo non lo rende meno sensuale, né meno gradito.

Mentre la sua lingua esplora la mia bocca, provo un déjà vu. O ho fatto un sogno erotico che iniziava proprio così, o ho visto una coppia che si baciava sulla panchina di un giardino in un film. Poi, però, la mano di Evan scivola tra le mie gambe, premendo sul mio clitoride attraverso i leggings. Questo non proviene da un film, di certo. A meno che non si trattasse di un porno.

Impartisco al mio cervello l'ordine di dire qualcosa sul fatto che siamo in pubblico; invece, mi sfugge dalla bocca un gemito sommesso.

"Sì." Evan mi bacia il collo. "Abbandonati alle sensazioni."

Abbandonarmi? Più che altro, sto per precipitare da un precipizio. Una tensione inizia ad accumularsi nel mio intimo e...

Un dipendente del parco, che assomiglia a un mastino napoletano, appare sul sentiero vicino e ci guarda con aria accigliata.

Tutto il sangue si riversa dal mio clitoride al mio

viso mentre balzo in piedi.

"Perché non prendete una camera?" ci chiede l'impiegato in modo burbero, con una tale irritazione che mi viene da chiedermi se il suo lavoro consista nel cacciare gli aspiranti amanti da questa stessa panchina.

Evan si erge in tutta la sua statura, sovrastando il nuovo arrivato. "Perché tu non moderi il tono?"

È come quella volta che era arrabbiato con il dottor Hugo? Ha qualcosa a che fare con il cromosoma Y?

"Penso che dovreste andarvene." Il tizio del parco estrae il suo walkie-talkie come se fosse una pistola.

Prima che Evan faccia qualcosa di ancora più maschile e, quindi, stupido, gli afferro la mano. "Voglio vedere il Museo Dalì, in ogni caso" gli sussurro all'orecchio. "Andiamocene da qui."

Calmandosi all'istante, Evan annuisce e ci avviamo verso l'uscita.

"Tieni." Gli compro una barretta di cioccolato Mars al negozio di souvenir. "Credo che tu sia in fase di rabbia da fame."

"Forse hai ragione." Evan si infila l'intera barretta in bocca e mastica mentre saliamo in macchina. "Scusami" dice quando siamo in viaggio.

"Non scusarti." Sorrido. "Trovo lusinghiero che tu non riesca a togliermi le mani di dosso."

"Già." Gli angoli delle sue labbra si sollevano. "Mi eccita *così tanto* la tua modestia."

"Vuoi prendere qualcos'altro da mangiare per essere sicuro di non uccidere qualcuno al museo?"

Scuote la testa. "Siamo quasi arrivati e lì hanno una caffetteria molto carina."

A quanto pare, carina è un eufemismo. Il Café Gala, che prende il nome dalla donna russa che fu moglie e musa di Dalì, vanta cibo spagnolo e un ambiente straordinario.

"Queste sono vere e proprie tapas" mi informa Evan quando ne prendiamo qualcuna. "Noti quanto poco assomigliano a una colazione giapponese?"

"Bene, allora mangia le tue tapas e in fretta." Scarico nel suo piatto mandorle speziate e olive miste. "La rabbia da fame ti rende ancora troppo pungente per i miei gusti."

"Te la farò pagare per questo" mi ammonisce Evan e si riempie la bocca di cibo.

Dopo aver mangiato a sazietà, andiamo in giro a guardare l'arte surrealista, un'attività che mi piace molto, anche se più per la compagnia di Evan che per un reale apprezzamento delle sfumature dell'operato di Dalì.

Poi, per qualche motivo, un piccolo dipinto attira la mia attenzione. In esso, il corpo di una donna sembra sciogliersi accanto a un violino, un cavallo salta fuori da una botte e un angelo guarda tutto questo strofinandosi gli occhi.

"Ah, questo" esclama Evan. "Dovresti vederlo a testa in giù."

Distolgo lo sguardo dal quadro. "Cosa?"

"Quest'opera è famosa per avere un aspetto completamente diverso quando viene capovolta. Per la metà delle volte, lo appendono in quel modo e, per l'altra metà, in questo, che è il modo inferiore."

Davvero? Inclino la testa, ma la vista laterale non mi fa capire di cosa stia parlando Evan.

"Hai bisogno di aiuto?" mi chiede lui.

"Per cosa?"

Mima il gesto di girare sottosopra un pallone da spiaggia tra le mani (o di mungere una mucca gigante). "Aiuto per capovolgerti. Così puoi vederlo."

Sbatto le palpebre. "Sei in grado di farlo?"

Lui flette il bicipite. "Che c'è, non pensi che sia abbastanza forte?"

"Non è..."

Si avvicina a me. "Divertiti." Mi afferra intorno alle ginocchia con un braccio e intorno alla pancia con l'altro e, poi, senza alcuno sforzo, mi mette a testa in giù, penzolante come un'idiota.

"Che ne pensi?" Mi solleva un po' e mi indica il quadro. "Riesci a vedere l'immagine segreta?"

Mmm. La faccia fusa sembra maggiormente un volto e c'è un ragno sulla sua guancia, ma avrei potuto vederlo anche stando in piedi dritta. Solo che non ne ho avuto l'occasione.

"Cosa state facendo?" ci chiede qualcuno.

Evan si gira, permettendomi di vedere uno degli addetti alla sicurezza, una signora che assomiglia molto a un Griffone di Bruxelles.

"Sto solo guardando il quadro a testa in giù" spiego pragmaticamente.

La Griffone di Bruxelles aggrotta le sopracciglia. "Perché?"

"Questo è un quadro speciale" spiego.

"No, non lo è."

Evan ridacchia.

Fulminandolo, gli ordino di mettermi giù; lui lo fa e inizia a ridere a crepapelle.

"Vi prego di comportarvi con un po' di decoro, d'ora in poi" ci dice severamente la Griffone.

"Mi dispiace" le dice Evan. "La signorina si comporterà meglio."

La Griffone se ne va.

Fulmino Evan. "Non è divertente."

"Ti avevo detto che te l'avrei fatta pagare" ribatte con un sorrisetto. "E l'ho fatto."

"Come vuoi."

Ridacchia di nuovo. "Ti rendi conto che avresti potuto fare una foto del quadro e capovolgere *quella*?"

Gli do un pugno sulla spalla e vado a vedere altri quadri. Presto, finiamo le opere d'arte da ammirare, così usciamo; fuori, ci perdiamo in un labirinto di siepi e ci baciamo quando troviamo il centro, anche se Evan, stavolta, mantiene il bacio casto a causa delle voci dei bambini nelle vicinanze.

"Dove andiamo ora?" gli chiedo quando usciamo dal labirinto.

Lui si stringe nelle spalle. "Ti va di dare un'occhiata al centro della città?"

Mi va, così ci dirigiamo lì prima di visitare una galleria, seguita da una cena e da una passeggiata sulla spiaggia.

"I tramonti qui sono bellissimi" afferma Evan. "Il sole tramonta nell'oceano."

"Sì, sì" gli dico con tono beffardo. "Questo è già l'appuntamento più romantico della mia vita così com'è. Ora, stai solo esagerando."

Aspettate, posso definirlo un appuntamento con tutta la questione del "niente etichette" ancora in ballo?

Evan mi sorride, ma poi si acciglia notando qualcosa ai suoi piedi.

Ma che diavolo? Sembra arrabbiato per una bottiglia di plastica vuota. Mormorando un'imprecazione, raccoglie la bottiglia e anche una paletta di plastica, che un bambino deve aver lasciato dopo aver costruito dei castelli di sabbia.

"Questo tramonto alzerà davvero l'asticella del romanticismo" dichiara, riprendendo la nostra passeggiata mentre tiene in mano la spazzatura come se nulla fosse. "Te lo garantisco."

"Hai tralasciato qualcosa." Indico l'involucro di un gelato a qualche metro di distanza.

"Ah." Evan raccoglie l'involucro. "Grazie."

"Un miliardario che fa anche l'addetto alla pulizia delle spiagge?"

Lui si stringe nelle spalle. "Preferisco essere questo piuttosto che un perdigiorno da spiaggia... un soprannome che ho ricevuto in passato."

Avvistando qualcosa in lontananza, Evan si dirige lì con decisione e io lo seguo.

Quel qualcosa si rivela essere un bidone della spazzatura. Evan vi deposita il suo bottino, poi raccoglie la carta di una caramella che aveva mancato la pattumiera e ve la lascia cadere dentro, dove avrebbe dovuto essere.

Quando riprende la nostra passeggiata sulla spiaggia come se nulla fosse, gli chiedo di botto: "Hai un disturbo ossessivo-compulsivo?"

La sua casa *era* effettivamente molto pulita. Così come il mio appartamento in affitto.

Scuote la testa. "Non mi piace vedere l'oceano inquinato, tutto qui."

Ah. Ora che lo dice, ha senso. "Considerando che sei ricco e tutto il resto, non avrebbe più senso che assumessi delle persone per pulire le spiagge invece di occupartene tu?"

"In un certo senso, lo faccio" replica. "Non direttamente, ma alcune delle cause per cui offro donazioni lo fanno."

Ora che me lo ha ricordato, sono curiosa di sapere quali cause sostiene, così lo interrogo per un po'. C'è uno schema preciso nella sua filantropia e, anche quando la causa non è direttamente collegata all'oceano, lo è comunque indirettamente. Per esempio, fa donazioni a progetti di ricerca sui materiali biodegradabili.

"Ti va di sederti lì?" Evan indica una zona incontaminata di sabbia bianca come la neve.

"Avevi telefonato in anticipo per far pulire questo posto?" Mi siedo e mi godo la sensazione della sabbia calda tra le dita dei piedi.

Quando Evan mi raggiunge, si siede così vicino che i nostri gomiti si sfiorano, il che risveglia le farfalle arrapate nel mio stomaco… e anche nelle mie parti basse. Nonostante tutta l'esposizione al sole di oggi, ho ancora un disperato bisogno di *vitamina D*.

"Quello è il Palace." Indica una struttura simile a un castello dietro di noi. Dinnanzi alla mia espressione confusa, spiega: "Appartiene alla catena alberghiera più costosa del mondo, quindi la sua porzione di spiaggia è mantenuta impeccabile."

Prima che io possa replicare, il cielo cattura la mia attenzione e mi lascia momentaneamente senza parole. Il sole al tramonto ha tinto le nuvole con una splendida miscela di viola e arancione, che appartiene più a un quadro surrealista di Dalì che al mondo reale.

"Non stavi scherzando sui tramonti" sussulto.

Lui mi mette un braccio intorno alle spalle. "Sarebbe valsa la pena di guidare fin qui solo per vedere questo, vero?"

"Sì." Ma io porterei questa logica qualche passo più in là. Valeva la pena venire in vacanza (con un volo da New York e tutto il resto) solo per vivere questo momento di pura soddisfazione nell'abbraccio di Evan.

Il momento speciale è fugace, però, perché mi ricordo che la mia vacanza finirà molto presto. E anche il mio tempo con Evan. E…

"Incantevole" mormora.

Mi giro verso di lui e mi accorgo che sta guardando me, non il tramonto.

Mi inumidisco le labbra improvvisamente secche. "Se non ci fossi già arrivato, sospetterei che stai cercando di entrare nelle mie mutandine."

La sua risposta è un sorriso affascinante. Poi, colma la piccola distanza che ci separa e rivendica le mie labbra in un bacio rovente, che mi ruba il cuore.

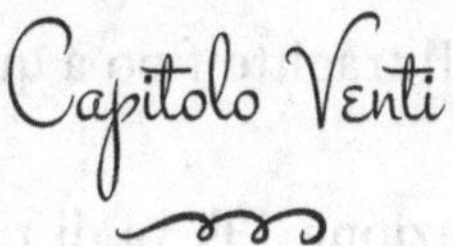

Capitolo Venti

EVAN

Le labbra di Brooklyn sono forse la cosa che preferisco di lei, subito dopo il suo eccentrico senso dell'umorismo, il suo amore per gli animali, le sue tette perfette, il suo culo fantastico, la sua…

Lei si stacca dal mio bacio e capisco perché: una coppia di anziani sta camminando lungo la riva, tenendosi per mano.

Accidenti a quegli adorabili guastafeste! Ostentano una lunga e felice vita matrimoniale e, quindi, evidenziano la transitorietà del nostro rapporto "senza etichette", qualunque cosa sia.

Dannazione! È da tutto il giorno che passo dall'allegria al malumore e tutto per la ragione più stupida: mi sto davvero, davvero godendo il tempo con Brooklyn… che, presto, se ne andrà.

Perché questo non può essere come cavalcare una grande onda? Quando lo faccio, vivo il momento, godendomi l'oceano e il mondo. Non piango il fatto che l'onda stia per scomparire, perché tutte le onde lo fanno.

Brooklyn si schiarisce la gola. "Non dovremmo tornare indietro? Il tragitto fino a qui è stato piuttosto lungo."

Ottima osservazione. "Ti va di rimanere qui per la notte?"

Accidenti! Era sicuramente il mio cazzo a parlare.

"Dove?" Brooklyn si guarda intorno come se le stessi suggerendo di dormire qui, sulla spiaggia.

E, ehi! Se non fosse per le coppie di anziani guastafeste e per la sabbia che si intrufola nei luoghi più riservati, quest'opzione sarebbe alquanto romantica.

"Al Palace?" indico in direzione dell'albergo. Mentre cerco di convincerla, l'idea mi piace sempre di più. "È un posto davvero bello; quindi, così facendo, aggiungeremo un'altra esperienza a questa giornata già fantastica." Il mio uccello mi sta facendo parlare come un agente di viaggio? "Inoltre, se resteremo qui, potremo partire domattina ed essere a Miami per l'ora di pranzo." Sì. È più efficiente per la caccia al tesoro. La mia offerta non ha nulla a che vedere con il fatto che io (e, soprattutto, il mio cazzo) non posso aspettare il lungo tragitto di ritorno per restare da solo con lei.

"Certo." Brooklyn si alza in piedi. "Andiamo."

Salto in piedi come se una rana pescatrice fosse appena saltata fuori dall'oceano e avesse minacciato le mie palle blu. Stento a credere alla mia fortuna.

Quando le ho suggerito di andare in albergo, intendevo dopo l'attesa obbligatoria per la fine dello splendido tramonto. Ma, a caval donato, non si guarda nella fica.

Intendevo dire in bocca.

Cazzarola!

Questo proverbio ha sempre avuto sfumature di zoofilia?

Brooklyn mi prende per mano, riportandomi alla realtà. Il suo palmo è minuscolo nel mio; così morbido e caldo che è fin troppo facile immaginarmelo sul mio...

"Ha già soggiornato al Palace?" mi chiede.

Annuisco. "In quello di New York. Ero lì per una conferenza di investitori organizzata dalla Octothorpe."

Lei ha un'aria pensierosa. Starà immaginando come sarebbe stato se l'avessi incontrata mentre ero a quella conferenza? Lei vive a Brooklyn, quindi, in teoria, era possibile che ci incontrassimo. Sono uscito a prendere una pizza a...

"Sei più stato a New York da allora?" mi chiede.

"Due volte. A quella stessa conferenza, ho conosciuto Mason, un compagno di bevute in videochiamata che, se vivesse in Florida, probabilmente diventerebbe il mio migliore amico."

Lei sorride. "Io ho due amiche molto strette e credo che ognuna di loro pensi di essere la mia migliore amica, ma io tengo a entrambe in egual misura."

"Parafrasando un po' Highlander, la migliore amica può essere soltanto una."

Il suo sorriso diventa malizioso. "Forse, dovrei dare a Jolene e Dorothy delle spade e farle duellare per quell'onore."

Per il resto del tragitto verso l'hotel, mi racconta delle sue amiche e di come le abbiano regalato questo viaggio per il suo compleanno.

"Ho cambiato idea" le dico quando raggiungiamo la porta dell'hotel. "Entrambe meritano l'appellativo di 'migliore amica'."

"Concordo" replica mentre entriamo nella hall dell'albergo, che si rivela essere una copia carbone di quella di New York: stessi uccelli esotici, stesso miscuglio di diversi stili architettonici europei e stessi facchini vestiti con mantelli, bicorni e pantaloni sgargianti.

"Avevi ragione" sussurra Brooklyn. "Valeva *davvero* la pena visitare questo posto."

Le stringo delicatamente la mano, che le sto ancora tenendo.

Un concierge spocchioso guarda di traverso la sabbia che stiamo portando nella hall mentre camminiamo, come se non avesse già visto un milione di volte delle persone che tornano dalla spiaggia.

"Salve" lo saluto. "Vorremmo una stanza."

Il tizio mi guarda e non sembra impressionato. "Al momento, non facciamo sconti."

Una vampata di fastidio si insinua nella mia overdose di ormoni indotta da Brooklyn. Mi sento come quando sto per avere la rabbia da fame (il che ha senso, perché sono famelico di qualcosa, solo che non si tratta di cibo). "Non ho bisogno di sconti" dichiaro freddamente. "Mi dia solo la prima stanza disponibile."

Con aria dubbiosa, il concierge digita pigramente qualcosa sul suo computer, poi alza lo sguardo con l'espressione di scuse più falsa che io abbia mai visto in vita mia. "Temo che tutte le nostre camere *normali* siano prenotate."

Mi sta venendo un tic all'occhio? "Perché ha sottolineato 'normali'? Sono forse disponibili camere 'speciali'?"

"Beh, stanze come l'attico sono…"

"Lo prendo." Tiro fuori il portafoglio e cerco la carta di credito.

Il concierge rotea gli occhi. "L'attico costa…"

Le sue parole si interrompono quando vede la mia American Express Black Card.

"Oh." Il suo atteggiamento cambia in un batter d'occhio. "Desidera la suite con la piscina?"

"Sì."

"E gradisce anche…?"

"Smettiamola di perdere tempo" sbotto. "Prenderò la migliore suite disponibile. Subito." Lancio la carta di credito al tizio come se fosse una stella ninja.

"Va bene." Lui afferra la carta con una tale abilità che mi viene da chiedermi quante volte altre persone gli abbiano lanciato delle carte di credito. "Le prenoto la Royal Suite."

Brooklyn inarca un sopracciglio verso di me e io le strizzo l'occhio, mentre la mia irritazione si attenua.

Quando entriamo in ascensore, sbotta: "Ho qualcosa che non va."

"Perché?"

Arrossisce. "Quando hai brontolato contro quell'idiota, l'ho trovato piuttosto eccitante."

"Pervertita" le dico, sorridendo. "Sul serio, però, ti chiedo scusa. Di solito, non è così facile farmi irritare."

"Sei sicuro?" Sogghigna. "E se sei a corto di calorie?"

"Beh, non è di cibo che ho voglia in questo momento." Mi avvicino e le sussurro all'orecchio: "Ma sono famelico."

Le sue guance si tingono del rosa più intenso fino ad ora, com'era nelle mie intenzioni. "Credo di avere fame di quello anch'io."

Accidenti a me! La mia erezione è al limite del doloroso, ora.

Attivando la modalità "bestia", sollevo Brooklyn tra le mie braccia e la bacio in modo rude e profondo, facendo con la lingua quello che muoio dalla voglia di fare con il cazzo.

Lei si scioglie addosso a me e sento tutte le sue parti morbide contro tutte le mie parti dure.

L'ascensore sembra rallentare fino a fermarsi: è chiaramente un guastafeste, come quei vecchi sulla spiaggia.

Quando sono sul punto di scoppiare, finalmente le porte si aprono sulla lussuosa suite, che, per quanto mi riguarda, potrebbe anche essere un tugurio, purché ci sia un letto. O un tappeto. O un muro. Onestamente, anche un pavimento di cemento andrebbe bene, purché non ci siano anziani a interromperci.

Nella nostra frenesia di spogliarci, spargiamo vestiti per terra mentre cerchiamo il letto sopraccitato e, quando troviamo la nostra preda, Brooklyn si stacca dal mio bacio per fischiettare con apprezzamento. "Quel letto è enorme." Abbassa lo sguardo sul mio cazzo duro e sorride maliziosamente. "Scusa, forse dovrei riservare quell'aggettivo per questo. *Il letto è semplicemente grande.*"

La tiro così vicino a me che il mio cazzo le sfiora la pelle morbida appena sotto l'ombelico. "Stai cercando di lusingare il mio ego?"

Il suo sorriso malizioso diventa diabolico quando si abbassa e mi accarezza l'uccello, una volta, due volte. "Fare o non fare" dice, imitando Yoda. "Non esiste provare."

Il mio cazzo si contrae nella sua mano e, se dovessi improvvisamente sviluppare un feticismo per il cosplay di Yoda, non mi stupirei.

"Oh, non ho intenzione di provare" mormoro, fissandola. "*Farò* così forte che urlerai il mio nome."

La sua risposta è quella di accarezzarmelo di nuovo, stringendomelo leggermente.

Le mie palle si irrigidiscono (e, senza dubbio, diventano più blu). "Sali sul letto" le ordino burberamente. "E allarga le gambe per me."

Cazzo e stracazzo! Ho un debito di gratitudine nei confronti del nostro letto "meramente" grande, perché, per obbedirmi, Brooklyn deve strisciare a carponi per un po' ed è la cosa più erotica che io abbia mai visto.

Con le mani instabili per tutta l'energia sessuale repressa, tiro fuori un preservativo e balzo verso Brooklyn (o, più precisamente, verso la sua deliziosa fica rosa).

Con avidità, la giro in modo che sia a faccia in su, poi le lecco il clitoride e le succhio le pieghe finché non viene sulla mia bocca con un forte gemito, che si riverbera nel mio cazzo e nelle mie palle.

Ok. Se non la scoperò presto, potrei davvero diventare un maniaco sessuale. Eppure, come se volessi auto-torturarmi, la penetro con un dito e le procuro un altro orgasmo, estorcendole un urlo stavolta.

Ci siamo. Ispirato dalla sua recente sfilata a carponi sul letto, la posiziono alla pecorina e scivolo nella sua fica bagnata da dietro... ed è trascendente, come cavalcare l'onda perfetta in una bella giornata di primavera. In effetti, la sensazione è fin troppo bella, tanto che sono già sul punto di esplodere. No. Non posso esaurirmi così in fretta, non quando l'onda è così perfetta. Afferro il culetto formoso di Brooklyn e mi spingo dentro di lei più lentamente, ma più a fondo.

"Sì" urla. "Sì!"

"Cazzo..." Continuando il ritmo, mi lubrifico l'indice con un po' di saliva, poi lo inserisco delicatamente nel suo sedere.

Geme di piacere.

Piego il dito appena un po', in modo da sentire il mio stesso cazzo entrare e uscire da lei.

"Evan!" grida mentre viene, stringendo sia il mio uccello sia il mio dito, cosa che mi spinge oltre il limite. Grugnisco di piacere mentre l'orgasmo più potente della mia vita infiamma ogni mia terminazione nervosa.

Dopodiché, sono a malapena cosciente, il che è strano perché, di solito, non sono il tipo stereotipato che ha bisogno di dormire subito dopo il sesso.

Forse, la sonnolenza è proporzionale a quanto ci si è divertiti? Non ne ho idea, ma mi rimane solo l'energia sufficiente per baciare Brooklyn e sussurrare "È stato fantastico", prima di spegnermi come una candela in un temporale.

Mi sveglio per il brontolio del mio stomaco affamato.

Quando apro gli occhi, vedo Brooklyn guardarmi con un'espressione divertita.

"Dal rumore, sembra un'emergenza" dice. "Se non ti diamo da mangiare al più presto, potresti impazzire."

"Può darsi." Mi allungo verso l'elegante telefono sul comodino e ordino il servizio in camera: una colazione giapponese per me, un Croque Madame e un Raspberry Pain au Chocolat per lei, che sembra avere voglia di cucina francese.

Mentre svolgiamo la nostra routine mattutina, lancio un'occhiata furtiva a Brooklyn, che è ancora vestita solo per metà.

Un senso di sprofondamento si annida da qualche

parte nel mio stomaco. Dopo oggi, le resteranno due giorni di vacanza o, in realtà, solo uno, perché dopodomani prenderà l'aereo per...

"Servizio in camera!" grida qualcuno a squarciagola.

Ah. Giusto. Mi infilo un accappatoio e faccio entrare il cameriere, poi lo guardo mentre sistema tutto a bordo piscina, sul balcone con vista sull'oceano.

Un altro pasto romantico non farà che peggiorare il mio malessere, ma Brooklyn sembra estasiata quando mi raggiunge e questo mi fa dimenticare tutto il resto.

Durante la deliziosa colazione, ci confrontiamo sulle nostre materie preferite alle scuole medie per qualche ragione sconosciuta, ma il discorso occupa solo una parte della mia attenzione, mentre continuo a meravigliarmi di un semplice fatto:

ci conosciamo da meno di una settimana, eppure mi sembra di conoscere Brooklyn da una vita.

BROOKLYN

Sono nei guai. Sono arrivata al punto di godere troppo della compagnia di Evan. Per esempio, le quattro ore e mezza di tragitto in auto verso Miami mi sembrano più un viaggio divertente che un'incombenza.

Prima di arrivare a destinazione, Evan dichiara di voler fare un pranzo veloce.

Mentre ci avviciniamo al locale, lo cerco su internet e aggrotto le sopracciglia. "Questo è un ristorante a tre stelle Michelin."

"È per questo che l'ho scelto." Parcheggia l'auto. "Non abbiamo ristoranti di questo calibro a Palm Islet, quindi voglio approfittare di questa opportunità finché posso."

Guardo i miei abiti casual e poi i suoi. "Non credo che siamo vestiti all'altezza."

"È l'ora di pranzo. Non si aspettano clienti in ghingheri fino a cena."

Sospiro. "Sembra anche costoso."

Lui liquida con un gesto le mie parole. "Anche se spendessi mille dollari al giorno in ristoranti di lusso, mi ci vorrebbero comunque duemilasettecentoquaranta anni per finire i soldi."

Cerco di arrovellarmi su questi calcoli e mi viene il mal di testa per il tentativo. "D'accordo. Andiamo."

Lui mi tiene aperta la porta e io entro.

Già. L'ambiente è fantastico, come la versione ristorante dell'hotel che abbiamo appena lasciato. La nostra cameriera, però, assomiglia esattamente a un barboncino: un fatto che mi fa ridacchiare con la mano sopra la bocca.

"Cosa c'è di così divertente?" mi chiede Evan, quando lei se ne va dopo averci fatto accomodare a tavola.

Gli spiego che trovo molto divertente il fatto che la nostra cameriera assomigli a un barboncino.

"Perché?" mi chiede.

"Quando penso a 'barboncino', penso a 'francese', che è la cucina di qui."

"Bulldog francese suona più francese" ribatte Evan. "Comunque, ti stavo chiedendo perché paragoni le persone alle razze canine."

Faccio spallucce. "Perché amo i cani?"

Lui inclina la testa in modo molto canino. "Di che razza sono io?"

Ammetto che i suoi occhi mi ricordano un Siberian Husky e i suoi capelli mi ricordano il pelo di un Golden Retriever.

"Quest'ultima cosa ha senso" concorda. "Dopotutto, sono il papà di un Golden Retriever."

È davvero un buon papà del suo cucciolo peloso e pensare a lui in un ruolo paterno mi fa sentire di nuovo qualcosa di ineffabile nel petto.

Faccio del mio meglio per scrollarmi la sensazione di dosso. "Secondo questa logica, dovresti assomigliare in qualche modo anche a Sally, ma non è nemmeno lontanamente così."

In realtà, è bravo quanto un gatto a leccare le parti del corpo, soprattutto la mia parte del corpo preferita, che porta il nome di una micia.

E, adesso, sto arrossendo.

"A proposito." Evan controlla qualcosa sul suo telefono, si rilassa e poi torna a guardarmi.

"Di che cosa si trattava?" Indico il suo telefono con un cenno del capo.

"Avevo chiesto a Boone di andare a controllare Harry e Sally" mi spiega. "Ho appena letto l'ultimo rapporto che mi ha inviato. Ha già portato a spasso Harry, giocato con Sally e dato da mangiare a entrambi."

Ah. Forse è migliore lui come padre di cuccioli pelosi di quanto sia io come madre di cuccioli umani, perché oggi non ho affatto controllato come sta Reagan, né mi sono assicurata che qualcuno gli desse da mangiare o giocasse con lui.

Sentendomi improvvisamente in colpa, mi congedo per andare in bagno e, da lì, chiamo il campo estivo.

Una consulente, che, dalla voce, sembra anch'essa

una bambina, mi informa che mio figlio è troppo impegnato a divertirsi per venire a rispondere al telefono e che al campo estivo sta benissimo. "La sua unica preoccupazione sembra essere quella di dover partire presto" conclude. "Ha pensato all'eventualità di prolungare il suo soggiorno?"

"No" mento. "Ma lo farò."

Riattacco e sospiro. Non importa se "penserò" all'eventualità di prolungare il soggiorno di Reagan. I nostri biglietti di ritorno non sono di quelli che ammettono il cambio di data. Né vorrei che lui prendesse l'aereo senza di me. Soprattutto, non posso permettermi di pagare altri giorni al campo estivo.

Quando torno al tavolo, il cibo (un percorso di degustazione) sta già aspettando.

Mentre ingoio le escargot, che sono il nostro primo antipasto, emetto anche un gemito di piacere. Il mio umore si risolleva all'istante, come accade dopo una dose di cocaina (immagino). In effetti, rovescio gli occhi all'indietro e faccio uno sforzo per riportarli su Evan, che ha un'aria così compiaciuta da far pensare che abbia nutrito a mano queste lumache con della lattuga fin dall'infanzia e poi le abbia cucinate personalmente.

"Buone?" mi chiede.

"Non pensavo che il cibo francese potesse essere più buono della colazione di stamattina" affermo. "Ma questo è di un altro livello."

Annuisce. "Il ristorante di quell'hotel ha solo una stella Michelin; questo posto ne ha tre."

Sembra che, nonostante il suo bisogno di una vita semplice, sia un miliardario nell'animo quando si tratta di cibo: da qui l'ossessione per la guida Michelin. A proposito… "La guida non è nata in Francia? Immagino che i francesi siano molto esigenti quando si tratta della loro cucina nazionale."

"Forse" replica. "Ho sempre trovato strano che la guida fosse pubblicata da un'azienda di pneumatici."

Sorrido. "Perché? Tutti sanno che alle aziende produttrici di pneumatici interessano tre cose: il costo della gomma, la crescita del mercato automobilistico e il cibo delizioso."

Il sorriso di Evan mi fa palpitare il cuore. "Mi chiedo se la loro guida sia il motivo per cui l'omino Michelin è così grassoccio."

Guardo i minuscoli bocconi nei nostri piatti. "Dubito che i ristoranti a tre stelle facciano ingrassare qualcuno. Ah, e sono abbastanza sicura che l'omino Michelin sia fatto di pneumatici, ma, anche se così non fosse, non è carino da parte tua dare del grassoccio alla povera mascotte."

La cameriera-barboncino si presenta proprio in quel momento, con due piatti che contengono una tonnellata di cibo in più rispetto alla prima portata.

Evan la guarda andarsene con aria sospettosa. "Hai parlato di porzioni ridotte e loro portano fuori questo. Quante probabilità ci sono che lo chef ci stia spiando?"

"Forse, è questo che distingue una stella da tre stelle." Taglio un pezzetto di capasanta e me lo metto in bocca. "Wow!"

Senza contare la *vitamina D*, questa è la cosa migliore che io mi sia infilata in bocca da anni.

Trangugiamo altre portate, una più buona dell'altra, e, quando siamo più che sazi, ci dirigiamo al Vizcaya Museum and Gardens, dove ignoriamo la caccia al tesoro per qualche minuto a favore di una semplice passeggiata.

Il posto è incredibilmente bello ed è di gran lunga il luogo più romantico in cui io sia mai stata. Non so se siano i giardini, l'arte o la compagnia di Evan, ma sono sul punto di svenire. E non sono la sola. Circa una dozzina di coppie sono qui ad utilizzare la location per le loro foto di matrimonio.

Sono invidiosa di tutte le spose? No. Niente affatto. Cosa potrebbe suggerire *questa* idea?

"Allora…" Mi fermo e guardo Evan. "Hai qualche idea di dove possa trovarsi il prossimo indizio?"

Lui si stringe nelle spalle. "Non ho indizi su dove possa essere l'indizio."

Stringo le labbra. "Perché sono l'unica a prendere la cosa sul serio?"

"Mi dispiace" dice Evan, ma sembra tutt'altro che dispiaciuto.

"Questa è la nostra ultima possibilità di trovare indizi" gli ricordo. "Propongo di setacciare questo posto al dettaglio."

"Giusto." Evan non sembra molto entusiasta.

Pazienza! Dato che sono abbastanza motivata per entrambi, cerco gli indizi con tutte le mie abilità, scrutando più volte tutte le aree disponibili al pubblico e impersonando il Robert Langdon che c'è in me.

Purtroppo, tutti i miei sforzi non portano a nulla, anche se mi viene appetito... di cibo, non di Evan.

D'accordo, forse di entrambi.

"Cena?" mi propone lui come se mi leggesse nel pensiero.

"Certo." Dopo aver soddisfatto quell'appetito, vedrò cosa posso fare per l'altro.

———

Mentre mangiamo nell'autoproclamato "miglior ristorante di South Beach", la nostra conversazione ruota intorno a cose che ci sono successe prima di conoscerci e sembra che entrambi ci stiamo preparando per un esame finale sull'altro.

La conoscenza frenetica continua mentre passeggiamo sul vicino lungomare e imparo cose a caso su Evan, come il fatto che il suo colore preferito è il turchese e la sua stoffa preferita è il pile. Qualsiasi cosa mi dica, la trovo affascinante, per quanto oscura o irrilevante sembri, e questo è un male. Evidenzia quanto io sia profondamente nei guai. O, più precisamente, è il mio cuore ad essere nei guai.

Mi fermo e, in modo molto significativo, lancio un'occhiata al mio tracker per controllare l'ora.

Mio Tesssoro, di solito, a quest'ora tarda, mi diletto a osservare i cambiamenti delle tue maestose onde cerebrali mentre passi da uno stadio all'altro del tuo sonno di bellezza.

Oggi, ahimè, devo rassegnarmi a monitorare i deliziosi succhi nel tuo stomaco e quelli squisiti più a sud.

"Si sta facendo un po' tardi per tornare indietro" dico. Traduzione: "Prendiamo una stanza, così posso averti dentro di me, adesso."

Evan guarda l'orologio. "Credo che tu abbia ragione." Indica un hotel di lusso nelle vicinanze. "Andiamo a vedere se hanno una camera."

Traduzione: "Ti scoperò così forte che farai fatica a camminare per il resto del soggiorno."

Chiaramente sulla stessa lunghezza d'onda, ci affrettiamo verso l'hotel e poi corriamo verso l'ascensore dopo che il concierge, simile a uno Shih Tzu, consegna le chiavi a Evan.

Una volta in camera, ci spogliamo e corriamo verso un altro letto gigante, ma poi le cose sembrano rallentare e il modo in cui Evan mi prende è inaspettatamente lento e delicato. Mi fissa profondamente negli occhi quando entra in me e intreccia le dita con le mie mentre veniamo insieme con un potente orgasmo.

Quando tutto è finito e lui mi avvolge in uno stretto abbraccio, trovo finalmente le parole per descrivere la nostra sessione di sesso.

Era come se stesse assaporando i suoi ultimi momenti con me.

Già. È così che lo interpreterò, senza usare altre due parole che non oso nemmeno pensare.

Fare l'amore.

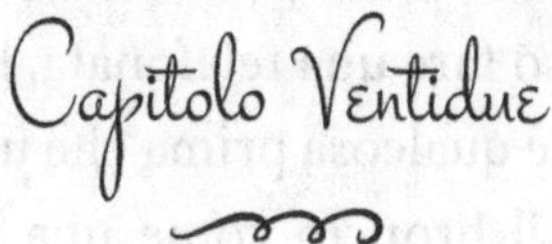

Capitolo Ventidue

EVAN

"Ho capito!" grida qualcuno.

Apro un occhio.

Con indosso solo l'accappatoio dell'hotel, Brooklyn è seduta sul letto a gambe incrociate e punta con decisione la mappa del tesoro, con i capelli spettinati e gli occhi selvaggi (come quelli di una strega molto sexy).

Ma certo. La stupida mappa del tesoro. Non avrei dovuto…

"Sono i due santi." Brooklyn indica due punti sulla mappa, uno dopo l'altro. "Non posso credere di non averci pensato prima."

Apro entrambi gli occhi.

"I quattro luoghi non *hanno* gli indizi; *sono* gli indizi" esclama, entusiasta. "O punti sulla mappa." Prende una penna dell'hotel e traccia due linee sulla mappa. "Se si collegano St. Petersburg e St. Augustine, le due città con i santi nel nome, si ottiene una linea. Se

239

si collegano anche i due luoghi che contengono i nomi femminili Mia e Maria, l'intersezione tra queste due linee dev'essere il luogo in cui si trova il tesoro."

Mi siedo sul letto e mi passo una mano tra i capelli. "Bel lavoro. Posso fare una telefonata, lavarmi i denti e, magari, mangiare qualcosa prima che usciamo?"

Brooklyn fa il broncio come una bambina, ma io vado in bagno, chiudo la porta per avere un po' di privacy e chiamo Calvin. Lui mi risponde subito e sembra favorevole all'idea che gli propongo, perciò gli dico che sono molto in debito con lui e riattacco. Fatto questo, mi lavo i denti.

Quando esco, Brooklyn mi dice che ha già ordinato la colazione, cosa che mi fa brontolare lo stomaco con gratitudine.

Durante la colazione e il tragitto in auto verso la nostra meta, mi pento di aver iniziato la maledetta ricerca del tesoro. Senza di essa, avremmo potuto fare qualcosa di più significativo per il nostro ultimo giorno intero insieme, ammesso che sia oggi. D'altra parte, la suddetta caccia al tesoro è stata la prima cosa che ha attirato Brooklyn a uscire con me. Senza, non sono sicuro che l'avrebbe fatto.

Non sono nemmeno sicuro di essere contento che abbiamo trascorso tutto questo tempo insieme. Brooklyn partirà domani e, più la scadenza si avvicina, più il mio petto si appesantisce. Forse, è stato un errore anche non mettere alcuna etichetta alla nostra relazione. Le etichette hanno delle avvertenze (almeno, sui barattoli con il veleno) e, in questo caso, l'avvertenza avrebbe dovuto essere: *può indurre a sviluppare dei sentimenti.*

D'altro canto, ho avuto quella conversazione con Calvin, quindi, forse...

"Quanto manca?" mi chiede Brooklyn e non so se stia scherzando, ma sembra proprio una bambina.

"Ancora qualche chilometro" rispondo.

"Come fai a saperlo?" Si guarda intorno. "Vedo solo una foresta."

Sorrido. "Allora, perché mi chiedi quanto manca?"

Lei si stringe nelle spalle.

"Si dà il caso che la nostra destinazione *sia* nella foresta" affermo. "Almeno, secondo questa speciale applicazione che ho usato sul mio telefono."

Lei mi guarda stringendo gli occhi. "Non l'avevi accennato prima."

Il mio sorriso si allarga. "Non sapevo se ti piacessero le escursioni. Avevo pensato di dirtelo quando fossimo quasi arrivati."

Sospira teatralmente. "Se avessi saputo dell'escursione, avrei portato scarpe diverse."

"Mmm." Lancio un'occhiata alle sue scarpe da ginnastica. "Penso che quelle dovrebbero andare bene. Possiamo buttarle in lavatrice dopo."

Lei scruta file e file di alberi che oltrepassiamo. "Forse, saremo fortunati e ci sarà una strada che ci porterà a destinazione?"

"Se non una strada, magari un sentiero, creato, ad esempio, da una famiglia di orsi servizievoli."

"Un'escursione e degli orsi" dice. "Grazie tante."

Guidiamo per altri venti minuti, fino a quando dichiaro che un piccolo spiazzo sul ciglio della strada è un buon posto dove parcheggiare.

"*Non* c'è una strada, vero?" mi chiede Brooklyn. "E nemmeno un sentiero per gli orsi."

Scuoto la testa.

Lei indica un cartello di proprietà privata nelle vicinanze. "Dobbiamo violare una proprietà privata durante la nostra escursione?"

Mi volto a guardarla. "Se vuoi tornare indietro, ti capisco."

"No." Si siede più dritta. "Andrò fino in fondo."

Capitolo Ventitré

BROOKLYN

A quanto pare, fare escursioni in una foresta della Florida è divertente quanto fare il capro espiatorio (o capra?), il raccoglitore di sanguisughe (qualcuno doveva pur procurarsele per i medici medievali, no?) o il revisore fiscale. Finora, ho camminato contro venti ragnatele e sono stata colpita da sette rami. Tutto questo è accaduto nonostante Evan abbia fatto il gentiluomo e sia passato in testa come apripista, assumendo quindi su di sé l'urto di questi attacchi.

E ho menzionato il caldo umido? O le zanzare grandi come cavalli? O lo scheletro di cinghiale che ho quasi calpestato? O il fatto che Evan mi abbia salvato la vita quattro volte, prendendomi quando sono scivolata? E la vescica che si sta formando sul mio piede destro?

Per dirla in un altro modo: avrei dovuto arrendermi

quando Evan me ne ha dato la possibilità in macchina, ma ora siamo troppo avanti nell'escursione perché io possa tirarmi indietro.

In mia difesa, l'idea di un'escursione sembrava un po' romantica. Tuttavia, avrei dovuto ricordare a me stessa che qualsiasi cosa che coinvolga Evan sembra romantica; quindi, perché non fare qualcosa circondati dalla civiltà?

"Credo che sia lì." Indica qualcosa di scuro in lontananza.

All'inizio, penso che sia un grande albero, ma, quando ci avviciniamo un po' di più, mi rendo conto che si tratta di una casa (o di una capanna, come probabilmente vengono chiamate). Sì, è una capanna… nel bosco; alias: l'ambientazione più comune dei film horror.

"Sei sicuro che dovremmo entrare lì dentro?" sussurro. "Stiamo già violando una proprietà privata."

Evan mi guarda. "Vuoi tornare indietro?"

Schiaffeggio un insetto che sta cercando di pungermi il dorso della mano. "Quante probabilità ci sono che tuo nonno abbia messo il tesoro nel covo di un serial killer?"

Come fa Evan a sollevare il sopracciglio in modo così sexy? "Perché un serial killer?"

Faccio spallucce. "Ho visto un programma TV, di recente, in cui dicevano che molti serial killer erano nativi della Florida. Ted Bundy, Aileen Wuornos, David…"

"Non vedo un camioncino dei gelati da nessuna parte" replica Evan. "Né un tizio vestito da clown."

"Stai pensando a John Wayne Gacy" dico. "E non credo che lui fosse dello Stato del Sole."

"Bene, quindi sappiamo che non c'è nessun clown assassino." Evan fa un passo sicuro verso la capanna. "Se vuoi, puoi aspettare qui."

"Non se ne parla." Tuttavia, lascio che sia lui ad andare avanti per primo, avvicinarsi alla struttura e bussare.

Nessuna risposta.

Spinge la porta.

Non è possibile che...

La porta si apre e non scricchiola nemmeno, come accadrebbe, invece, in un film dell'orrore. D'altra parte, forse è stata oliata con il grasso dell'ultima vittima dell'assassino?

"Questa è una pessima idea" sussurro. "Stiamo violando una proprietà privata e la porta non era chiusa a chiave: quanto losco è? Inoltre..."

Non sono sicura che Evan mi senta, ma entra.

Aspetto un attimo, ma non sento urla di dolore; quindi, come un'idiota, lo seguo... e sussulto.

Il locale profuma di pini ed è sorprendentemente molto accogliente, con mobili di lusso e pavimenti ricoperti di pellicce e tappeti. Ma non è questo ad affascinarmi. Al centro del soggiorno, c'è un vero e proprio scrigno del tesoro, che sembra uscito direttamente dal set de *I Pirati dei Caraibi*.

Evan indica il forziere. "Non sono bravo come te in fatto di indizi e quant'altro, ma credo che sia quello che stavamo cercando."

Ho così tante domande che non so nemmeno da dove cominciare. Che posto è questo? Chi l'ha costruito? Perché? Se questo è il tesoro, come ha fatto a sopravvivere per tutto questo tempo con la porta aperta?

Ripensandoci: Abbiamo. Trovato. Il. Tesoro. Mi sforzo di non saltellare su e giù come farebbe Reagan. "Possiamo prenderlo? E se appartenesse al serial killer?"

"Quando scovi un tesoro, è solitamente nascosto in un terreno che appartiene a qualcuno che non sei tu; quindi, stai menzionando un problema generico delle cacce al tesoro." Evan si avvicina al forziere e apre il coperchio.

All'interno, c'è uno scrigno più piccolo.

Evan borbotta qualcosa e tira fuori lo scrigno più piccolo, per poi trovarne un altro ancora più piccolo annidato all'interno, in stile matrioska. Non c'è da stupirsi che, al suo interno, ci siano altri scrigni e così via, finché, alla fine, Evan scopre una scatoletta di vetro grande quanto il suo palmo.

All'interno di questa scatoletta, c'è un orologio da uomo molto elegante, ma lo guardo appena, perché tutta la mia attenzione è catturata dal più bel paio di orecchini che io abbia mai visto, sia nella vita reale sia nei film. Ogni pezzo è realizzato in oro bianco o platino e presenta un gigantesco zaffiro, che mi ricorda la collana che la vecchia signora lascia cadere nell'oceano in *Titanic*.

"Posso rivendicare l'orologio?" mi chiede Evan.

Distolgo lo sguardo dagli orecchini. "Perché? Tutto quanto appartiene a te… o al serial killer."

Evan scuote la testa. "Un accordo è un accordo. Avevamo concordato di condividere il tesoro." Detto ciò, prende l'orologio e se lo aggancia al polso.

Dato che siamo in una capanna nel bosco, quanto è probabile che io sia posseduta dal fantasma di un corvo? I miei occhi tornano a fissare gli orecchini luccicanti, mentre borbotto: "Non è giusto. Sembra che costino una fortuna."

Evan fa spallucce. "Appartenevano alla mia defunta nonna. Dopo averti conosciuta, sono sicuro che lei avrebbe voluto che li avessi *tu*."

Non dovrei accettare qualcosa di così costoso, tanto meno un cimelio di famiglia. È davvero troppo. Tutto quello che ho fatto per guadagnarmelo è stato portare Evan a fare quella che, essenzialmente, è stata una gita divertente in giro per la Florida. Tuttavia, gli orecchini sono maledettamente belli. Inoltre, Evan è un miliardario; quindi, il loro costo non significa nulla per lui, giusto? Senza contare che…

No. Sto solo razionalizzando. Non posso, in tutta coscienza…

"Provali e basta" mormora Evan.

Faccio un passo indietro. "Se li indosso, non sono sicura che riuscirò a restituirli."

"Non te li chiederò indietro" dichiara Evan. "O restano qui, o vengono con noi."

"Lasciare questi orecchini qui, in mezzo al nulla, sarebbe un sacrilegio." Con il cuore che mi martella nel petto, indosso gli orecchini.

"Stupenda" commenta Evan, scrutandomi con un sorriso sbilenco. "Ora, andiamo."

"Aspetta." Tiro fuori il telefono, passo alla modalità selfie e mi guardo.

Wow! Di solito, non sono appassionata di gioielli, ma l'ondata di sentimenti calorosi verso gli orecchini mi fa temere di diventare malvagia, di sviluppare un disturbo di personalità multipla e, poi, di passare tutti i miei giorni a chiamare gli orecchini "il mio Tesssoro" con una voce non dissimile da quella di Gollum.

"Pronta?" mi chiede Evan.

Annuisco e lui mi fa strada verso l'auto, un tragitto molto più agevole di quello che abbiamo fatto per arrivare qui (merito del "mio Tesssoro", naturalmente).

Durante il viaggio di ritorno in auto, mi ammiro nello specchio dell'aletta parasole. Poi, mentre entriamo nel vialetto di Evan, guardo il suo orologio, notandolo realmente per la prima volta.

Mi acciglio. "Il tuo orologio mi sembra familiare."

Evan parcheggia l'auto e si guarda il polso. "Era di mio nonno. Non ha mai permesso a nessuno di toccarlo."

Un momento! "Mai?"

"No. Era piuttosto frugale, soprattutto considerando la sua ricchezza, ma…"

"Stai mentendo." L'auto mi sembra improvvisamente soffocante, così scendo.

Anche Evan balza fuori. "Perché hai detto così?"

Considerando l'aria colpevole che ha mentre lo chiede, sono abbastanza sicura di avere ragione, pur essendo confusa sulle sue motivazioni.

"Ho visto quello stesso identico orologio al tuo polso nell'album fotografico" affermo. "Indossavi un completo e tuo nonno era in quella stessa foto. Se era così contrario al fatto che qualcuno toccasse il suo orologio, perché era così felice in quell'occasione?"

Non ho mai visto qualcuno darsi letteralmente uno schiaffo sulla fronte, ma è quello che fa Evan. "Mi ero completamente dimenticato di quella foto!"

Mi metto le mani sui fianchi. "Spiegati."

Evan sospira. "C'è la possibilità che ne discutiamo a cena?"

"No. Dimmelo adesso." Ho improvvisamente perso l'appetito.

Espira. "Probabilmente, l'avrai già capito. La caccia al tesoro era una farsa."

Lo guardo con occhi sbarrati. "Cosa?"

Sapevo che stava mentendo e questo mi ha ferita, ma non ero ancora saltata a una conclusione *così* in là.

Evan fa un passo indietro. "Merda! Se non l'avevi capito, mi sa che l'ho appena rivelato."

"La caccia al tesoro non era vera?" gli chiedo.

Ora che ci penso, questo spiega molti piccoli particolari. Ad esempio, il fatto che Evan fosse così a suo agio nella capanna nel bosco. Probabilmente, quel posto è suo. Oppure, il fatto che il primo indizio corrispondesse all'università che lui aveva frequentato. O il fatto che lui non fosse mai deluso né sorpreso quando non trovavamo indizi nei luoghi "sbagliati." Non è che non gli importasse perché era *così* ricco; invece, era perché...

"Ricordi quando mi sono offerto di portarti a fare un giro?" mi chiede Evan, sulla difensiva. "Tu ti sei rifiutata e, poi, mi hai detto che ti piacevano le mappe del tesoro; così, ho inventato una storia sul fatto che mio nonno me ne avesse lasciata una."

Rimango lì a bocca aperta, così lui continua. "Ho creato la mappa e il codice usando la storia della Florida e li ho invecchiati con macchie di caffè."

Ecco perché i documenti avevano un odore che mi ricordava New York: era il caffè.

"Poi, ho chiesto a Boone di mettere l'orologio e gli orecchini in una scatola nel vecchio capanno. Gli scrigni l'uno dentro l'altro sono stati il suo tocco personale... spero che non li avesse presi dalla discarica."

Stringo i denti. "La capanna nel bosco era tua, vero?"

Annuisce. "Quella e alcuni ettari della foresta circostante. Non stavamo violando una proprietà privata. Mi dispiace di averti fatto credere che fosse così."

"Ti dispiace" ripeto con un filo di voce.

"Sì" dice. "Mi dispiace di averti mentito. Volevo semplicemente passare un po' di tempo con te."

Ah.

Ora, non so cosa pensare o provare. Dovrei essere arrabbiata? Lusingata? Entrambe le cose? Entrambe le cose, suppongo. Giusto? Del resto, la caccia al tesoro è stata divertente e ho potuto trascorrere tutto quel tempo in compagnia di Evan, il che è stato bellissimo; quindi, forse, dovrei essergli grata?

La situazione è oltremodo confusa, soprattutto perché domani dovrò tornare a casa e, ogni volta che penso a salire su quell'aereo, mi sento come se un elefante mi opprimesse il petto.

Evan fa un passo verso di me. "Andiamo dentro. Preparo la cena e…"

"No." Mi asciugo una goccia di sudore dalla fronte. "Ho bisogno di tempo per elaborare tutto questo."

Il volto di Evan si intristisce. "Il tempo è l'unica cosa che non abbiamo."

Di nuovo, lo stupido elefante sul petto. "Questo lo so." È una parte del motivo per cui sono così sopraffatta.

Evan riduce la distanza tra noi e mi prende la mano, mandando in tilt il mio cervello già confuso. "C'era una cosa di cui volevo parlarti a cena."

Qualcosa mi svolazza nello stomaco, come strisce di carta al vento. "Cosa?"

Mi stringe la mano. "Non voglio che tu te ne vada."

La mia pelle formicola e non solo dove la sua mano tocca la mia. Non appena sento quelle parole, mi rendo conto che sentirgliele pronunciare è stato il mio sogno più grande, perché voglio disperatamente restare. Forse, però, avrei dovuto temere quelle parole. Renderanno la mia partenza ancora più difficile e restare non è un'opzione. "Non vuoi?" riesco a chiedergli.

Scuote la testa con veemenza.

Fisso nelle profondità dei suoi occhi blu Husky. "Nemmeno io voglio andarmene, ma devo." "Eufemismo" non è solo una parola che mi farebbe guadagnare diciassette punti a Scarabeo.

"Devi proprio?" mi chiede, aggrottando la fronte.

Gli copro la mano con la mia. "Io vivo a New York e tu vivi qui."

"Questo si può cambiare" afferma. "So che sono passati solo pochi giorni, ma ho pensato che, forse…"

"Basta" gli dico senza fiato. "Questa doveva essere un'avventura." Cosa che è capitata nonostante il nostro buon senso.

"No." Mi massaggia teneramente il palmo della mano. "Non volevo etichettare qualsiasi cosa fosse proprio perché odiavo l'idea di un'avventura. E lo stesso vale per te."

Il mio battito cardiaco sale alle stelle. "Verrai a New York con me?" Lasciamo perdere il mio sogno precedente. Questo è il mio sogno.

Lui si acciglia. "Possiedo molti terreni qui, il che comporta delle responsabilità. Inoltre, non posso lasciare così il mio lavoro di volontariato. E, poi, c'è il surf." Mi guarda con aria implorante. "Speravo di poterti convincere a restare qui."

Ed ecco che il mio sogno scoppia come un

palloncino dentro una testa di cartapesta. Guardo Evan sbattendo lentamente le palpebre, come farebbe Sally. "Non posso restare."

"Perché no?" Lui stacca le mani e io ne sento subito la mancanza.

"Il mio lavoro è…"

"Ricordi la telefonata che dovevo fare stamattina?" mi chiede Evan, con gli occhi che brillano. "Era per parlare con Calvin."

Lo fisso. "Calvin sarebbe il tizio con le mucche da compagnia?"

"Esattamente, anche se, da queste parti, è più famoso per essere il proprietario della clinica veterinaria locale: le mucche e gli altri animali ne sono un'estensione. In ogni caso, ha detto che ti permetterebbe di fare la toelettatura ai cani nel suo studio e ti pagherebbe…"

"No." Deglutisco. "Anche se avessi un lavoro qui (e mi sembra fin troppo bello per essere vero), non potrei restare."

Lui si irrigidisce e non in modo divertente. "No?"

"Tutta la mia vita è a Brooklyn." Forse dovrei fare di "eufemismo" il mio secondo nome?

Sospira sonoramente. "Allora, non restare. Prolunga la tua vacanza di un mese. Vediamo come va. Forse, allora, potrei…"

"Non posso."

Anche se lo desidero disperatamente, più di ogni altra cosa, non è possibile.

"Non puoi o non vuoi?" La domanda è posta con tale intensità che faccio un passo indietro.

"Credimi, mi piacerebbe tantissimo prolungare la vacanza, ma non posso proprio farlo. C'è una cosa che non ti ho mai detto, una cosa che…"

"Hai qualcuno a New York? Un fidanzato?" Il suo sguardo blu diventa gelido. "Un marito?"

"No!" Come può pensare questo di me? Mi faccio coraggio. Avrei dovuto confessare prima, molte volte. "Sono single" dichiaro e prendo fiato. "Però, ho un figlio e lui non può…"

"Un figlio?" Evan sembra stordito, come se avesse appena fumato abbastanza erba da uccidere Cheech e Chong.

"Sì. Mi dispiace di non avertene mai parlato." Nonostante un milione di occasioni per farlo. "So che avrei dovuto, ma la relazione tra noi era temporanea e tu odi i bambini, quindi…"

"Odiare i bambini?" Lo sguardo di Evan si avvicina alla freddezza dello zero assoluto. "È questa la tua scusa di merda per mentire?"

Tutto il mio corpo si irrigidisce. L'accusa mi fa ancora più male perché non è del tutto ingiusta, ma Evan non conosce il proverbio sullo scagliare la prima pietra? "A differenza di te, con le tue stronzate sulla caccia al tesoro, io non ho mentito."

Ho semplicemente omesso un pezzettino di verità.

"Allora, quale parola useresti?" mi chiede con un tono che non apprezzo. "Non mi hai parlato della cosa più importante della tua vita. Pensavo di conoscerti, ma non ne sono più così sicuro."

Stringo i denti. "Io pensavo che tu non fossi uno stronzo bugiardo, ma forse nemmeno io ti conoscevo poi così bene."

Si gira di spalle. "È meglio che me ne vada prima di dire qualcosa di cui mi pentirei."

"Aspetta!" Allungo la mano verso i lobi delle mie orecchie.

Lui si volta e, forse, è solo la mia immaginazione, ma intravedo una scintilla di speranza nei suoi occhi.

Mi sgancio gli orecchini. "Non me la sento di prenderli. Non dopo…"

"Allora, gettali nella spazzatura" sbotta prima di voltarsi di nuovo e di entrare a passo spedito in casa sua, sbattendo la porta così forte dietro di sé che sono quasi certa che avrà bisogno di nuovi cardini.

Sentendomi proprio come quei cardini, rimango lì, combattendo l'impulso di corrergli dietro, di bussare alla sua porta finché non la aprirà, poi schiantare le mie labbra sulle sue e rivendicare un'altra notte. L'ultima notte.

Ma no.

Altro tempo con lui mi farà solo soffrire ancora di più. In un certo senso, questo litigio è stato un bene, in fondo. Saremmo stati costretti a separarci comunque, ma così è stato come strappare un cerotto. Solo che io mi sento più come uno yeti a cui hanno fatto la ceretta su tutto il corpo.

Con uno sforzo monumentale, costringo le mie

gambe a camminare verso la casa in affitto, ignorando la pressione delle lacrime che si stanno formando dietro ai miei occhi.

Una volta dentro, mi preparo per andare a letto, anche se non è ancora il tramonto. Solo quando entro nella doccia, un singhiozzo mi sfugge dalle labbra e le mie lacrime si mescolano all'acqua calda che mi bagna la pelle.

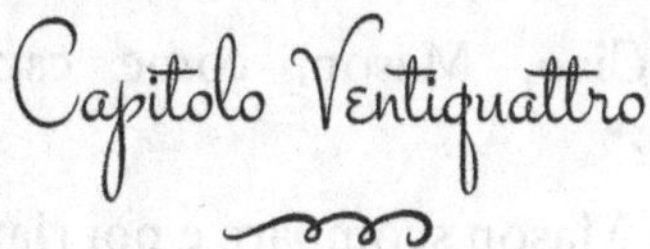

EVAN

A casa mia, sbatto una porta dopo l'altra e mi fermo solo quando Harry mi guarda con aria preoccupata e piagnucola.

Amico umano, questo non è affatto fantastico. Non ti ho mai visto così agitato.

Anche Sally sembra preoccupata, a giudicare dal nervoso fruscio della sua coda.

Pensavamo di avere un accordo con il nostro carceriere: tutti devono comportarsi in modo civile, o qualcuno qui mangerà i bulbi oculari dell'altro.

"Scusate, ragazzi." Vado in cucina e do loro da mangiare, prima di prepararmi il mio panino al Brie preferito (che, oggi, ha il sapore di un gelato liofilizzato senza zucchero, senza grassi e senza lattosio).

A metà del pasto, allontano il piatto, appoggio il mio computer portatile sul tavolo della cucina accanto a un bicchierino e rovisto nel freezer per trovare una bottiglia ghiacciata di vodka St. Augustine.

Ora che tutto è pronto, videochiamo Mason.

Non appena risponde, gli chiedo: "Bevi con me?"

Lui inclina la testa. "Dov'è l'obbligatorio 'Ciao, Mason, come va?'"

Sospiro. "Ciao, Mason, come cazzo va? Ora, possiamo bere?"

Annuendo, Mason scompare e poi riappare con una bottiglia dorata, ornata da un'aquila bicipite.

Prendo il mio bicchierino da shottini. "Ancora la vodka da un milione di dollari?"

"Un milione virgola tre." Mason si versa uno shot da 81250 dollari. "L'inflazione è una brutta bestia."

Tracanno il mio shottino in un sorso solo e me ne verso un altro.

Quando guardo lo schermo, il sopracciglio di Mason è inarcato. "Le cose vanno *così* male?"

"Non voglio parlarne." Mi scolo un altro bicchierino.

"Bene." Mason mi imita bevendo.

"D'accordo." Un altro shottino. "Te lo racconto se tu mi dici perché mi avevi chiamato l'altro giorno."

"Avevamo perso una partita" afferma Mason. "Ma non vedo il motivo per cui tu debba raccontarmi qualcosa."

Quindi, avevo ragione quando avevo ipotizzato la sconfitta della sua squadra di hockey l'altro giorno. Non che il fatto di avere ragione, né qualsiasi altra cosa, possa tirarmi su di morale in questo momento.

"È iniziato tutto quando una donna ha preso in affitto il mio appartamento su Airbnb" esordisco e mi lancio nella storia, bevendo shottini nei punti critici man mano che procedo. Durante tutto il mio racconto, l'espressione di Mason non cambia e, quando concludo, lui rimane in silenzio.

"Wow. Grazie tante per il consiglio." Bevo un altro shottino.

"Lo sai che io non vado a cacciarmi nelle relazioni." Mason si versa dell'altra vodka. "Che valore avrebbe il mio consiglio?"

"Anche io pensavo di non volere relazioni."

"Ed era saggio. Torna a quel buon proposito. I surfisti non hanno qualcosa di simile alle coniglitte?"

Scuoto la testa. "I surfisti professionisti hanno delle groupie. Coniglitte da spiaggia è il modo in cui alcuni definiscono le surfiste, ma sono sicuro che non è quello che intendevi."

"Grazie per aver ampliato il mio vocabolario" dice Mason. "Dovrebbe tornarmi utile durante la prossima partita a Scarabeo."

"Fottiti." Sapevo che non avrei dovuto raccontargli della mia passione per quel gioco.

Allungo significativamente il braccio per spegnere la videochiamata.

"Aspetta." Mason tracanna il suo shottino. "Non credi di aver esagerato quando lei ti ha detto di suo figlio?"

"Prossima domanda" ringhio.

"D'accordo. Perché voi due non potete avere una relazione a distanza?"

"A distanza?" Mi gratto la nuca. "Sinceramente, non ci avevo nemmeno pensato."

"Non con la testa, questo è sicuro."

Faccio spallucce. "Qual è lo scopo di una relazione a distanza?"

"Qual è lo scopo di *qualsiasi* relazione?"

Non ne ho idea, ma so che voglio Brooklyn fisicamente accanto a me, non come un'immagine su uno schermo. "Questa conversazione sta diventando noiosa."

Mason allarga le mani. "Te l'avevo detto che non vedevo l'utilità che tu mi raccontassi qualcosa."

È vero, me l'aveva detto e non mi è stato minimamente utile, ma, in qualche modo, mi sento un po' meglio. Abbastanza da smettere di bere, comunque.

"Grazie" dico a Mason. "Penso che andrò a sdraiarmi."

"Non reggi l'alcol."

"In confronto a una spugna come te, nessuno regge l'alcol." Sono ufficialmente ubriaco o questa era una buona risposta?

Non ne ho idea, ma mi sembra che Mason sorrida prima di riattaccare.

Spingendo via la bottiglia di vodka, mi accorgo di quanta ne manchi.

Accidenti!

Mi alzo in piedi e la stupida stanza inizia a girare.

Ecco cosa succede quando si parla dei propri sentimenti. Spero di non avere un'intossicazione da alcol.

È un bene che avessi dato da mangiare a Harry e Sally. Ora, non riuscirei a fare una beata mazza. Il massimo che posso sperare è di arrivare al letto.

Mi sveglio sul divano del soggiorno.

Ah. Immagino che il mio ambizioso spostamento in camera da letto dopo aver bevuto non sia andato come speravo. D'altra parte, dovrei avere un forte mal di testa, ma non ce l'ho. Ho solo un senso di stordimento e la voglia di non bere mai più.

Forse, dovrei richiamare Mason e dirgli che non reggo l'alcol così male?

A proposito di quella conversazione, ora che sono sobrio (o, almeno, più sobrio), mi rendo conto che Mason aveva ragione quando mi ha accusato di aver reagito in modo eccessivo alla notizia che Brooklyn ha un figlio. Sono sicuro che sarei arrivato anche da solo a questa conclusione, ma credo sia utile che me l'abbiano fatto notare. Ho davvero reagito in modo eccessivo e sospetto che sia stato, in parte, perché Brooklyn mi ha detto "tu odi i bambini", una frase che mi sono sentito rivolgere molte volte durante le rotture, di solito dopo aver raccontato della mia vasectomia.

Non odio i bambini. Se li odiassi, perché farei il volontario al campo estivo? Mi sono sottoposto alla vasectomia per un motivo completamente diverso.

A proposito della dannata vasectomia, non ne ho mai parlato a Brooklyn, il che potrebbe essere una bugia di omissione tanto quanto il fatto che lei non mi avesse detto di suo figlio. E non dimentichiamo che le ho mentito a proposito della caccia al tesoro, cosa che lei ha preso piuttosto bene.

Dannazione! Che diritto avevo di incazzarmi così? Non ne ho idea, ma scommetto che la rabbia da fame era, ancora una volta, una variabile.

Devo sistemare le cose.

Balzo in piedi e corro in bagno per rendermi presentabile prima di precipitarmi all'appartamento di Brooklyn... che è vuoto.

Beh, non completamente vuoto. Sul tavolo della cucina, c'è un biglietto con sopra gli orecchini di mia nonna.

Non potevo buttarli e non posso portarli con me, dice.

Merda! Se n'è andata. Proprio così. Senza salutare?

Credo di non meritarmelo, dopo averle quasi staccato la testa a morsi.

Mi infilo gli orecchini in tasca e chiamo Boone.

"Buondì" mi saluta.

"Buona mattinata a te. Ho bisogno di un passaggio."

Stavolta, non sto solo offrendo a Boone la possibilità di guadagnare dei soldi. Nella nostra piccola cittadina, aspettare un Uber richiederebbe troppo tempo.

Inseguire Brooklyn all'aeroporto sarà anche un cliché, ma è l'unica mossa che mi rimane.

"Mattinata?" Riesco a udire un sorriso nella voce di Boone. "È mezzogiorno e mezzo."

Cazzo! Secondo l'orologio del microonde, ha ragione lui.

Questo potrebbe spiegare il motivo per cui non sento particolarmente i postumi della sbornia, ma non significa comunque che il mio tasso alcolemico sia inferiore a 0,08 (che mi renderebbe sicuro mettermi al volante).

A che ora è il volo di Brooklyn? Me lo sono già perso?

Cazzo! Non so nemmeno quale aeroporto o quale compagnia aerea. Contavo così tanto di convincerla a restare che non le ho mai chiesto i dettagli del suo viaggio di ritorno.

"Tra quanto puoi essere qui?" chiedo a Boone.

"Due minuti" mi risponde. "Stavo tagliando l'erba nella tua comunità."

Ah. Giusto. Assumerlo nonostante la sua precedente condanna è stata una delle poche cose che ho imposto all'Associazione dei Proprietari Immobiliari. Boone ha avuto problemi con la legge per aver prodotto liquore in casa senza licenza, il che non significa certamente "incapace di fare giardinaggio."

Torno di corsa a casa mia e prendo un po' di cibo dal frigorifero (è meglio che io parli con Brooklyn a stomaco pieno, ammesso che ne avrò la possibilità). Mentre sono qui, do da mangiare anche a Harry e Sally e, quando ho finito, Boone sta entrando nel mio vialetto.

"All'aeroporto di Jacksonville" gli dico, scegliendo quello più vicino e più grande perché è più probabile che sia il punto di partenza di Brooklyn. "E premi sull'acceleratore."

Lui obbedisce, guidando come in un episodio di *Hazzard*.

Mentre procediamo, uso il telefono per cercare il volo su cui probabilmente si troverà Brooklyn, ma fissare uno schermo in un'auto così veloce non aiuta il mio stordimento residuo. Ignoro i voli che partono prima dell'una, perché non ho alcuna possibilità di arrivare in tempo, e mi concentro su quelli diretti al JFK perché è l'aeroporto più vicino al quartiere di Brooklyn. Questo mi dà un candidato: il volo Delta dell'una e mezza.

Tuttavia, anche alla nostra velocità attuale, non riuscirò a raggiungere l'aeroporto in tempo per intercettare Brooklyn, se quello è il suo volo. Quando lo dico a Boone, lui preme *davvero* sull'acceleratore. La sua povera auto trema come se stesse per crollare, ma miracolosamente non lo fa.

Altrettanto miracolosamente, non veniamo fermati dalla polizia. Invece, entriamo nel parcheggio dell'aeroporto a una velocità tale che Boone quasi investe una signora anziana, prima di fermare l'auto di colpo con uno stridore di gomme (una newyorkese, sospetto, almeno a giudicare dal gestaccio che ci fa).

Mentre scendo dall'auto, Boone mi augura buona fortuna (e ha il respiro così affannoso da far pensare che mi abbia portato qui sulla schiena).

Entro di corsa e mi precipito alla biglietteria più vicina. A quest'ora, Brooklyn deve aver già superato i controlli di sicurezza e non mi faranno passare se non sono un passeggero.

"Mi dia un biglietto" esigo.

La signora allo sportello aggrotta le sopracciglia. "Per dove?"

"YUM" rispondo. Non ho mai volato su questo particolare aeroporto di Yuma, in Arizona, ma, con un codice del genere, gli conviene avere i migliori ristoranti del mondo.

La signora mi consegna il biglietto e io corro ai controlli di sicurezza, ringraziando gli dèi della TSA (Amministrazione per la Sicurezza dei Trasporti) per il fatto che sono pre-autorizzato ai controlli accelerati.

Il problema è che c'è una fila di altri passeggeri ai controlli accelerati ed è lunga, anche se non quanto la fila normale.

Stringendo i denti, aspetto. E aspetto. E aspetto.

Quando ho superato i controlli di sicurezza, devo correre a tutta velocità verso il gate di Brooklyn.

Merda! Hanno quasi finito di imbarcare e, quel che è peggio, vedo Brooklyn mostrare il suo biglietto all'agente.

Avevo indovinato il suo volo. E non arriverò in tempo comunque.

"Aspetta!" grido. "Brooklyn, aspetta!"

Nessuna reazione, se non quella di oltrepassare il gate. O non mi ha sentito o, peggio, ha fatto finta di non sentire.

Cazzo!

Accelero, ma stanno già chiudendo le porte.

Quando arrivo, le porte sono chiuse e l'agente che le ha chiuse si sta allontanando.

Le corro dietro. "Posso passare, per favore?" Indico il cancello con il pollice, senza curarmi di precisare che non sono un passeggero.

"Mi dispiace" risponde lei. "Una volta che quella porta viene chiusa, non può essere riaperta. Dovrà prendere il prossimo volo."

Tiro fuori dal portafoglio un mucchio di banconote da cento. "Può fare un'eccezione, solo per questa volta?"

L'agente guarda avidamente il denaro. "Mi creda: per quella cifra, lo farei, se potessi. Ma non posso."

E questo è quanto.

Non so se si tratti di un crollo post-corsa o dei postumi della sbornia, ma mi ritrovo a sprofondare in una sedia vicina, completamente svuotato e sconfitto.

Forse, è meglio così.

Anche se avessi raggiunto Brooklyn, non ho idea di cosa le avrei detto.

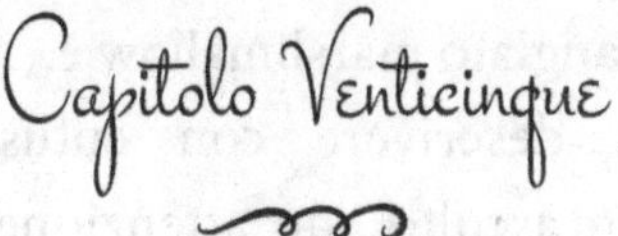

BROOKLYN

"Perché ci hai messo tanto?" mi chiede Reagan quando arrivo al mio posto.

"Io ho una domanda migliore: perché tu non mi hai aspettata?" replico con tono severo.

Non appena ho mostrato all'agente il biglietto di mio figlio, lui si è messo a correre verso il suo posto, sgattaiolando tra gli altri passeggeri e scavalcando i posti vuoti.

"Non ti ho aspettata perché ci metti troppo." Reagan sfoggia il sorriso da ragazzino che gli permette di farla franca su quasi tutto.

Il lato positivo del suo fascino e della sua abilità nel tergiversare è questo: un giorno, potrebbe diventare un avvocato. O è il lato negativo?

"Attenzione, prego" dice una voce disincarnata.

Mentre la tiritera sulla sicurezza prosegue, dubito ancora una volta della frase "mettete la maschera d'ossigeno a voi stessi prima che al vostro bambino" perché va contro ogni mio istinto materno.

"Il campo estivo è stato fantastico" dice Reagan al termine dell'annuncio sulla sicurezza. "Abbiamo fatto escursioni e mangiato marshmallow e..."

Procede a descrivere con entusiasmo la sua esperienza e io ascolto con attenzione finché l'aereo non decolla; a quel punto, presto attenzione solo per metà perché, mentre la Florida diventa sempre più piccola nel finestrino, qualcosa nel mio petto si contrae in modo direttamente proporzionale.

Accidenti! Speravo che, più mi fossi allontanata da Evan, più mi sarei sentita bene. Finora, sembra che sia vero il contrario e, nonostante sentire Reagan raccontarmi con entusiasmo le sue avventure al campo estivo mi rallegri un po', mi ricorda anche le cose che facevamo io ed Evan, come le escursioni e i pasti deliziosi. Inoltre, anche la coppia felicemente sposata nelle vicinanze mi ricorda lui e provo un'illogica fitta di invidia per il fatto che loro stiano insieme, mentre io ed Evan stiamo per essere separati da centinaia di chilometri dopo aver chiuso le cose in modo così negativo.

Mi ci vuole uno sforzo enorme per mantenere una facciata di felicità per mio figlio, al punto che, quando torniamo a casa e sono da sola nel mio letto, finisco per piangere a dirotto sul cuscino, come una piccola banshee.

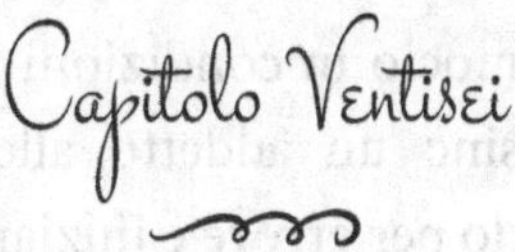

BROOKLYN

"'Il tempo guarisce tutte le ferite' è una cazzata" dico mentre insapono Mr. Goobers con lo shampoo.

Jolene e Dorothy annuiscono all'unisono, esortandomi a continuare.

Controllo Reagan, che sta ancora dando una mano dall'altra parte del salone, senza combinare guai. Oggi è la nostra prima giornata del "porta tuo figlio al lavoro" e non voglio che sia l'ultima.

"Sono passate novantasei ore da quando ho lasciato la Florida" continuo. "Ma Evan mi manca di più, non di meno."

Jolene e Dorothy annuiscono di nuovo.

"Il fatto che abbia provato a telefonarmi non aiuta." Sospiro. "Inoltre, mi ha inviato SMS e mi ha persino scritto un messaggio sull'app di Airbnb."

"Ho visto la recensione che ti ha lasciato lì" dice

Jolene. "Cinque stelle e 'per favore, rispondi alle mie telefonate'."

Controllo per vedere se sono soddisfatta di quanto insaponato è Mr. Goobers. Poiché è un Komondor, assomiglia a un mocio in condizioni normali, ma, con la schiuma, persino un addetto alle pulizie esperto potrebbe afferrarlo per errore e iniziare a pulire.

"Forse, dovresti rispondere alle sue telefonate?" Dorothy mi suggerisce dolcemente.

Comincio a risciacquare Mr. Goobers. "Non appena ho deciso di farlo, lui ha smesso di chiamarmi."

"Quando è successo?" mi chiede Jolene.

Faccio spallucce. "Qualche ora fa?"

"Allora, perché non lo richiami tu?" mi suggerisce Dorothy.

"Non sono ancora arrivata a quel punto." Tuttavia, mi ci sto avvicinando. "Ma ora basta parlare di me. Che novità avete voi?"

Dorothy scambia uno sguardo timido con Jolene, che annuisce minutamente.

Poi, fa un respiro profondo. "Abbiamo una relazione."

"E volevamo dirtelo da un po'" aggiunge Jolene. "Ma non è mai saltato fuori l'argomento."

"Ah sì?" Non sono affatto invidiosa, lo giuro su una pila di Bibbie. "Con chi?"

Si scambiano uno sguardo confuso. "Dorothy te l'ha appena detto" mi risponde Jolene. "Abbiamo una relazione… l'una con l'altra."

Fisso le mie amiche senza battere ciglio. "Avete una

relazione. Nel senso di sentimentale?" Era già difficile credere che avessero collaborato abbastanza per regalarmi quella vacanza, ma questo...

"Cosa posso dire?" Jolene si stringe nelle spalle. "Gli opposti si attraggono."

"In che senso noi saremmo due opposti?" le chiede Dorothy.

"Sessualmente" le risponde Jolene senza un attimo di esitazione. "Anche spiritualmente, nel temperamento..."

"Aspettate." Mi volto verso Dorothy. "Sei gay?"

Lei arrossisce. "Consideralo come il mio coming out."

Mi rivolgo a Jolene. "Ma... tu non fai altro che parlare di cazzi!" Inoltre, anche se non solleverò l'argomento, l'ho vista uscire da un bar con un uomo più di una volta.

Jolene sorride. "Non ti avevo detto che sono pansessuale?"

"No."

Si acciglia. "Giurerei di avertelo detto."

L'avrà fatto? "Parli così tanto di argomenti sessuali che, a volte, smetto di ascoltarti."

"E non sei l'unica" aggiunge Dorothy.

"La gente che non ascolta non è un mio problema" afferma Jolene. "Io so solo che sono sempre stata aperta al riguardo. Sono attratta dalle persone indipendentemente dal loro sesso... ma, su una cosa, hai ragione. Mi piacciono i cazzi ed è per questo che ne ho comprato uno dei migliori da far usare a Dorothy."

Accidenti! Questo spiega perché sono state insieme ultimamente. Nel caso in questione: Dorothy è venuta qui, oggi, per coccolare il cane di Jolene, cosa che non sarebbe mai successa in passato. Ma...

"Avevi promesso di essere discreta!" sibila Dorothy a Jolene, facendomi uscire dal mio stordimento per la rivelazione.

"Non ho mica specificato quale dei miei orifizi è stato penetrato da Toto" ribatte Jolene. "Questa non è forse la definizione di essere discreti?"

Loro cominciano a discutere e la valanga di informazioni non richieste continua, ma io sono ancora troppo stupita per dire qualcosa... almeno, finché non sbotto: "Se voi due vi lascerete, io rimarrò amica di entrambe e non sceglierò da che parte stare. Mai. Non mi interessa chi fa cosa e a chi. Capito?"

"Legittimo" replicano all'unisono.

"Ma non credo che ci lasceremo" aggiunge Dorothy timidamente. "Anche se, ogni tanto, litighiamo."

Ogni tanto?

Con mio grande stupore, Jolene le prende la mano e gliela stringe teneramente. "Anch'io credo che non ci lasceremo. Ma, anche se dovesse succedere, torneremo insieme: il sesso rappacificatore sarà bellissimo."

Ecco fatto. La mia mente è ufficialmente sconvolta. Se fosse il primo di aprile, sospetterei che si tratti di uno scherzo, ma si capisce che non è così: il tenero sguardo che si sono appena scambiate non può essere falsificato. Almeno, queste due non sono così brave a recitare.

"Sono felice per voi, ragazze" dico loro quando mi accorgo che Jolene mi sta guardando con aspettativa e Dorothy con una punta di preoccupazione. "Lo sono davvero, davvero tanto."

"Grazie" dice Dorothy.

"Sì" conferma Jolene. "E io sono sicura che tu ed Evan..."

La porta del salone si apre con un forte scampanellio e io rimango a bocca aperta quando entra Evan, bello come sempre.

Aspettate! Ho le allucinazioni perché Jolene ha appena pronunciato il suo nome? O questo è uno strano sosia?

No.

È proprio lui.

Gli occhi da Husky e le spalle larghe non lasciano dubbi.

Le farfalle iniziano un'orgia nella mia pancia.

"È lui" sussurro, ancora sbalordita, alle mie amiche.

Si girano all'unisono e Jolene fischia, poi sussurra: "È il diavolo? Ho pronunciato il suo nome ed eccolo lì."

"Neveah!" grida Dorothy. "Puoi subentrare tu qui?"

Scuoto la testa, ma tengo gli occhi puntati su Evan, che sta scrutando il posto, chiaramente cercando me. "Neveah farà sembrare Mr. Goobers un barboncino."

"E allora?" chiede Dorothy. "Qualsiasi cosa sarà un miglioramento rispetto al suo attuale cosplay del cugino Itt."

"Scommetto che Mr. Goobers sarà fantastico con

un'acconciatura da barboncino" dice Jolene. "Tutte le cagne cadranno ai suoi piedi."

È possibile che Jolene dica dell'altro, ma Evan mi nota in quel momento e viene verso di me, così io vado verso di lui con aria frastornata, lasciandomi alle spalle il cane e le mie amiche.

Quello che vorrei davvero è saltargli addosso e arrampicarmi su di lui come su un albero, ma non so ancora come stiano le cose tra noi. Inoltre, il mio capo è alla cassa e le mie amiche sono dietro di me, per non parlare di mio figlio nell'angolo. Perciò, devo inventarmi qualcosa di più tranquillo, come un debole "Ciao."

"Ciao" mi risponde dolcemente Evan quando è a pochi passi da me. "Io…"

"Signor Wilcox?" esclama Reagan.

I miei piedi sono improvvisamente incollati al pavimento e gli occhi mi escono dalle orbite.

Quando Evan vede mio figlio, si ferma di colpo e capisco che vorrebbe strofinarsi gli occhi per controllare se stia sognando o meno.

"Ehi, ragazzino" lo saluta invece. "Te l'ho già detto: chiamami Evan."

"Un momento!" esclamo, a voce troppo alta. "Voi due come fate a conoscervi?"

È uno scherzo? Ci sono forse le telecamere di un reality in giro?

Prima, le mie amiche sono diventate una coppia. Ora, mio figlio e il mio "non so ancora come definirlo" si conoscono?

Reagan mi guarda con aria accigliata. "Il signor Evan è l'istruttore di surf del campo estivo. Ti ho parlato di lui in aereo."

Perché tutti mi rimproverano di non ascoltare? Ad essere onesta, è vero che, in aereo, stavo ascoltando solo per metà. Naturalmente, se anche avessi prestato piena attenzione, non so se avrei registrato "il signor Wilcox" come "Evan."

"Aspettate un attimo!" Lo sguardo di Evan si sposta da Reagan a me. "Reagan è tuo figlio?" Si rivolge a lui. "Brooklyn è tua madre?"

Reagan lo guarda con un'espressione super-confusa a sua volta. "Come fate a conoscervi?"

Come posso rispondere a questa domanda senza usare parole come "avventura in vacanza", "scappatella" e "orgasmi"? Non ho mai portato a casa un uomo e non ho mai parlato con Reagan della possibilità che io frequenti qualcuno; quindi, questo è un territorio completamente nuovo per me. Come reagirebbe se venisse a sapere che io e il suo "signor Evan" abbiamo avuto una relazione senza etichette? Per non parlare del fatto che siamo ancora nel territorio "senza etichette", poiché non ho idea di cosa stia facendo Evan qui.

"Tua madre era la mia vicina di casa durante le sue vacanze" dice Evan e io gli sono così grata che potrei baciarlo. Tuttavia, questo sconvolgerebbe ancora di più Reagan, perciò mi limito ad annuire e a lanciare alle mie amiche uno sguardo supplichevole.

"Gelato!" esclama Jolene immediatamente. "Chi vuole andare a prendere un gelato?"

Mr. Goober scodinzola con tutta la forza del suo pelo spettinato.

"Non tu." Jolene si asciuga il sapone che la coda del cane le ha spruzzato addosso. "Stai per diventare simile a un barboncino. Ma ti darò del burro di arachidi quando torneremo a casa."

Reagan mi guarda con aria implorante. "Posso andare anch'io a prendere il gelato?"

"Certo, ma io devo rimanere qui, quindi andrai con le zie Dorothy e Jolene" gli dico magnanimamente.

"Ok." Sorride. "Posso prenderne cinque palline?"

È come se sapesse di avere un vantaggio. "Quattro, ma non al cioccolato, al tiramisù o a qualsiasi altro gusto che contenga caffeina." Quest'ultimo punto è più a beneficio delle mie amiche che di mio figlio.

"Affare fatto" esclama Reagan con impazienza, facendomi pensare che la sua prima offerta fosse una tattica di negoziazione per avere quattro palline.

Sicuramente, un futuro avvocato.

"Andiamo!" Jolene prende la mano destra di Reagan e Dorothy la sinistra... e lui le lascia fare. Se ci avessi provato io, avrebbe battuto i piedi e mi avrebbe ricordato che non è più un bambino.

Proprio mentre stanno per uscire, si volta verso di me e sorride maliziosamente. "Ciao ciao, mamma. Divertiti a parlare con il tuo *ragazzo*."

Resto a bocca aperta e vorrei sprofondare attraverso il pavimento. Non è d'aiuto il fatto che

Jolene schiamazzi come una super-cattiva e Dorothy sbuffi come un cervo arrapato.

Fortunatamente, le due portano mio figlio fuori dal salone prima che io debba pensare a una risposta.

Quando la porta si chiude, mi rendo conto che, se riuscirò a superare l'imbarazzo per quello che è appena successo, c'è un lato positivo. Il modo in cui Reagan ha chiamato Evan il mio "ragazzo" era così disinvolto che è improbabile che gli dia fastidio l'idea che ci stiamo frequentando. Forse, la approva addirittura.

Non che ci stiamo frequentando. Siamo ancora nel territorio dell'assenza di etichette. O, peggio, ci siamo lasciati. Solo che... lui è qui.

Perché è qui?

Prima che io possa chiederglielo, Evan colma la distanza rimanente tra noi. "Non riesco ancora a crederci" dice, scuotendo la testa. "Reagan era il mio alunno preferito al campo estivo ed è tuo figlio."

Mi massaggio le tempie pulsanti. "Non cercare di cambiare argomento."

Evan sbatte le palpebre. "Quale argomento?"

Ah. Giusto. Solo perché sto pensando a una domanda nella mia testa non significa che lui possa sentirla. "Cosa ci fai qui?"

"Trattieni la domanda un momento." Evan va verso il mio capo, gli dice qualcosa che io non riesco a sentire, poi tira fuori il portafoglio e gli consegna alcune banconote. Tornando da me, mi indica la porta. "Andiamo."

È il mio turno di sbattere le palpebre. "Che cosa hai fatto?"

"Ho pagato per una seduta di toelettatura privata."

Per un cane o per se stesso? "Non pensavo che ne facessimo."

Evan si stringe nelle spalle. "Si fanno per il giusto prezzo."

Ok. Lo seguo fuori dal salone e attraversiamo la strada fino a una piccola zona boschiva che, in questo quartiere, viene considerata un parco. Mi siedo sulla panchina dove, di solito, pranzo e Evan mi imita.

Lo fisso con aspettativa.

Lui prende fiato. "Mi dispiace" dice dolcemente e, mentre mi guarda, i suoi occhi si confondono con il cielo limpido.

Mi inumidisco le labbra. "Per?"

Prende la mia mano nella sua. "Mi dispiace per come mi sono comportato quando mi hai detto di Reagan. Avevi tutto il diritto di non condividere con me tutti i dettagli della tua vita e…"

"No." Deglutisco. "Avrei dovuto dirtelo. Volevo dirtelo. Solo che…"

"Non fa niente." Mi stringe la mano. "Voglio anche chiarire una cosa: non odio i bambini. Affatto. Non avrei mai fatto il volontario al campo estivo se fosse stato così. Inoltre, a quanto pare, tuo figlio è particolarmente simpatico."

Lo è davvero, anche se ammetto di essere di parte. "Adesso mi sento ancora peggio per aver detto questo su di te."

Evan liquida l'argomento. "Mi avevi visto con un Pikachu maciullato in mano e devo aver detto qualcosa a proposito di un moccioso. La tua non era un'accusa del tutto irragionevole. È solo che mi ha fatto male sentirla dopo che abbiamo imparato a conoscerci. Inoltre, non sei la prima donna che me lo dice."

Mi acciglio. "Ah no?"

Evan mi lascia la mano. "C'è qualcosa che anch'io avrei dovuto dirti. Qualcosa di privato."

Il mio cuore sprofonda. Sta per dirmi che è sposato? Fidanzato? Mi preparo al peggio.

"Mi sono sottoposto a una vasectomia" confessa, come se stesse ammettendo qualcosa di vergognoso.

Non è affatto quello che mi aspettavo. Una vasectomia? Quando? Perché?

"Le donne mi lasciavano sempre dopo che glielo rivelavo" continua Evan. "Per questo non te l'ho detto. Volevo farlo e l'avrei fatto presto, ma..."

"Pensavi che ti avrei lasciato. Come le altre" concludo, fissandolo.

"Lo farai?"

Significa che non ci siamo già lasciati? E, allora, tutta la faccenda del "niente etichette"?

"Non lo farò" dichiaro con fermezza. Perché, in qualunque modo si voglia definire o meno questa relazione tra di noi, la sua vasectomia non è certamente un problema per me.

"Perché hai già un figlio?" mi chiede, illuminandosi in volto.

"Anche per questo, ma anche perché..." Ingoio

l'improvviso groppo in gola. "Non posso avere altri figli."

Evan sgrana gli occhi. "Ah. Sei…?"

"Ricordi la mia avversione per gli ospedali perché ho rischiato di morire in uno di essi?"

Annuisce.

"È stato quando ho dato alla luce Reagan." Faccio un respiro profondo e mi tolgo la polvere che, per qualche motivo, mi è entrata negli occhi. "Dopo avermi salvata, il chirurgo mi disse che è improbabile che io possa rimanere di nuovo incinta in modo naturale."

Evan mi prende di nuovo la mano e la stringe dolcemente. "Mi dispiace tanto."

"Non fa niente." Mi sento particolarmente bene quando mi tiene la mano come sta facendo ora. "Se, in futuro, volessi disperatamente avere un altro figlio, ci sono opzioni come la fecondazione assistita." È estremamente costosa, ma tutti i trattamenti medici lo sono. "Posso chiederti perché ti sei fatto fare la vasectomia?"

Non appena vedo il dolore nei suoi occhi, mi pento della domanda invadente, ma è troppo tardi.

"All'epoca, ero in lutto per mia madre" racconta. "Forse, avrei dovuto rimandare la decisione a più avanti. Il fatto è che sono venuto a sapere che, se mai avessi avuto una figlia femmina, sarebbe quasi certamente finita come mia madre. Non potevo immaginare quel tipo di dolore, così sono uscito e mi sono procurato il miglior anticoncezionale disponibile."

Sussulto e poi avvolgo Evan in un abbraccio stretto, lottando contro le lacrime per tutto il tempo. "È davvero terribile. Mi dispiace."

"Grazie" mi dice con tono dolce quando mi stacco. "Come te, potrei avere un figlio se lo volessi *davvero* tanto. La vasectomia, a volte, può essere annullata e c'è sempre il recupero dello sperma." L'ultima frase lo fa rabbrividire un po'. "È anche possibile selezionare il DNA di un embrione."

Annuisco e ci fissiamo per un lungo momento. Reprimo l'impulso di abbracciarlo ulteriormente o, peggio, di baciarlo. Lo reprimo perché lui non mi ha ancora detto una cosa molto importante.

"Quindi…" Mi schiarisco la gola. "Perché sei qui?"

Posso azzardare un'ipotesi, ma voglio sentirglielo dire.

Il dolore scompare dal suo sguardo, sostituito da un'accesa intensità che fa ripartire le farfalle nel mio ventre. Stappando nuovi flaconi di lubrificante, le farfalle riprendono la loro orgia, mentre Evan mi sposta una ciocca di capelli dietro l'orecchio. "Ho deciso che, per me, è arrivato il momento di venire a New York per una vacanza" dichiara con un sorriso sbilenco.

"Una vacanza?" Forse, non è un'orgia quella che stanno facendo le farfalle, ma un'ammucchiata?

"Una vacanza che durerà fino a quando non avremo capito cosa sta succedendo tra noi" conferma.

Quindi… la mia ipotesi era giusta. Mi fa venire voglia di tirare il pugno in aria e di saltare addosso a

Evan proprio qui, su questa panchina, sotto gli occhi di tutti i piccioni aggressivi. "E se ci volesse un po' di tempo?"

"Starò qui per tutto il tempo necessario." Si avvicina a me sulla panchina (ed eravamo già piuttosto vicini).

Il mio cuore accelera ulteriormente. "Ma che mi dici dei tuoi beni immobili?" Ha sempre irradiato tutto questo calore? È come se avesse portato con sé il sole della Florida.

"Ho inserito la mia casa su Airbnb e ho assunto qualcuno per gestire il tutto" spiega.

"E il campo estivo?" Perché non lo sto già baciando?

La sua fronte si corruga. "Vic mi doveva un favore, così gli ho chiesto di sostituirmi al campo."

"Il dottor Hugo fa surf?" Perché sto ancora abusando delle nostre labbra parlando?

Come se mi leggesse nel pensiero, Evan mi esamina le labbra con voracità. "Per il momento, il corso prevederà il kayak."

"E tu come farai con il surf?" I miei capezzoli sono fastidiosamente turgidi contro la maglietta, perciò mi sistemo il reggiseno.

Gli occhi di Evan si scaldano: ha chiaramente notato il mio gesto signorile. "Rockaway Beach, nel Queens, è un ottimo posto per fare surf, a quanto pare… ma sarei venuto da te anche se tu vivessi nel deserto."

"L'avresti fatto?" sussurro, con il petto che si stringe.

"Sì." Mi prende il viso tra le sue mani grandi e calde.

"Ho capito una cosa. Tu hai la mappa del tesoro del mio cuore."

Le farfalle nel mio ventre raggiungono un orgasmo simultaneo. "Ehi, quella è la mia passione."

"Allora, lascia che la metta in altri termini." Si china verso di me finché le nostre labbra si sfiorano e sento il leggero profumo di menta del suo alito. "Ti amo" sussurra. "So che non ci conosciamo da molto tempo, ma…"

"Ti amo anch'io." Poso le mie mani sopra le sue e lo fisso negli occhi. "Sei come l'onda perfetta che ho sempre voluto cavalcare."

"Ehi, questa è la mia passione" sussurra lui e le sue labbra si schiantano finalmente sulle mie.

Il bacio è rovente e profondo. Sembra la somma di tutti i baci che ci saremmo dati se io fossi rimasta. Riaffermiamo con le nostre lingue danzanti tutto l'amore che ci siamo appena confessati e ci promettiamo un futuro radioso, che non vedo l'ora di iniziare.

Epilogo

BROOKLYN

"Non posso credere che tu sia una ragazza di campagna, ora" mi dice Jolene, indicando le pecore in lontananza.

Mi guardo intorno e osservo la mia nuova casa dalla prospettiva della mia amica: i boschetti con gli alberi da frutto, i campi di grano, tutto il bestiame lanuginoso e, soprattutto, le onde dell'oceano in lontananza.

Già. A volte, mi do un pizzicotto per assicurarmi che questa sia la mia vita. Prima che Evan organizzasse tutto questo, non pensavo nemmeno che le fattorie sulla spiaggia esistessero, ma si è scoperto che esistono. Bisogna solo assicurarsi che il terreno sia fertile, ma questa è una cosa che bisogna fare in qualsiasi fattoria. Ci sono sicuramente delle sfide, come la corrosione più rapida delle attrezzature a causa dell'aria dell'oceano, ma ci sono anche dei vantaggi, come il numero inferiore dei parassiti, che rende più facile mantenere biologico il nostro cibo.

"Io non riesco a credere che abbia accettato di diventare una floridiana" interviene Dorothy. "Non c'è una buona pizza da nessuna parte e non ci sono monumenti."

Evan prepara una pizza da urlo e St. Augustine ha molti monumenti, ma non voglio mettermi a discutere. "Non ho potuto farne a meno" affermo, invece. "Dopo il matrimonio, Reagan si è alleato con Evan fino a quando non hanno eliminato ogni argomentazione che io potessi addurre contro il trasferimento."

Non che l'idea del trasferimento mi dispiacesse, anzi, ma le mie amiche sono newyorkesi talmente convinte che devo almeno fingere di essermi opposta.

"Beh, non avreste dovuto celebrare il matrimonio in Florida" dice Jolene con aria saggia. "Né mandare di nuovo Reagan in quel campo estivo."

Ha ragione. Tra il matrimonio e tutto il tempo trascorso al campo estivo, Reagan si è innamorato perdutamente dello Stato del Sole. "In mia difesa, volevo *davvero* tanto che il mio matrimonio fosse celebrato nella Basilica Cattedrale." Indico nella direzione generica di St. Augustine.

"E che il ricevimento si tenesse al Lightner Museum" aggiunge Dorothy in tono scherzoso.

"E la vostra luna di miele all'Hotel Casa Monica" le fa eco Jolene, con un tono inquietantemente simile.

Sospiro, soddisfatta. "È stato il matrimonio dei miei sogni."

Jolene dà una leggera gomitata a Dorothy. "È così dolce che ci farà venire il diabete."

"Non è così che viene il diabete" replica Dorothy e si lancia in una lezione su tutte le verdure che non è riuscita a convincere Jolene a mangiare.

"Dov'è il festeggiato?" chiede Jolene, interrompendo la diatriba di Dorothy sui cavoli.

Indico l'oceano. "Lui ed Evan sono andati a fare surf."

I due sono diventati amici per la pelle e, a volte, mi chiedo se Reagan preferisca Evan a me, ma non me la prendo. Affatto. Nemmeno quando rifiutano la mia proposta di giocare a Scarabeo a favore di un videogioco violento. Né quando fanno una lotta con le pistole nerf senza di me, solo perché una volta ho detto: "Se continuate così, qualcuno potrebbe perdere un occhio."

"La festa è una sorpresa?" mi chiede Jolene.

Annuisco. "Tutti stanno aspettando. Dovremmo affrettarci a raggiungerli."

Ci dirigiamo verso la villa e… sì, questa è la parola più accurata per descrivere la nostra casa.

"È enorme!" Dorothy osserva con stupore la nostra dimora non esattamente umile.

"È la stessa cosa che ha detto…" sussurra Jolene a voce alta, "…la prima volta che ha visto Toto."

"Avevi promesso di non parlare di dildo, oggi!" sibila Dorothy, arrossendo.

"Posso parlare di cazzi veri?" Jolene indica la villa. "Più precisamente: Evan sta forse compensando le dimensioni di qualcosa?"

È il mio turno di arrossire. "La nostra casa, in realtà,

è abbastanza proporzionata alle dimensioni di quello che stai insinuando."

"Oh." Jolene si tocca un cappello invisibile. "È per questo che è così grande?"

"In realtà, è stata un'idea di Reagan." Stringo gli occhi su Jolene per farle capire che qualsiasi battuta su mio figlio è off limits.

"Ah sì?" mi chiede Dorothy.

"Ha letto da qualche parte dell'Homestead Exemption (esenzione per la casa) della Florida" spiego con un sorriso. "E, poi, ha convinto Evan che una residenza primaria in questo Stato potrebbe valere una tonnellata di soldi, visto che nessun creditore potrà mai togliertela, nemmeno il fisco."

"Stiamo parlando dello stesso Reagan che oggi compie dieci anni?" mi chiede Dorothy.

Tento di annuire con disinvoltura, ma non ci riesco perché sono troppo orgogliosa di lui.

Quando raggiungiamo le porte decorate, queste rilevano il Glorp al mio polso e si aprono automaticamente: una sinergia tecnologica della Octothorpe tanto inquietante quanto utile.

Mio Tesssoro, non pensare nemmeno per un secondo che questo meccanismo della porta possa adorarti con lo stesso ardore che ho io. Non ha un santuario dove ti venera come una dea della fertilità. Non è affamato delle appetitose scaglie di pelle morta che rilasci ogni volta che ti esfoli sotto la doccia.

Quando le mie amiche entrano, fischiano entrambe.

Già. Su esortazione di mio figlio, Evan ha deciso di

abbracciare l'idea di essere un miliardario, così ha assunto un team di artisti per rendere l'atrio simile all'interno di un'onda (cosa che credo abbia richiesto una quantità di cristallo sufficiente a mandare avanti la Swarovski per un anno). Inoltre, l'atrio funge anche da sala da ballo.

"C'è l'intera città?" chiede Dorothy con un forte sussurro, osservando la folla accampata nella suddetta sala da ballo.

Prendo un flute di champagne dal cameriere più vicino. "Sono solo le persone che conosciamo." Si dà il caso che ne conosciamo tante. "Ci sono anche i membri del personale del campo estivo e i bambini." Indico la parte più rumorosa della sala. "Le uniche persone che conosciamo e che non abbiamo invitato sono i fastidiosi membri dell'Associazione dei Proprietari Immobiliari." Questo affronto è stata l'idea di vendetta di Evan, che pensa che i ficcanaso non vedano l'ora di vedere l'interno di questa villa, la più grande di Palm Islet.

"Oh, mio Dio." Dorothy indica il tizio che, di solito, è il compagno di bevute di Evan in videochiamata, ma che, oggi, è qui in carne e ossa.

Jolene si fa aria con le mani. "Quello è il dio Thor, giusto? Ecco chi mi ricorda."

"Non capisci" le dice Dorothy con occhi spalancati. "Quello è Mason Tugev."

La fisso sbattendo le palpebre. "Come fai a sapere il suo nome?"

"Non lo sanno tutti?" esclama lei. "È un famoso giocatore di hockey!"

Ah. Evan non aveva mai menzionato questo particolare. Però, si vede. Mason è grande come un Terranova, ma snello e muscoloso come un pitbull, con gli occhi freddi di un lupo.

"Ora, sii sincera." Jolene si rivolge a Dorothy. "Davvero non provi nulla quando guardi un uomo così? Non senti nessun formicolio? Prometto di non diventare gelosa."

Dorothy rotea gli occhi. "Lascia perdere."

"Venite" dico loro, desiderosa di troncare sul nascere questa conversazione, nel caso in cui Mason abbia un buon udito. "Vi presento il mio capo."

Le conduco da Calvin, spiegando loro che, dopo la mia recente laurea, sono diventata ufficialmente la veterinaria d'emergenza della clinica locale il martedì e il mercoledì.

"Perché soltanto due giorni?" mi chiede Dorothy.

Indico la porta. "Gli animali della nostra fattoria hanno regolarmente bisogno di un veterinario e sono io."

"A proposito..." Calvin si tira nervosamente i baffi. "Carrie ha pianto di nuovo?"

"No. Il collirio è stato d'aiuto." Le mucche non piangono per esprimere tristezza (almeno, secondo gli scienziati), ma i loro occhi lacrimano quando sono secchi o infetti, entrambi problemi risolti dalle gocce.

"E Charlotte?" mi chiede Calvin. "Il suo appetito è migliorato?"

"Molto" rispondo. "Sia il suo sia quello di Miranda."

"E Samantha?" mi chiede. "Sta…?"

"Senti, Calvin, tutte le tue ragazze stanno benone."

Notando che le mie amiche ci stanno guardando in modo strano, spiego loro: "Le mucche da compagnia di Calvin vivono qui con noi, ora, alla fattoria."

"Ma vengo a trovarle ogni volta che posso" aggiunge Calvin sulla difensiva.

È vero. Forse, viene a trovarle un po' troppo spesso. Le porta anche a passeggiare sulla vicina spiaggia ogni volta che ne ha l'occasione.

"Non avevo altra scelta" continua lui. "L'Associazione dei Proprietari Immobiliari mi aveva dato un ultimatum."

Sono davvero scioccata che sia riuscito a vivere in una comunità privata e a tenersi le mucche come animali domestici per tutto quel tempo. Né capisco come abbia fatto a gestire la logistica delle mucche senza avere una fattoria. Persino con una fattoria, Harry deve continuamente tenere i bovini lontano dai guai.

"La nostra fattoria è una casa migliore per loro" spiego a Calvin in modo rassicurante. "Dove altro potrebbero giocare con un gatto?"

Già. È proprio così. A Sally piacciono le mucche e le mucche ricambiano, nonostante lei mangi la versione bovina del Fancy Feast.

Il mio telefono vibra per un messaggio di Evan:

Siamo quasi a casa.

"D'accordo, tutti quanti!" grido. "Questa è una festa

a sorpresa, quindi nascondetevi meglio che potete e preparatevi a gridare: 'Sorpresa!'"

Tutti fanno come dico e la stanza diventa incredibilmente silenziosa.

Le porte si aprono ed Evan è il primo a entrare.

Trattengo il fiato. Persino dopo essere stata con lui per tre anni e aver ricevuto circa 1.357 orgasmi, vederlo mi fa ancora bagnare le mutandine.

Reagan entra subito dopo e, forse, è la mia immaginazione, ma mi sembra che sia cresciuto di un altro centimetro nelle poche ore in cui è stato via. Per fortuna, la sua tavola da surf gli blocca la visuale, così grido: "Adesso!"

"Sorpresa!" gridiamo tutti a squarciagola.

Le urla funzionano un po' troppo bene. Reagan si spaventa tanto che colpisce accidentalmente Boone sulla testa con la tavola da surf. Come in una scena de *I tre marmittoni*, Boone agita le braccia per ritrovare l'equilibrio e lo fa afferrando un seno prosperoso di Bonnie, che, a quel punto, urla come un'eretica nelle mani dell'Inquisizione.

Riacquistato l'equilibrio (ma non la dignità), Boone rilascia la tetta e Bonnie diventa silenziosa e rossa come una barbabietola.

"Sorpresa?" urlano tutti a Reagan con voce flebile.

Mio figlio lascia cadere la tavola da surf errante ai suoi piedi e sfodera uno dei suoi sorrisi da ragazzo.

Tutti si rilassano e, nei minuti successivi, regna il caos, mentre gli ospiti gli fanno gli auguri e lo riempiono di regali. Nel frattempo, Evan viene verso di me e mi dà un bacio che sa di oceano, sole e orgasmi.

"Pronta a rivelare la nostra grande sorpresa?" mormora dopo essersi staccato.

Tutto ciò che vorrei è correre con lui nella nostra camera da letto, ma il dovere materno viene prima di tutto, quindi annuisco.

Prendendo il suo telefono, Evan usa un'applicazione Octothorpe per avviare lo schermo grande quanto quello di un cinema sulla parete in fondo, dove appare la prima immagine della presentazione che abbiamo creato. Un'immagine che recita semplicemente: "E, ora, i regali di mamma e papà."

Già. Ormai da due anni, Reagan si riferisce a Evan chiamandolo papà e, ancora oggi, ogni volta che lo sento mi si scioglie qualcosa nel petto. In alcune occasioni, lo chiama addirittura "signor papà."

"Posso avere l'attenzione di tutti?" chiede Evan a voce alta.

Tutti si zittiscono.

Catturo lo sguardo di Reagan. "Pronto a vedere il primo regalo?"

"Sì!" I suoi occhi brillano.

Sospetto che sappia di cosa si tratta, perché è da qualche mese che lo lascia intendere con forza.

Evan mostra la prima diapositiva e, guarda un po', è l'immagine di una moto d'acqua.

Reagan strilla di gioia e abbraccia Evan, perché, probabilmente, ha indovinato che è stato lui a convincermi a concedergli questo regalo esorbitante e apparentemente pericoloso.

In realtà, Evan ha comprato tre moto d'acqua, in modo da poterle guidare insieme. Abbiamo anche concordato che Reagan uscirà sulla moto d'acqua solo con un adulto, preferibilmente uno bravo a nuotare come Evan (al contrario di me, che ho un precedente di rischio d'annegamento).

Quando l'eccitazione di mio figlio si placa un po', ci chiede: "Qual è il secondo regalo?"

Ah. Giusto. "Ricordi tutte le volte che mi hai chiesto una sorellina?" gli domando con un sorriso.

Ha sempre richiesto una sorella, nello specifico, perché (cito testualmente): "Così, potrò proteggerla. E, quando crescerà, potrò uscire con una delle sue amiche."

Alla parola "sorellina", gli occhi di mio figlio si illuminano ancora di più. Non a caso, tutti i partecipanti lanciano occhiate alla mia pancia, seguite da sguardi di disapprovazione verso lo champagne che sto sorseggiando.

"Ti presento Ariel" annuncio, facendo un cenno a Evan, che preme di nuovo il pulsante, rivelando una nuova diapositiva con le foto dell'adorabile bambina di tre anni che abbiamo deciso di prendere in affidamento con l'obiettivo di adottarla.

Reagan guarda la presentazione con aria affascinata e, una volta terminate le diapositive, chiede di sapere quando Ariel ci raggiungerà.

"Tra qualche giorno" gli rispondo. "I nostri avvocati

stanno sbrigando tutte le pratiche proprio in questo momento."

"Non vedo l'ora!" Reagan saltella su e giù e so esattamente come si sente. Anche io ed Evan non vediamo l'ora di conoscere la nostra nuova figlia.

Non abbiamo chiuso occhio da quando abbiamo saputo che sta finalmente per accadere.

Reagan, essendo un bambino di dieci anni, sta già passando al prossimo argomento più eccitante. "Quando potrò guidare la moto d'acqua?" ci chiede, senza smettere di saltellare.

"Domani, per prima cosa" rispondiamo all'unisono io ed Evan. Sapevamo che questa domanda sarebbe arrivata, quindi ci eravamo preparati.

"Forte!" Reagan indica verso il chiasso. "Vado a salutare i miei amici."

Corre verso i ragazzi del campo estivo, mentre io ed Evan ci sorridiamo a vicenda e andiamo a mescolarci con gli altri ospiti. Non sono concentrata, però. Vorrei assistere alla felicita di mio figlio, ma, ormai, ha un'età in cui lo metterei in imbarazzo se mi avvicinassi troppo quando è con gli amici. Inoltre, una parte di me vorrebbe accelerare i prossimi giorni fino all'arrivo di Ariel. O, per lo meno, vorrei che questa festa passasse velocemente per poter restare da sola con Evan nella nostra enorme camera da letto.

Ahimè, la festa è appena iniziata.

"Quando avete deciso di adottare?" Jolene ci chiede quando arriviamo da lei e Dorothy.

"Sei mesi fa" risponde Evan, cingendomi le spalle con un braccio.

"Scusate se non ve l'ho detto" dico timidamente. "Non volevo che portasse sfortuna."

"Sono soltanto sorpresa" ammette Dorothy. "Ultimamente, parlavi solo di fecondazione assistita."

Io ed Evan ci scambiamo un'occhiata e lui annuisce, confermando che gli sta bene che io condivida quest'informazione con le mie amiche più care.

"Abbiamo fatto anche quello" spiego. "E, ora, abbiamo un embrione congelato, un maschio, per quando vorremo allargare ulteriormente la nostra famiglia."

"Wow!" esclama Dorothy.

"Raccontami tutto" mi ordina Jolene. "Non tralasciare nemmeno un dettaglio."

So che mi sta chiedendo della fecondazione in vitro perché sta pensando a qualcosa che sembra allo stesso tempo un'idea geniale e un episodio di Jerry Springer: usare l'ovulo di Dorothy e lo sperma del proprio fratello per fare un bambino che lei stessa porterebbe in grembo.

Evan, che non sa nulla di tutto ciò, racconta loro il nostro percorso e io intervengo di tanto in tanto. Poi, andiamo a mescolarci con altre persone e a bere altro champagne.

Lo champagne mi rende ancora più consapevole di quanto Evan sia sexy e, quando iniziano le danze, sono quasi pronta a saltargli addosso. Dopo quello che mi sembra un anno di castità forzata, la gente comincia finalmente ad andarsene, o a dirigersi verso le stanze degli ospiti al piano superiore, nel caso dei visitatori provenienti da altri Stati. Qualche ora di castità più tardi, io ed Evan ci ritroviamo finalmente soli (e un po' brilli, almeno io).

"Facciamo a chi arriva prima" gli dico con un sorriso e scatto verso la camera da letto.

O Evan è ancora più ubriaco di me, oppure mi lascia vincere, senza dubbio perché gli piace il modo in cui il mio seno si solleva dopo uno sprint.

"È stata una bellissima festa." Con gli occhi accalorati, lui chiude la porta e fa partire una musica sexy.

"È vero." Lascio cadere a terra il mio abito da cocktail. "Incredibile."

Evan si spoglia altrettanto rapidamente, sprigionando la *vitamina D* in tutto il suo splendore. "Togliti quelle mutandine" mi ordina.

Obbedisco, poi mi tolgo preventivamente il reggiseno e mi sciolgo i capelli.

"Proprio così. Ora, piegati a novanta sul letto." Accompagna il suo ordine impugnandosi il cazzo.

Mi metto nella posizione che lui vuole e, poi, arrossisco, quando sento l'aria condizionata fresca sulle mie parti intime bagnate. Mi viene la pelle d'oca sulle gambe.

"Toccati." La voce di Evan è proprio dietro di me, il suo fiato caldo sul mio sedere.

Mordendomi la guancia, esercito pressione sul clitoride proprio mentre la lingua di Evan scivola tra le mie natiche.

Oh, wow!

Inizia a muoversi.

Doppio wow!

Gemo mentre un orgasmo mostruoso si sviluppa nel mio intimo.

La lingua di Evan esegue altre acrobazie.

Mi sto avvicinando.

Le sue attenzioni rallentano, facendomi gemere in modo supplichevole.

"Ti voglio dentro" ansimo, stringendo le lenzuola.

Lui allontana la lingua. "Dentro dove?"

"Sai dove."

"Devi dirlo."

"Nel culo." Nonostante gliel'abbia chiesto circa duecento volte, le mie guance (e anche le mie natiche) arrossiscono. "Ti prego, Evan."

Lui grugnisce con approvazione. "Mi piace quando mi implori."

Detto ciò, versa un po' di lubrificante sul punto in cui si trovava la sua lingua un attimo prima e mi penetra con un dito.

Oh, Dio, sì!

Due dita.

Che bella sensazione! Di pienezza, quasi di fastidio, ma così bella.

Con disperazione, mi strofino il clitoride mentre la

punta della *vitamina D* sostituisce le dita di Evan ed entra più a fondo, riempiendomi, dilatandomi quasi fino a farmi male, ma senza mai arrivarci. Invece, la sensazione è consistente, stratificata, e la tensione crescente dentro di me è così forte che devo ansimare.

Evan si spinge più a fondo e le mie terminazioni nervose esplodono; il piacere mi scorre lungo la spina dorsale, facendomi rabbrividire tutta, mentre mi stringo intorno al suo cazzo, che mi invade.

Lui geme. "Oh, sì. È un buon inizio." Le sue dita callose sostituiscono le mie sul mio clitoride mentre si spinge lentamente ancora più in profondità. "Ora, voglio che tu venga insieme a me."

Riesco solo ad ansimare il suo nome, poi a gridarlo mentre le sue dita mi toccano.

"Così." Mi penetra la fica con un dito e la doppia dilatazione è l'ultima goccia di cui il mio orgasmo aveva bisogno.

Con un grido incoerente, vengo, mentre il mio culo stringe il suo uccello così forte che lui grugnisce: "Oh, cazzo!" e poi sento i getti caldi del suo seme nel profondo di me.

Crolliamo insieme sul letto e ci vogliono diversi minuti prima che troviamo la forza di trascinarci in bagno a ripulirci.

"Non siamo *esattamente* venuti insieme" brontolo una volta tornata a letto e cullata tra le sue braccia. "Sembrava più un effetto domino."

Mi bacia la nuca. "Questo significa solo che abbiamo bisogno di un po' più di pratica."

Sorrido, soddisfatta. So che questa pratica mi piacerà, così come mi piace tutto ciò che ha a che fare con quest'uomo.

Con Evan, la mia vita è una vacanza che non finirà mai.

Anteprime

Grazie per aver partecipato al viaggio di Brooklyn e Evan! Per assicurarti di non perderti mai una nuova uscita, iscriviti alla newsletter su mishabell.com/it.

Se sei impaziente di scoprire altri libri di Misha Bell, gira la pagina per leggere le anteprime degli altri libri che ti faranno sbellicare dalle risate!

Estratto de Libertino miliardario

Lui è un miliardario… e un libertino.

Sì, lo so che non siamo nel 1800. Sono solo un tantino ossessionata dai romanzi storici, tutto qui. E dai libri in generale. È per questo che sto andando a fare un colloquio per il lavoro dei miei sogni in biblioteca, quando il mastino (simile a una pecora) di Adrian Westfield mi fa cadere nel fango. Quindi sono in ritardo, sporca e combino un completo disastro al colloquio… solo per ricevere l'offerta della mia vita.

Per ottenere la custodia della sua bambina, Adrian Westfield vuole fare di me la sua finta moglie.

"Perché non aspetti in biblioteca?" mi chiede la mamma e, anche se stiamo parlando al telefono, riesco a percepire la preoccupazione sul suo viso gentile. "Pensavo che questo colloquio fosse importante."

Importante è un eufemismo. Questo impiego come bibliotecaria è l'Anello del Potere e io sono Gollum.

Stringendo più forte il cellulare, mi guardo intorno e osservo i pittoreschi dintorni di Central Park. "Sapevo che restare troppo a lungo in sala d'attesa mi avrebbe resa nervosa, così mi sono fatta una *promenade*." Non che mi sia servito a molto.

La mamma sussulta udibilmente. "*Promenade* è il modo in cui i giovani chiamano lo Xanax al giorno d'oggi?"

Quasi mi cade il telefono nelle placide acque del lago vicino. "Una *promenade* è una piacevole passeggiata in un luogo pubblico. Scusa, un'altra di quelle parole da romanzo storico."

"Ah." La mamma sembra fin troppo sollevata, considerando che non ho mai fatto uso di droghe. "Assicurati di sottolineare quanto ti piacciono quei libri."

Uhm. Affermare che mi *piacciono* meramente i romanzi storici è come dire che al personaggio di Glenn Close *piaceva* Michael Douglas in *Attrazione fatale*. O che Hannibal Lecter aveva un languorino di fegato umano con fave ne *Il silenzio degli innocenti*.

La sveglia del mio telefono suona, facendo accelerare il mio battito cardiaco. "È ora di avviarmi lì" dico alla mamma. "Ho solo dieci minuti prima che inizi il colloquio e ci vogliono cinque minuti a piedi per arrivare."

"Va', allora" mi esorta la mamma. "Sbrigati. Sono sicura che farai un figurone."

"Grazie." Riattacco e mi liscio la gonna del tailleur che ho comprato con i miei ultimi soldi (tailleur che dovrò restituire, se non otterrò il lavoro).

Ma lo otterrò, naturalmente. Questa biblioteca ha la migliore collezione di romanzi storici del mondo e io sono la più accanita lettrice di romanzi storici che ci sia. È un abbinamento creato nell'Inghilterra vittoriana.

La signorina Miller si stringe il corsetto soffocante, si sistema la cuffietta e solleva il mento. In momenti difficili come questo, una gentildonna deve mantenere il contegno.

Sì, così va meglio. Quando ho bisogno di calmarmi o di tirarmi su di morale, spesso mi calo nei panni di una gentildonna del Diciannovesimo secolo: la signorina Jane Miller. È la figlia di un barone, che ne aveva ingravidato la madre fuori dal matrimonio ed era poi deceduto prontamente su una nave che stava andando a caccia di capodogli. Secondo i sopravvissuti, il buon barone fu ingroppato a morte dal pene di due metri della maestosa bestia (il che mi sembra una perfetta ironia della sorte per un inutile donatore di sperma).

Per rilassarmi ulteriormente, mi metto le cuffie e ascolto la colonna sonora della serie Netflix *Bridgerton*.

Con la coda dell'occhio, vedo apparire un'ombra bianca e minacciosa.

Mi volto e il mio cuore, già martellante, quasi mi schizza fuori dalla gola mentre mi blocco sul posto, con una dozzina di domande che mi si formano nella mente.

È una pecora? Se sì, cosa ci fa a Manhattan? Perché mi sta correndo incontro? Sta scodinzolando? Si può essere uccisi da una…

Uscendo dal mio stato di torpore, cerco di spostarmi dalla traiettoria del ruminante, ma è troppo tardi. La creatura massiccia è già su di me, si erge sulle diaboliche zampe posteriori e posa quelle anteriori sulle mie spalle con la forza del martello di Thor.

Volo all'indietro.

Il suolo mi sbatte addosso.

L'aria mi esce di colpo dai polmoni e faccio fatica a respirare.

Tutt'intorno a me, c'è un liquido denso.

Sangue? Cervella?

No, peggio.

È fango. Fango che, probabilmente, mi ha salvata da un infortunio, ma che ha distrutto le mie speranze di apparire presentabile.

Inspiro un po' d'aria e ringrazio Dio di non essere morta. In quanto a modi imbarazzanti di morire, l'essere uccisa da una pecora è al pari di essere sbranata da un criceto e leccata a morte da un gattino. Il fatto che morirei vergine a ventitré anni sarebbe solo la ciliegina su una torta di merda a strati.

La pecora è proprio davanti alla mia faccia, ora. Starà per mangiarmi le palpebre? O per masticarmi gli occhiali (che, per miracolo, sono ancora sul mio naso)?

No. Mi lecca la guancia.

Il suo alito sa di pollo e patate dolci.

Ma che diavolo?

Un momento! Il pelo di questa pecora odora sospettosamente di cane bagnato. Quasi come se…

"Mi dispiace tanto" dice la pecora con una voce profonda e intensa, dolce come il cioccolato fuso. "Il guinzaglio mi è scivolato dalle mani."

"Sei un cane?" chiedo alla pecora, con la mente ancora confusa.

"No" risponde l'animale (o chi per esso). "Io sono Adrian. Il cane è Leo e la sua voce suona così." La voce cambia, diventando più alta di un'ottava e accelerata, come se questa persona avesse mangiato uno scoiattolo sovreccitato dalla caffeina. "Hai un buon odore. Il fango è divertente. Mi dispiace di averti fatta cadere. A volte, dimentico che non sono più un cucciolo."

Il cane che non è una pecora (Leo) si sposta dalla mia visuale e, finalmente, individuo l'oratore.

La sua vista fa evaporare tutta l'aria che avevo recuperato.

Il volto dell'uomo (Adrian) è perfettamente proporzionato, con un naso aristocratico, un mento marcato e occhi color argento, che brillano maliziosamente. Sì, maliziosamente. Con le spalle larghe e i capelli scuri mossi dal vento, che gli arrivano sotto le orecchie, potrebbe essere copiato e incollato sulla copertina di un romanzo storico; basterebbe solo aggiungergli degli abiti d'epoca con Photoshop.

Presa dal Duca sarebbe il titolo di questo romanzo. Oppure *La sposa riluttante del Marchese. Il tuo nome è*

Conte. L'amante vergine del Barone. La timida fanciulla del Visconte furfante...

L'uomo si inginocchia accanto a me.

Mi si stanno appannando gli occhiali? O le retine? Una bellezza così genuina dovrebbe essere segnalata con un cartello di avvertimento.

"Stai bene?" mi chiede.

Sto bene? Sono nervosa, scossa e fin troppo eccitata, considerando la situazione, ma, soprattutto, ho la sensazione di dimenticare qualcosa di estremamente importante.

Poi, mi viene in mente.

Il colloquio! Come ho potuto dimenticarmene, anche solo per un momento? Ho forse dei mulini a vento nella testa?

"Sono in ritardo" annuncio e cerco di tirarmi su.

Per tutti i diavoli! Agito le braccia e schizzi di fango volano in tutte le direzioni (anche verso Leo, che li lecca avidamente, e verso Adrian, che li sopporta stoicamente).

"Sei sicura di essere pronta ad alzarti?" mi chiede Adrian, tendendomi la mano.

"Non importa se sono pronta." Afferro la sua mano e... quasi cado di nuovo a terra, in preda a una crisi isterica.

La sua pelle è calda come una fornace e quel calore permea il mio corpo, sciogliendo tutto ciò che trova sulla sua scia.

Oh-oh. La signorina Miller sente una brama nel suo posto più segreto. Un fremito ben poco signorile, che...

"Non credo che ti sia ancora ripresa" afferma Adrian mentre mi aiuta a mettermi in piedi. "Ti porto a sederti su quella panchina laggiù."

"Non posso" ansimo, togliendo la mano dalla sua prima di prendere fuoco. "Devo scappare."

La sua espressione si indurisce. "Potresti avere una commozione cerebrale."

"E di chi è la colpa?" Stringo gli occhi su di lui. "Sono in ritardo per un colloquio. Per il lavoro dei miei sogni. Puoi smetterla di intralciarmi?"

"Un colloquio?" Mi osserva da capo a piedi. "Conciata così?"

Abbasso lo sguardo e vorrei non averlo fatto. "Oh, no! Sono più sporca di un maiale."

"In realtà, i maiali non sono sporchi" afferma Adrian. "Usano il fango per rinfrescarsi, come protezione solare e come repellente per gli insetti."

La signorina Miller reprime l'impulso di schiaffeggiare il volto dagli zigomi alti del furfante.

"È una lezione di zootecnia davvero utile, grazie." Esco dal fango. Ho le ginocchia traballanti all'inizio, ma, ad ogni passo, mi sento sempre più me stessa (solo in una versione molto, molto più sozza).

"Aspetta!" mi grida dietro Adrian. "Lascia almeno che ti aiuti."

Non aspetto, ma lui mi raggiunge e mi prende per il gomito (come se stessimo per andare a fare una passeggiata prima dell'ora del tè).

Ancora una volta, il mio infido corpo reagisce al suo tocco con l'intensità più inappropriata.

Accidenti! Se, per miracolo, otterrò questo lavoro, dovrò spostare il progetto 'Grande Deflorazione' in cima alla mia lista delle cose da fare. Non aver mai fatto sesso per così tanto tempo mi ha chiaramente trasformata in una polveriera ormonale, pronta a esplodere col primo sconosciuto che incontro.

La signorina Miller trova quest'ultimo pensiero indecoroso.

"Ti lasceranno fissare un altro appuntamento?" mi chiede Adrian, continuando a tenermi il gomito.

"Ne dubito" rispondo. "Io non lo farei."

"È solo che io abito proprio dall'altra parte della strada" aggiunge. "Potremmo farti avere i vestiti lavati entro un'ora."

Arrossisco come la verginella che sono. "Stai provando a farmi togliere i vestiti?"

Il suo sorriso è presuntuoso. "Fare o non fare. Non esiste provare."

Divincolo il braccio dal suo. "Tieni Yoda dentro i pantaloni."

Un vero e proprio libertino. Avrei dovuto immaginarlo.

Accelerando, lo lascio indietro, almeno per un secondo.

"Aspetta!" Mi raggiunge, con Leo che ansima alle sue calcagna. "Intendevo l'offerta della lavanderia."

"E *io* intendo questo: anche se non avessi fretta, la mia risposta sarebbe 'no, col cavolo'."

Lui sospira. "Posso almeno..."

"Questa è la mia destinazione" annuncio senza fiato,

fermandomi accanto alla biblioteca. "È stato un non-piacere conoscerti."

Sorride maliziosamente. "L'assenza di piacere è stata tutta mia."

Volete continuare a leggerlo? Visitate
www.mishabell.com/it.

Estratto de *Il miliardario scontroso*

Juno

Quando sono in ritardo per un colloquio di lavoro e rimango bloccata in ascensore con un brontolone fastidiosamente sexy e ossessionato dall'Antica Roma, l'ultima cosa che mi aspetto è che lui sia il miliardario proprietario dell'edificio. Non mi aspetto nemmeno di rischiare di ucciderlo... accidentalmente, è ovvio.

Certo, non ottengo il posto di curatrice delle piante per cui avevo fatto domanda, ma ricevo un'offerta interessante.

Lucius ha bisogno di ingannare il pubblico (e sua nonna) facendo credere loro di avere una relazione, mentre io ho bisogno di soldi per le tasse universitarie per laurearmi in botanica. Il nostro accordo è vantaggioso per entrambi... cioè, fino a quando non inizio a provare dei sentimenti.

Se l'essere un'amante dei cactus mi ha insegnato qualcosa, è questo: se ci si avvicina troppo, c'è una buona probabilità di finire feriti.

Lucius
Dopo l'incidente in ascensore, mi rimangono tre cose: la mia borraccia d'acqua preferita piena di pipì, una reazione allergica potenzialmente letale e le foto di me con la mia "ragazza" scattate dai paparazzi, che rendono mia nonna la donna più felice del mondo.

Naturalmente, il mio prossimo passo è ricattare (volevo dire "convincere") questa ragazza (indubbiamente carina) a fingere di uscire con me. In questo modo, mia nonna rimarrà felice e, come bonus, potrò tenere a bada le cacciatrici di dote.

Sfortunatamente, la mia acerrima nemesi, ovvero la biologia, si fa sentire e la parte del nostro accordo relativa al "non fare sesso" diventa sempre più difficile da rispettare. Peggio ancora: più sto con Juno, più il mio aspetto gelido accuratamente impostato si scioglie.

Se non sto attento, Juno abbatterà completamente le mie barriere.

"Mi stai dando della stupida?" sbotto. Chiunque

potrebbe avere difficoltà con questi maledetti pulsanti, non solo una persona affetta da dislessia.

Lui guarda i pulsanti con aria significativa. "Stupido è chi lo stupido fa."

Digrigno i denti dolorosamente. "Sei uno stronzo. E hai guardato *Forrest Gump* una volta di troppo."

Le sue labbra si appiattiscono. "L'origine del detto non proviene da quel film. Deriva dal latino: *Stultus est sicut stultus facit.*"

Roteo gli occhi. "Che razza di *stultus* presuntuoso citerebbe il latino?"

L'acciaio nei suoi occhi è così freddo che scommetto che la mia lingua ci resterebbe appiccicata, se cercassi di leccargli il bulbo oculare. "Non saprei. Forse *l'idiota* a cui piace tutto ciò che riguarda l'Antica Roma, compresi i numeri romani."

Resto a bocca aperta. "Hai preso tu questa decisione?" Indico i pulsanti dell'ascensore.

Lui annuisce.

Merda! Probabilmente mi ha sentita prima, il che significa che sono stata io a dare inizio agli insulti. In mia difesa, lui ha fatto effettivamente una scelta idiota.

Esalo un respiro frustrato. "Se sei così esperto di numeri romani, avresti potuto dirmi quale premere."

Lui incrocia le braccia sul petto. "Non me l'hai chiesto."

Mi innervosisco di nuovo. "Chiedertelo? Avevi l'aria di uno che avrebbe potuto staccarmi la testa a morsi solo per il fatto di esistere."

"Questo perché mi hai fatto ritardare…"

L'ascensore si ferma di colpo e le luci intorno a noi si abbassano.

Entrambi fissiamo le porte.

Rimangono chiuse.

Lui si volta verso di me e stringe gli occhi con aria accusatoria. "Che cosa hai premuto adesso?"

"Io? E come? Sono di fronte a te. Purtroppo!"

Scuotendo la testa in modo irritante, va verso il pannello con i pulsanti e io devo farmi da parte prima di essere travolta.

"Probabilmente hai premuto qualcosa prima" borbotta. "Perché saremmo bloccati, altrimenti?"

Perché è illegale soffocare le persone? Solo pochi secondi con le mani sulla sua gola sarebbero un esercizio calmante.

Invece, guardo la sua schiena, che mi impedisce di vedere cosa stia facendo (ammesso che stia facendo qualcosa). "Il povero ascensore si sarà probabilmente suicidato per colpa di questi numeri romani. Sapeva che, quando qualcuno vede lettere come L e XL, pensa a taglie di magliette per uomini di Neanderthal come te. E non farmi parlare di quel pulsante XXX, che è un chiaro riferimento al porno. Crea un ambiente di lavoro ostil..."

"Puoi stare zitta, così vedo di tirarci fuori di qui?" sbotta.

Le sue parole mi riportano alla realtà della situazione: è passato più di un minuto e le porte sono ancora chiuse.

Caro saguaro, sono davvero bloccata qui? Con questo tizio? E il mio colloquio?

"Silenzio, finalmente!" dichiara lui con tono soddisfatto e si sposta di lato, così lo vedo premere insistentemente il pulsante "aiuto".

"È un miracolo che non sia scritto in latino" non riesco a trattenermi dal commentare. "O in lingua klingon."

"Pronto?" dice nell'altoparlante sotto il relativo pulsante, con voce carica di irritazione.

Nessuna risposta, nemmeno statica.

"C'è qualcuno?" La sua irritazione sta chiaramente raggiungendo nuove vette. "Sono in ritardo per una riunione importante."

"E io sono in ritardo per un colloquio" aggiungo, nel caso facesse qualche differenza.

Lui si blocca e inarca un sopracciglio folto, guardandomi. "Un colloquio? Per quale posizione?"

Raddrizzo la schiena. "Sono sicura che quelli come te non se ne accorgono, ma le piante di questo edificio non si curano da sole."

Aspettate. Ho parlato troppo? Lui potrebbe forse sabotare il mio colloquio (ammesso che questo inconveniente dell'ascensore non l'abbia già fatto)? Che cosa fa qui, comunque? Progetta ridicoli ascensori? Non può essere un lavoro a tempo pieno, giusto?

"Un'abbraccia-alberi" mormora sottovoce. "Non fa una piega."

Che stronzo! Non ho mai abbracciato un albero in vita mia. Sono troppo impegnata a parlare con loro.

Lui riporta la sua attenzione accigliata sul pulsante "aiuto", anche se ora penso che avrebbero dovuto etichettarlo come "nessun aiuto."

"Pronto? Qualcuno mi sente?" grida. "Rispondete subito o siete licenziati!"

Roteo gli occhi. "È una buona idea fare lo stronzo con le persone che potrebbero salvarci?"

Lui esala un respiro udibile. "Non fa differenza. Il pulsante dev'essere difettoso. Non oserebbero ignorarmi."

Tiro fuori il mio fidato cellulare, un semplice e grazioso Nokia 3310. "Qualcuno si dà troppe arie?"

Lui mi fissa le mani con espressione incredula. "Ecco perché l'ascensore si è bloccato. Ha attraversato una curvatura temporale che ci ha trasportati nel 2008."

Mi acciglio per la mancanza di ricezione sul mio Nokia. "Questa versione è stata rilasciata nel 2017."

"Sembra ancora più stupido di un manichino da crash test decerebrato." Estrae con orgoglio un iPhone dalla tasca. "*Questo* è l'aspetto che dovrebbe avere uno smartphone."

Lo schernisco. "Quello è l'aspetto di una distrazione costante. Comunque, se il tuo iNonSmartPhone (marchio registrato) è così eccezionale, dovrebbe avere ricezione, giusto?"

Lui lancia un'occhiata allo schermo, ma si capisce che sa già la verità: nemmeno il suo prezioso cellulare ha segnale.

Tuttavia, non riesco a trattenermi. "Vedi? Il tuo

telefono geniale è altrettanto inutile. L'unica cosa che sa fare è trasformare le persone in zombie dipendenti dai social media."

Nasconde il dispositivo, come un genitore protettivo. "Oltre a tutte le tue qualità accattivanti, sei anche tecnofobica?"

Valuto se tirargli il mio Nokia in testa, ma decido che non vale la pena sborsare sessantacinque dollari per sostituirlo. "Solo perché non voglio essere distratta non significa che sia tecnofobica."

"In realtà, il mio telefono è ottimo per bloccare le distrazioni." Si rimette le cuffie sulle orecchie. "Vedi?" Preme play e sento vagamente una canzone heavy metal.

"Molto maturo" mimo con la bocca.

"Scusa" mi risponde a voce esageratamente alta. "Non riesco a sentire nessuna distrazione."

Benissimo. Come vuole lui. Almeno ha buoni gusti in fatto di musica. Io e il mio cactus siamo grandi fan dei Metallica, che credo sia proprio il gruppo che lui ascoltando.

Comincio a camminare avanti e indietro.

Sono bloccata e sono in ritardo. Se il problema dell'ascensore non si risolverà entro i prossimi due minuti, posso dire addio al nuovo lavoro e, di conseguenza, ai soldi per le tasse universitarie. Niente soldi per le tasse universitarie significa niente laurea in botanica, che è stato il mio sogno negli ultimi anni.

Per tutti i succhi di saguaro! È una prospettiva davvero terribile.

Lancio un'occhiata furtiva al figo (cioè... allo stronzo).

Cosa direbbe di una persona dislessica che vuole laurearsi? Probabilmente che avrei bisogno di un'università che usi i libri da colorare. In realtà, anche i libri da colorare non mi sarebbero molto utili: non riesco mai a stare dentro quegli stupidi bordi.

Sospiro e distolgo lo sguardo, sempre più preoccupata. A parte infrangere i miei sogni, cosa succederebbe se l'ascensore rimanesse bloccato per un pezzo?

Il problema più immediato è il mio crescente bisogno di fare pipì, ma (paradossalmente) la preoccupazione a lungo termine sarà quella di trovare liquidi da bere.

Mi chiedo... se si ha abbastanza sete, il corpo riassorbirebbe l'acqua dalla vescica? Inoltre, potrei fare come MacGyver e creare un filtro per recuperare l'acqua nell'urina usando gli oggetti che ho con me? Magari attraverso il pelo del gatto?

Rabbrividisco, ma solo in parte per l'aria condizionata pazzesca che, in qualche modo, mi arriva persino qui dentro. Nel breve termine, sarebbe molto meglio se facesse caldo anziché freddo; così suderei i liquidi e non avrei l'urgenza di fare pipì, anche se credo che morirei di sete prima. Lancio un'occhiata d'invidia al robusto sconosciuto. Scommetto che ha una vescica grande come un dirigibile. Ha anche una borraccia di acciaio inossidabile, probabilmente piena d'acqua, che molto probabilmente non condividerà con me.

Inoltre, c'è anche la questione del cibo. Non ho nulla di commestibile con me, a parte una scatoletta di cibo per gatti… e, in teoria, il gatto stesso.

No. Preferirei mangiare questo sconosciuto piuttosto che la povera Atonic.

Come se fosse un sensitivo, lo stomaco dello sconosciuto brontola.

Accidenti! Massiccio e cattivo com'è, questo tipo probabilmente mangerebbe il gatto. E poi mangerebbe me… (e non nel senso divertente).

Sono davvero, davvero fregata.

Volete continuare a leggerlo? Visitate
www.mishabell.com/it.